燕歌行
卷7
帝王心術
酒徒
著

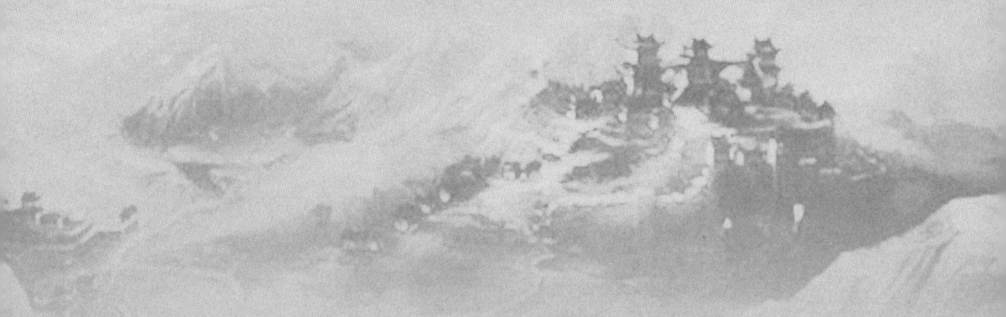

目錄

CONTENTS

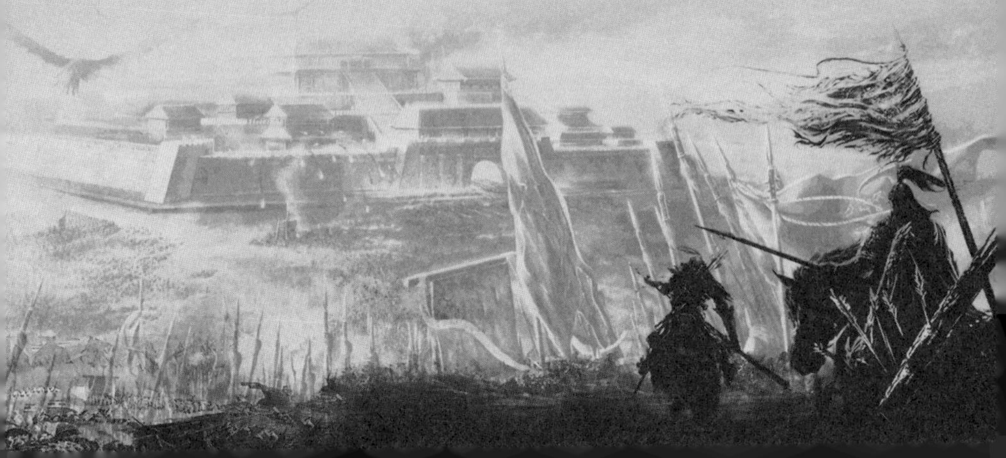

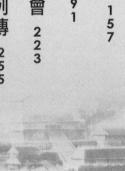

第一章

陪審團

自古以來，審問犯人並將其定罪，都是衙門裡的事，
老百姓最多只有旁觀的份，哪有資格置喙？
「不是旁聽，是他們來參與斷案。」朱八十一補充。
「有罪沒罪，由他們十三個來決定，少數服從多數！」

「廢物，一群廢物！」剛剛率部趕過來的千夫長邱正義氣得破口大罵，帶領自己的親信直撲王弼。

碗口粗的白蠟桿子長矛，被他抖得就像一條巨蟒般，搖頭擺尾，嘴裡露出鋒利的牙齒。

「來得好！」王弼咆哮著快步迎上，雪亮的刀鋒直接剁向巨蟒的七寸。

「噹啷！」刀刃與紅纓下的矛桿相交，卻未能將後者一分為二。

邱正義的矛頭是特製的，後邊帶著將近三尺長的套柄，平素用紅纓隱藏起來，關鍵時刻，則殺對手一個出其不意。

「受死！」趁著王弼一愣神的功夫，千夫長丘正義大聲斷喝，長矛猛的向外一翻，將雁翎刀壓在了下面，隨即一拖一攪，攪偏刀身的重心，連帶著將王弼攪得踉踉蹌蹌。

說時遲，那時快，沒等王弼停穩身形，邱正義的長矛已經又刺了回來，四尺長的矛鋒宛如閃電，直奔他的小腹。

即便對身上的板甲再信任，王弼也不敢用腹部硬接矛鋒，趕緊擰了一下腰，將閃電的鋒芒讓開，然後迅速用刀刃去找對方的手指。

誰料丘正義比他反應更快，猛的一推矛尾，將刀刃彈歪。緊跟著，向前一個斜跨步。手中長矛連挑，將王弼身後的兩名親兵挑飛到半空中。

三角形刀陣立刻出現了一個缺口，後排的第三軍弟兄迅速上前補位。怎奈刀身遠遠短於長矛，他們的武藝也遠不如人。被邱正義接二連三瞬間刺翻了好幾個，整個刀陣岌岌可危。

「賊子敢爾！」王弼氣得雙眉倒豎，手中雁翎刀橫掃，來了個夜戰八方。將撲向自己的青軍長槍兵盡數掃至圈外。隨即，猛的一轉身，丟下這些普通士卒，從背後再度殺向千夫長丘正義。

「哈！」千夫長邱正義眼睛裡露出一縷冷笑，大叫著轉身，同時猛的一壓槍纂。四尺長的矛頭迅速來了個大回頭，「噹啷」一聲，砸在刀身之上，將雁翎刀擊飛到半空中。

「呀！」王弼低聲驚呼，滿臉難以置信。

千夫長邱正義嘴裡則再度發出了大聲的怒喝：「拿命來！」他像猛獸一樣咆哮著，一槍又一槍，刺向王弼的哽嗓和胸口，逼得後者左躲右閃，狼狽不堪。

「救王將軍。救王將軍！」第三軍刀盾兵們縱身撲上，試圖用盾牌組成護牆，救自家副指揮使脫險。對面的青軍士卒豈肯讓煮熟的鴨子飛走？也紛紛咆哮著上前，全力將刀盾兵頂在戰團外，以便給千夫長邱正義創造最後的機會。

好個王弼，身上穿著二十餘斤的板甲，腳步卻依舊靈活如猿猴，連蹦帶跳，將近在咫尺的殺招一一避開。

眼看著一個將近二百斤的大胖子在自己身前跳個不停，卻遲遲不肯受死，千夫長邱正義不覺心情煩躁，嘴裡又猛的發出一聲斷喝「著！」左腿向前半步，槍身掄起來，橫掃千軍。

這一擊，力道至少有兩三百斤，即便對手身上的鎧甲再結實，也得被砸得筋斷骨折。然而，預料中的撞擊聲卻遲遲沒有出現，搶在槍身砸到自己之前，王弼忽然向前撲了下去，魁梧的身軀迅速縮成一個肉球，貼著地面向前翻滾。

「別躲，速速拿命來！」邱正義一擊不中，迅速槍身回扯，槍纂下刺。對手死定了，即便是近身，也躲不過這招抽屜槍。

暴雨中，他瞪大眼睛，等著看槍纂刺入後背後迸射出的血光。然而，王弼的身體卻忽然又向側面滾了滾，然後猛的舒展開，從背後抽出了第二柄鋼刀，大鵬展翅。

「噗！」只有一尺長的刀刃迅速從邱正義的小腹處抹過，將鎧甲、肚皮以及肚子裡的腸子，盡數抹成了兩段。

「呃，呃，呃！」邱正義丟下丈八蛇矛，手捂肚子，試圖將傷口重新合攏。

然而，這一切註定徒勞，很快，劇烈的痛楚就令他無法站穩身體，像喝醉了酒一樣前後不停地搖晃。隨即，一頭栽倒於暴雨當中，紅色的水流淌了滿地。

「千戶大人死了！」邱正義身後的長槍兵們先是大聲驚呼，下一刻，就像失去方向的螞蚱一樣朝四下散去，轉眼間就逃了個乾乾淨淨。

「走！張將軍快走，再不走就來不及了！」光明左使范書僮被嚇得魂飛魄散，抓起張明鑑的胳膊，就往中軍帳後面拖，「趁著這會兒雨下得大，誰也看不到你……」

「啪！」回應他的，是一記響亮的耳光。

青軍萬戶張明鑑氣急敗壞，跳著腳呵斥，「走，往哪走。如果朱屠戶只派了這兩百人，老子何必走？如果他派的不止是兩百人，老子還能走到哪去？」

彷彿與他的話互相印證，喀嚓一記閃電過後，營地的正南和正西兩個方向，也有數支淮安軍將士揮舞著雪亮的鋼刀衝了進來。

他們在帶隊百夫長的指揮下，組成一個又一個楔形小陣，向慌亂不堪的青軍以及其他蒙元雜兵發起猛烈的攻擊。所過之處，血光四下噴射，將天空中的雨水都染成了紅色。

而倉促間做不出合適反應的青軍和雜兵們，根本沒有抵抗之力。被砍得丟下兵器，抱頭鼠竄。淮安將士則列著隊從身後追上他們，將他們一個接一個從背後砍到，一個個踏入泥坑。

「余大瑞，你帶著老子的親兵上！」張明鑑的面孔瞬間失去了血色，咬著牙，大聲命令。「給老子往東邊殺，咱們一起從正東殺出去！」

「北，北，北……」光明右使范書僮嚇得連話都說不利索了，低著頭跑上前，繼續拉住張明鑑的衣袖不放。

東南西三面都出現了淮安軍，唯獨北方沒有。當然是應該向北突圍才對。如果硬要朝東邊殺，就得和那個使雙刀的淮安猛將硬碰硬。他雖然自詡武藝高強，卻沒有任何把握能在對方手下逃離生天。

「北個屁！」張明鑑聲嘶力竭的咆哮。如果不是看在范書僮一心為自己好的份上，他恨不能用槍捅死這個礙手礙腳的江湖神棍。

「圍三缺一，你以為老子傻啊。那邊看似沒人，肯定埋伏著朱屠戶的主力。余大瑞，給老子向東殺，敵將這會兒已經是強弩之末了！」

「是！」余大瑞用力抹了一把自己的臉，將雨水和汗水統統擦落，「弟兄們，跟我來！大總管平素待咱們不薄，是咱們為大總管效死的時候了！」

「去死，去死！」張明鑑的親兵們嘴裡發出一陣瘋狂的咆哮，平端長槍，快速跟在了余大瑞身後。

他們都是張明鑑的鐵桿心腹，平素拿著比普通戰兵高三倍的軍餉，吃喝待遇也與百夫長等同，所以，在危難時刻，他們一定要用自己性命去償還曾經得到的一切。

這一波死士有四百多，拼著玉石俱焚迎面頂上去，的確令王弼和他身後的兩個百人隊手忙腳亂。趁著沒人注意自己的功夫，張明鑑用力踢了光明右使范書僮一腳，「這邊，跟著我，快。別說話，敢大聲嚷嚷，老子就先捅了你！」

「啊？」光明右使范書僮不明所以，嘴巴頓時張得老大。

就在他一愣神的功夫，張明鑑伸手扯掉自己身上的錦袍，抓起長矛，低頭朝營地的東北角跑去，「跟上，不想死就趕緊跟過來！」

「知道了！」范書僮見狀，也將頭上的道士冠摘下來，一把丟進水坑中，然後一隻手持著寶劍，另外一隻手拉著自己的袍子，緊追著張明鑑的背影向人少的地方飛掠。

喀嚓，喀嚓，喀嚓，閃電一道接著一道，將大地劈得搖搖晃晃。冰雹徹底變成的雨水，從天空中瓢潑一般傾倒下來，將地面上的血水沖淡，滾滾成河，然後再被新的一輪血水染紅，無止無休。

此時此刻，整個營地已經亂成了一鍋粥，除了正北方之外，營地的其他三個側面，幾乎到處都有淮安將士衝進來，與被堵在裡邊的青軍和亂兵廝殺。

但是，拜大雨所賜，雙方的視野都被壓縮到了非常狹小的範圍，幾乎要跑到對面五步之內才能分清楚敵我。

光明右使范書僮親眼看見跑在自己前面兩步遠的張明鑑，接連捅死的好幾名擋路者都是自己人，然而他卻好像渾然不覺，繼續拿著長槍開路。只要面前出現一個模糊的人影，就一槍捅過去，然後快速從屍體旁跑過，不管倒下者是誰！

「咯咯，咯咯，咯咯……」出身於江湖的光明右使范書僮，也算是見過識廣了，卻從沒看到過如此兇殘之人，被槍鋒上的寒氣一逼，牙齒不停地上下相撞。即便跑得再快，都無法驅逐發自內心深處的恐懼。

喀嚓！又一道閃電在距離二人不遠處劈落，照亮張明鑑那魔鬼一般的身影。范書僮心裡打了個哆嗦，手中的寶劍不知不覺間橫在胸前。

他不想再跑了，不想再跟著眼前這個六親不認的惡魔一起跑，揚州屠城沒他的責任，朱八十一也從沒濫殺過無辜，與其跟張明鑑一道喪命於亂兵之中，不如現在就相忘於江湖。

「快，跟緊了！」張明鑑卻忽然又變得仗義起來，不停地回頭吩咐他不要落得太遠，「趁著現在雨大，老子帶你衝出去，然後咱們倆一起過江去投奔彭和尚，老子就不信了，天下之大沒老子容身之處。」

「是是！」光明右使范書僮被張明鑑銳利的眼神看得心臟直打哆嗦。他不敢拒絕，哪怕眼下對方背對著自己，張明鑑手裡的那桿鐵槍有一丈八尺長，如果他偷偷地停住腳步，下一刻，他不敢賭那桿鐵槍會不會回過頭來直接找上自己。

喀嚓，喀嚓，又是數道閃電當空劈落，將范書僮的面孔劈得比雪還白。

「那朱屠戶就是一條白眼狼！」彷彿是給自己找藉口，又彷彿是察覺到了范書僮的心思，張明鑑將雙腿停在了原地，一邊借著閃電的光亮四下張望，一邊大聲衝對方叫嚷，「他剛打下淮安的時候，殺的人並不比……」

「轟隆隆！」一陣悶雷滾過，將他的話徹底淹沒。但是很快，他又繼續不甘心地叫嚷了起來：「還有芝麻李當年下徐州，不也搶了大半夜才收刀麼？憑什麼他們都做得，老子就做不得?!」

「做得，做得！」光明右使范書僮無處可逃，只好一邊跟上張明鑑的腳步，一邊用力點頭。

「還有！」張明鑑的眼睛紅得像一條瘋狗，帶著范書僮繼續向外衝殺，「他早不找明教麻煩，晚不找明教麻煩，為啥偏偏針對老范你？不就是打下了揚州之後，翅膀硬了，想要撇開明教自己單幹麼？這種狼心狗肺，忘恩負義的東西，居然還有臉來打老子？」

「的確！」光明右使范書僮繼續用力點頭，一雙小眼睛卻滴溜溜在眼眶裡打轉。

他被官府抓起來丟進監獄的時候，朱八十一剛剛打下淮安，聲名還不是很顯赫，對明教的具體態度，外界也不太清楚，而他在被張明鑑從監獄裡救出來並且答應充當說客之時，也的確有點兒過分托大，以為自己只要亮出光明右使的身分，怎麼著都不會被一個小小的堂主直接給駁了面子。

現在回想起來，他卻感覺自己當時的舉動真是太魯莽了。那朱屠戶手裡要兵有兵，要錢有錢，還弄出了威力巨大的火炮。就連劉福通本人恐怕見了他都得平輩論交。自己卻還想著硬壓他一頭，真是腦袋被驢給踢了。

正後悔間，耳畔忽然又響過一串悶雷。緊跟著，便有無數人在暴雨中喊了起來：「張明鑑跑了，張明鑑棄軍逃命了！」

「大夥小心搜，別跑了張明鑑！」

「別跑了張明鑑，別跑了張明鑑！」

……

一聲接著一聲，越來越高，越來越近。

聽到四下裡傳來的喊聲，張明鑑的眼睛頓時變得更紅。長槍猛攏，在身前潑出一道橫著的白練，口中卻喊著：「抓張明鑑，抓張明鑑，弟兄們別擋路，跟我一起去抓張明鑑！」

「咦？」光明右使范書僮先是微微一愣，也跟著扯開嗓子大叫起來，「抓張明鑑，別跑了張明鑑。大夥一起去抓張明鑑。」

喊罷，快步跟在張明鑑身後，與對方一道繼續跌跌撞撞朝大雨中猛衝。

瓢潑般的大雨，很快就將二人的身影徹底吞沒。所有人的視野都受到了嚴重的影響，很多時候，敵我雙方幾乎鼻子碰到鼻子後，才忽然發現對方的鎧甲制式和自己完全不同，大叫著倉惶後退，隨即高舉刀槍戰做一團。

因為遭遇突然的緣故，雙方的戰鬥也異常慘烈，誰都顧不上喊同伴來幫忙，更顧不上想該不該投降或者手下留情。

特別是張明鑑的嫡系青軍，在揚州城內欠下了一大筆血債，不知道會不會被淮安軍寬恕，所以動起手來格外地狠，一旦發現逃跑的道路被堵死，立刻嚎叫著撲上前拚命，寧可被對方殺死，也不願交出兵器等待被秋後算帳。

在這種心態的影響下，交戰雙方的傷亡都直線攀升。被隊友鮮血刺激紅了眼睛的淮安軍，也很快放棄了抓俘虜的打算，看到附近有敵人，就圍攏上去亂刀齊下。

「抓張明鑑！徐指揮使說要活的！」連長夏密帶著一小隊淮安勇士，穿過茫茫雨幕，撲向附近一堆模糊不清的人影。

他這支隊伍當中，徐州入伍的老兵比例占了四分之一，剩下的四分之三弟兄裡，也有許多出身於鹽幫，所以組織性遠遠強於其他袍澤，任周圍的形勢再亂，也始終保持著完整的陣形。

雨幕後的對手，顯然也是青軍中的精銳，察覺自己被盯上，立刻停住逃命的腳步，在一名千夫長的帶領下，齊齊將長槍舉了起來，轉身回撲。

雙方在暴雨中高速靠近，很快就迎面撞在了一起。

「喀嚓！」一閃電照亮數十對交疊在一起的人影，紅色的鮮血迸射到空中，迅速和雨水混在一起，然後再落回地面，匯成一道道紅色的河流，滔滔滾滾，無窮無盡。

幾乎聽不見任何慘叫，在連綿的悶雷當中，人嗓子發出的聲音微弱無比。

生命在這一刻也顯得無比脆弱，就像一排排莊稼，整整齊齊的倒下。屍體壓著屍

體，肩膀挨著肩膀，面孔對著面孔。

與遠距離交戰完全不同，冷兵器近身肉搏比前者更殘酷，毀滅性命的速度也更直接，淮安軍的板甲雖然結實，面對青軍的長槍時，依舊顯得非常單薄。而青軍的皮甲在被淮安軍的冷鍛兵器擊中後，幾乎沒有任何防禦效果，雪亮的刀刃切紙一樣直接切入體內，帶起一片片紅豔豔的血霧。

連長夏密親眼看到自己身側一名夥長的板甲被長槍刺透，整個人也被挑了起來，在半空中絕望地掙扎。隨即，那名使長槍的青軍就被一把淮安產的雁翎刀砍中，齊腰斷成了兩截。

下一刻，他把自己的鋼刀從一名對手的鎖骨中拔出來，快速撲向青軍千夫長。那名青軍千夫長則咬著牙迎上，丈八長矛直刺他的小腹。

「去死！」夏密迅速擰了下腰，同時刀刃狠狠下劈，直奔長矛的中央。

「叮！」丈八長矛的矛鋒刺在他胸甲側面，深入數寸，同時刀刃砍在了矛桿上，將長矛一分為二。

「呀！」青軍千夫長將半截長矛當作短槍，繼續朝夏密猛刺。這回，連長夏密沒做任何躲閃，直接用刀砍向對方的胸口。

「喀嚓！」「噗！」二人再度同時擊中各自的目標。

木製矛桿沒能奈何板甲分毫，而夏密手中的鋼刀，卻在青軍千夫長的前胸處留下一條二尺餘長的傷口，令後者立刻癱倒於地，全身的力氣都隨著血液流了個一乾二淨。

「保持隊形！」夏密將鋼刀插在地上，雙手握住身體上的前半截長矛用力向外拔。

「噗！」一股鮮血伴隨著鋼製的矛鋒噴出，將他的半邊身體都染成了紅色。然而他卻沒有立刻倒下，將半截長矛當作投槍舉起來，狠狠地擲到對面的人群當中。

一名正在試圖反撲的青軍被長矛透體而過，慘叫著跌倒。夏密再度將雁翎刀高高地舉起，大聲怒吼：「保持隊形！跟我來，去抓張明鑑！」

「向連長靠攏！」副連長何二大聲叫喊著，幫助夏密重整隊伍。

剛剛殺死了各自對手的淮安士卒紛紛淌著血衝過來，再度以夏密為鋒，組成一個銳利的三角形。對面情急拼命的敵人見到此景，士氣登時大沮。

趁著他們反應不及的功夫，夏密迅速將自己的雁翎刀塞進副連長何二手裡，「你帶隊上，老子要歇口氣！」

「連……」副連長何二微微一愣，很快就看到了夏密身上被血染紅的板甲，還有對方眼裡急切的目光。「弟兄們，跟我來！」他用力咬了咬牙，高高地將雁翎刀舉起，「抓張明鑑，不想死的讓開。」

對面的青軍隊伍卻沒有淮安軍這樣嚴密的指揮權交接機制，兩名百夫長各自帶著一夥人分頭迎戰。

很快，那兩名百夫長也先後死去，所有士卒都只能自己照顧自己，而何二卻帶著自己的連隊，始終保持著良好的攻擊陣形，像一架精確的機器般，將敵人成排成排的砍倒。

當傷亡超過了四成之後，剩餘的青軍終於支撐不住，「轟」地一聲四散奔逃。

「跟著我，去抓張明鑑！」副連長何二回頭看了一眼躺在血泊中早已氣絕的夏密，咬了咬牙，再度將雁翎刀高高地舉起：

「抓張明鑑，給連長報仇，給揚州百姓報仇！」

「抓張明鑑！給揚州百姓報仇！」

……

「抓張明鑑……」身後，喊殺聲越來越低，張明鑑跌跌撞撞地從雨幕中穿過，渾身上下都是傷口。

這一路上，他不知道殺了多少敵人和自己人，全憑著嫻熟的武藝和一股狠勁，才強撐著沒有倒地。而老天爺在最後關頭拉了他一把，始終沒有將暴雨停下，令他從敵我難辨的戰場殺出了一條血路，逃得越來越遠。

「你跟著我去投彭和尚，向他揭露朱屠戶背叛紅巾的惡行！」他雙手扶著長矛，大口大口地喘氣，「他是彌勒教的堂主，造出了那麼多大炮，卻不肯，不肯獻給彭和尚，他從一開始，恐怕就不虔誠！」

四下裡，卻沒聽到任何回應，除了一串串悶雷從天空中滾過，無力地宣洩著自己的憤怒。

「老范，你死哪兒去了？」張明鑑心裡猛然湧起一股不祥的預感，扯著嗓子大聲喊道。

「那，那邊……」范書僮的聲音在他腳下響了起來，聽起來就像哭喪。

「那邊？」張明鑑皺著眉頭。

「對面，好多，好多人！」范書僮繼續哭嚎，兩條腿像是斷了般，無力的跪在泥水裡。

張明鑑拿長矛支撐起身體，舉頭向遠處觀望，只見白茫茫的雨幕後面，緩緩壓過來一道人牆，圓形帶沿鐵盔，關鍵部位綴著鋼片的皮甲，清一色的丈八長矛，這是標準的兩淮「義兵」打扮，只可惜不是他的青軍。

帶隊的文官用力抹了把臉上的雨水，陰惻惻的抱怨道：「張明鑑，你怎麼才來？本知州可是一直冒著雨在等你！」

暴雨下了半天一夜，直到第二天早晨才終於停止，萬道陽光從烏雲背後透出來，瞬間將整個世界染成了金黃色，與地面上升起的霧氣交織在一處，朦朦朧朧，如夢如幻。

數以千計的屍骸靜靜地躺在金黃色的霧氣下，同樣的膚色，同樣在臉上寫滿了留戀與不甘。連夜的暴雨將他們臉上和手上的血跡沖洗得一乾二淨，連地上都很難再看到紅色。他們就像一群新生嬰兒般，安靜地躺在曠野的懷抱中，肩膀挨著肩膀，手臂貼著手臂。

十幾匹戰馬從屍骸間緩緩穿行，每個人的臉色都非常凝重。特別是朱八十一，由於事先沒想到青軍的抵抗會如此激烈，在第一次接到己方的傷亡統計數字時，差一點急火攻心，直到此刻他還不願相信自己看到的情景是真的，兩頰的肌肉在不斷抽搐著。

太慘烈了，昨天的戰事慘烈到幾乎無與倫比的地步。雖然事先得到了廬州知州張松的配合，打了青軍一個措手不及，淮安軍依舊為全殲敵人而付出了巨大的代價。

受暴風雨的影響，火槍和火炮徹底失靈，敵我之間的戰鬥完全變成了冷兵器近人肉搏。而淮安軍距離上一次擴編只有短短的五個多月，近身肉搏能力遠不及追隨張明鑑征戰多年的青軍將士。

偏偏在人數上面，他們也沒占到什麼優勢。那些失散了編制的「義兵」、無處可去的探馬赤軍，還有曾經跟張明鑑一道趁火打劫的地痞流氓，都對自身的前途徹底絕望，在「投降也可能被處死」的想法驅動下，他們在戰鬥的最後一刻爆發出了驚人的戰鬥力，寧願被當場格殺，也不肯束手就擒。

全靠著甲胄堅固和基層軍官的強大組織能力，淮安軍才勉強完成了這次戰鬥目標。而參戰的四支新軍被打殘了兩個，短時間內恐怕很難再面對更強大的敵人……

「近身肉搏的訓練還得加緊，咱們淮安軍最近之所以能屢戰屢勝，主要占的是敵軍不熟悉火器的便宜，而孛羅不花和帖木兒不花叔侄又不受朝廷待見，不肯跟咱們拼命，萬一被元軍發現火器的缺點，專門撿雨天作戰，咱們的優勢就發揮不出來了。另外，咱們的戰兵人數也太少，必須想辦法儘快擴充！」

跟在朱八十一身後，老長史逯魯曾也是憂心忡忡。

到目前為止，他最初制定的兩淮戰役目標算是徹底達成了。淮安軍的實際控制區域擴大了足足兩倍，與江南產糧區之間也只剩下了一水之隔，先前一直所擔心的糧食被封鎖危機得到了解決。然而，大夥所要面臨的問題卻一點沒比過去少，甚至在某種程度上還增加了許多。

「胡大海和蘇先生已經著手在前來投奔的流民當中招募一批新兵！另外，這幾次所戰鬥抓獲的俘虜，如果願意留下來接受整訓，也可以酌情留下一些！還有揚州城……」朱八十一嘆了口氣，「張士誠前幾天派人送信過來，揚州城裡很多人無家可歸，也沒有親戚可投奔，整天在廢墟中打架鬧事，從中招募一批年輕力壯的入伍，應該能緩解不少問題。」

對於揚州之難，他只要一想起來，就恨得牙根癢。近百萬人口的大城市，天下第一富庶之所，居然在一夜之間就被張明鑑等人糟蹋成了廢墟。

而災難後的重建工作，還有百姓的安置問題，眼下都成了壓在淮安軍身上的巨大包袱。六十多萬張嘴需要養活，即便每天只給兩頓稀粥，也是一個驚人的數目。況且在這陰雨連綿的冬季，除了讓災民能吃上飯之外，保暖、防病、防疫等事情都迫在眉睫。

前段時間他忙著帶兵追殺張明鑑，把相關工作都安排給了張士誠和王克柔，後二人急著討好他以換取過江之後的支持，倒是做得盡心盡力。

然而無論善後工作做得再好，錢和糧食都不可能憑空變出來，揚州城沒有十幾年的光景，恐怕無法恢復先前的繁華，至於出兵前計畫從揚州獲取的稅收和製瓷和造船產業，更是成了一場夢幻泡影，短時間內根本不可能拿得到手。

「依末將之見，這次從張明鑑手裡奪回來的財物，可以不分給其他各路友軍，而是全部用於安民！」徐達策馬湊上前提議。

因為長期駐紮在泗州，遠離淮安，他的第三軍受朱八十一本人影響最小，對火器的依賴性也最低。所以這次戰鬥中，損失遠遠小於其他三支新軍，繳獲和俘虜卻比其他三支全部所得都多。

除了張明鑑和范書僮兩個之外，絕大部分青軍和亂兵將領都成了第三軍的俘虜。幾處賊人埋藏贓物的地點，也是他和王弼兩個得到了俘虜的口風之後，快速派人去接管了起來。

按照淮安軍的內部不成文規矩，出力最大的人，自然擁有最大的繳獲物處理發言權。所以朱八十一也不做任何反駁，點點頭道：

「既然你和胖子都沒意見，我就替揚州百姓先謝過弟兄們了。另外，滁州城就交給吳佑圖的第五軍去佔領，你和王弼帶著第三軍今後就常駐揚州。」

「末將遵命！」徐達挺直胸脯，衝著朱八十一抱拳施禮。

揚州城是淮安軍通往江南的出口，雖然被燒毀了，但戰略意義絲毫沒有下降，自家主公把揚州城交給第三軍，充分表明了對自己和王弼二人的器重，並且令第三軍可以直接領受揚州百姓的感激，沒有讓他們血戰得來的繳獲平白便宜了他人。

「第三軍擴充到戰兵和輔兵各一萬五，時間不限。所需錢糧，我會讓蘇先生優先提供給你們！」朱八十一又繼續宣布，「咱們的人馬太少，訓練度也不夠，短時間內，我沒有出兵江南的計畫。但是你們兩個，卻必須給我守住這個地方，不光是揚州城，整個揚州路在運河以東的地段都交給你，半年之內，別讓朝廷的一兵一卒跨過江來！」

「末將絕不敢辜負都督的厚愛！」徐達又是一抱拳，心潮澎湃。

什麼叫以國士相待，這就是以國士相待。整個淮安軍體系中，他徐達絕對是第一個被委以一路之地的將領，連最早追隨朱八十一起家的老班底劉子雲和吳永淳都沒享受到這種信任。

人以國士待我，我必以國士報之，徐達的腦海裡閃過了許多回報知遇之恩的念頭。

然而，還沒等他來得及表達出自己的意思，朱八十一又吩咐：

「回到揚州後，先別忙著跟張士誠和王克柔兩個交接，第三軍先招募災民，以工代賑，把原先府衙那片區域清理乾淨，我要在那兒公開審問張明鑑等人，給揚州父老一個交代！」

「是！」徐達再度拱手，聲音卻遠不像先前一樣堅定。

在他看來，張明鑑固然該死，但其他被俘虜的敵軍將領卻只能算做脅從，沒到非殺不可的死罪，畢竟這些人都是揚州路一些堡寨主的子侄，殺了他們，對第三軍今後安定地方並無好處；此外，這些人好歹也是漢家兒郎，武藝又相當不錯，與其殺掉，不如給他們一條活路，讓他們在軍前戴罪立功。

「那個曾經替張明鑑當說客的范書僮，應該沒跟著張明鑑一道殺人放火吧！」逯魯曾此刻想的是跟劉福通之間的關係。

「但是他也沒做任何勸阻！」朱八十一冷語道：「他參與沒參與，要審問過當天幾個主要參與者才能知道，至於汴梁那邊的反應，你也沒必要多想，劉帥如果一味地護短，連二十幾萬條性命的血債都視而不見的話，今後能成什麼大事？朱某再跟他攪在一起還有什麼意義？」

「話雖這麼說，可眼下，能不分開還是別分開的好！」逯魯曾從穩妥角度勸諫道：「第一，劉福通先前沒替張明鑑撐腰，已經是在向咱們示好。第二，都督曾經借助過明教勢力，如果剛有了自己的地盤，就跟明教劃清界限，傳出去，對都督的名聲會有很大損害。第三，與劉帥交惡，只會便宜了蒙元朝廷。以上孰利孰弊，請大總管三思！」

「屬下也請大總管三思！」參軍陳基也上前勸道。

「請大總管三思！」參軍羅本亦認為殺了范書僮有損大局，拱手幫腔道。

「公開審問他，並不一定要置之於死地，也不是要當眾羞辱他們！」朱八十一旋即明白大夥誤解了自己的意思，「主犯和從犯，處罰肯定不一樣。至於他們這些人到底有罪沒罪，你我說的不算，那些受害者說的才算。如果揚州城的父老鄉親都認為某個人沒罪的話，朱某絕對不會動他一根汗毛；可如果揚州父老都認為他百死莫贖，即便有神仙老子給他做後臺，朱某也一定不會放過他！」

「揚州父老？大人是說，要鄉親父老來旁聽麼？」包括最見多識廣的逯魯曾在內，所有人都為之微一愣。

自古以來，審問犯人並將其定罪，都是衙門裡的事，老百姓最多只有旁觀的份，哪有資格置喙？怎麼**凡事到了朱大總管嘴裡，總能翻出些新鮮花樣來**。

「不是旁聽，是他們來參與斷案。」朱八十一看了大夥一眼，鄭重補充。

「回去後從難民中，找十三名六十歲以上德高望重的，讓他們組成陪審團！咱們只管定下刑罰等級，至於有罪沒罪，由他們十三個來決定，少數服從多數！」

「嗯？」

眾人愈發困惑，有些懷疑自家大總管是不是昨天被雨淋壞了，怎麼滿嘴都是新鮮詞，**陪審團，少數服從多數，把個衙門弄得跟菜市場般，說不定還能討價還價一番，這案子還怎麼審？**以後官府的威儀何在？朝廷的威儀也必將蕩然無存。

「咱們總得有些跟蒙元朝廷不一樣的地方。」看出大夥眼裡的困惑，朱八十一拉住坐騎，望著大戰後的曠野，耐心的解釋：

「死那麼多人，在廢墟上重建一個國家，總不能還跟蒙元那邊一樣，當官的說什麼就是什麼，老百姓只有低頭聽吆喝的份兒，否則他們何必非要支持咱們？再說了，眼下咱們剛剛在這一帶驅逐了蒙元官府，無論做什麼都是另起爐灶，既然如此，為什麼不試試新辦法，大不了最後再改回原來的。好不好，總得試試才知道。」

這是他心裡的真實想法，以前一直憋著，沒有說出來。因為不知道自己的方法是否合適，也不知道朱大鵬靈魂裡那些所謂後世的東西，能否適合於這個時代。但最近一段時間經歷了這麼多事情之後，他越來越堅定的認為那些想法必須拿出來試一試；哪怕是失敗，也好過像現在這樣，只是將蒙元的旗幟換成了淮安軍的旗幟，其他基本上都照貓畫虎。

這樣建立起來的不是他想要的國家！這樣小心翼翼地做事所面臨的麻煩，絲毫不比放手去做來得小，並且眼下憑著自己在淮安軍中的威望，無論怎麼做，阻力都不會太大，要是等大夥形成了遵循舊規的習慣，再想做改變，那可就不是一朝一夕的事了。

果然，在聽出他話中的堅定之後，眾人立刻不困惑了，相反，還有人從中領悟出很多原本沒有的意思來：

「妙，總管此舉甚妙，如果官府都這樣審案的話，以後再出了冤案，就不是官府的事，那些參與審案的宿老才是罪魁禍首。」

「嗯，都督此舉甚合古意，古人便有問政於民的典故，都督此舉更是推陳出新。」

「嗯，此舉之後，揚州百姓必將對都督歸心，以一次審判換六十萬百姓之心，都督所謀之遠，卑職望塵莫及！」

……

這都什麼跟什麼啊！朱八十一被氣得哭笑不得。通過審判張明鑑等人收攏民心，這個打算他是有一點的，但也沒像這些人說的那樣；並且，他壓根兒沒意思效仿什麼古聖先賢，至於把錯誤都推給陪審團成員，官府永遠做好人，那更是想都沒想過。

「可地方上的宿老未必都能做到公正。」逯魯曾年齡大，行事也最謹慎，不禁質疑道。

「十三個人，不可能個個都狼心狗肺吧，當著那麼多旁觀者的面，裝也得裝出些人樣來！」朱八十一回道。

「一旦有人收受賄賂……」

「每次都換不同的人，直到審案前一天才決定讓誰參與！」

「一旦罪犯和某宿老之間有親或者有仇……」

「近親回避，原告被告都有權要求換人。不過這次不行，張明鑑等人跟全揚州的人都有仇，他們無權要求任何人回避。」朱八十一不停地解釋大夥提出來的疑問。

方法也許行不通，但試試總歸沒壞處。**他現在屬於白紙上畫畫的階段，無論怎麼畫，畫得美與醜，都是第一筆，以後還有足夠的修改和彌補的空間。**

任何新生事物的出現，肯定都是稚嫩的，並且總能找到許多漏洞，因此在回揚州的路上，朱八十一幾乎每天都在回答不同的問題，進而自己也努力將這些漏洞彌補完整。

有時候被問得煩不勝煩，甚至筋疲力盡打算放棄，但一想到這些都來自後世的記憶，便又咬牙堅持了下去。

第二章

亂世重典

陳基道：「亂世當用重典！主公心懷慈悲，卻不能在此刻心軟，
若覺得過於嚴苛，當天下大治之後，再另外制定一部便是，
但眼下，要麼不制定律法，要制定，就必須嚴刑峻法，
震懾天下作奸犯科之徒！」

時間在忙碌中過得飛快，當朱八十一帶著大隊兵馬返回揚州時，已經是至正十二年臘月初八。因為小明王韓山童遲遲沒能找到，北方紅巾便一直沒有立國，所以各地依舊採用的是大元朝的年號。

這種做法讓很多人都覺得彆扭，因此大夥紛紛湊到臨時搭建起來的帥帳內，明裡暗裡示意朱八十一趁著臘月還沒結束，新的一年沒有開始，趕緊考慮一下新的一年的年號問題。

「這個，還是等等劉元帥那邊吧！」朱八十一本人對此倒持無所謂的態度。「劉帥那邊又派了一波信使來，希望都督能看在他的面子上，放范書僮一馬。」聽出朱八十一不想跟劉福通徹底決裂，老長史逯魯曾猶豫了一下，再次勸諫：「他就是招搖撞騙的神棍，殺了他沒任何意義，留著他，反倒多少能派上些用場。」

「殺不殺他，要看審判結果。」朱八十一毫不猶豫地回道：「刑罰的等級，你們商量出一個結果來了麼？商量出來後，就落到紙上，以後都按著這個量刑，直到下次覺得需要大改之前，都以此為標準。」

「祿某幸不辱命！」逯魯曾挺直身體。

比起給范書僮說情來，後一件事意義更大，擬定不同罪行的量刑標準，並且為以後審案作為參照，這就等同於替整個淮安軍管轄區域擬定一份刑律，放在過去，那是開國宰相的工作。所以無論如何都不能怠慢。

「具體怎麼定的，拿來我看！」朱八十一興奮地看了老進士一眼。

「都督稍待！」逯魯曾立刻以與其年齡極不相稱的動作跑出去，須臾之後，捧著厚厚的一摞紙返回到帥帳中，雙手將自己的心血呈遞給朱八十一。

「都督請過目，一共擬了剮、裂、斬、絞、鴆五類極刑，刖、宮、杖、流、監等九類大刑，還有其他二十一類小刑，六類……」

「何必弄得這麼複雜？」沒等逯魯曾說完，朱八十一就打斷他。

在朱大鵬的記憶碎片裡，後世對犯罪者的懲罰只有死刑和監禁、勞動三種。甚至好些國家連死刑都放棄了，他雖然不會心軟到讓殺人者免死，但一個死刑就弄出五種花樣來，也實在太多了些。

然而逯魯曾卻不打算讓步，吹鬍子瞪眼，氣哼哼地回道：「不如此，怎麼能威懾那些作奸犯科之徒！況且殺一人和殺十人量刑怎麼能一樣？攔路搶劫殺人和當街鬥毆致人於死地怎麼能一樣？聚眾謀反與……」

「那你還準備將謀反者株連九族麼？」朱八十一再度打斷。

「那是自然，古來各朝各代都是如此！即便逢天下大赦，謀反者及其家人也不在大赦之列！」逯魯曾理直氣壯地說。

「**亂世當用重典！**」輕易不肯說話的參軍陳基，也湊一腳。「主公心懷慈悲，卻不能在此刻心軟，若是覺得此法過於嚴苛，當天下大治之後，再另外制定一部便是，但眼下，要麼不制定律法，要制定，就必須嚴刑峻法，震懾天下作奸犯科之徒！」

「昔日諸葛丞相曾云，水性柔，但天下每年死於水者不知凡幾；而火性烈，鮮有人赴火自焚而死……」參軍羅本也引經據典地道。

「那也不必嚴苛到如此地步！」朱八十一擺了擺手，「殺就殺了，何必殺出這麼多花樣來？另外，宮刑和刖刑算什麼，諸位還嫌天下的殘疾之人少麼？那還不如直接斬了他！免得他日夜怨恨！」

對朱八十一最後一句話，眾人倒是大部分贊同。宮刑和刖刑這種令人致殘的懲罰，的確會讓被懲罰者怨恨一輩子，但是直接把這兩種刑罰改成絞刑的話，卻又明顯太過了，畢竟有些罪責還沒有到非死不可的地步。

正遲疑間，便聽朱八十一道：「不如這樣，死刑就到絞和斬為止，宮刑和刖刑改成坐牢加罰金，讓他永遠變成窮光蛋，保管不比讓他變成太監好受多少。諸位以為呢？朱某聽說宋代已經沒有這兩種刑罰了，咱們怎麼著也不能比蒙元朝廷還殘忍吧？」

這一招倒是無往不利，淮安軍中所有文職，無論是像逯魯曾這種被逼著加入的，還是通過科舉考試選拔到朱八十一帳下的，提起蒙元朝廷的殘酷來都深惡痛絕。建立一個與蒙元朝廷不同的體系，消除蒙古人對華夏的負面影響，對他們來說非常具有誘惑性，幾乎每次朱八十一提出，都能收到極好的效果。

這一次也同樣立竿見影，眾人聞聽後，立刻覺得本次制定的刑律的確受蒙元朝廷的影響大了些，便紛紛紅著臉低聲道：「主公說得是，宋律的確很少見肉刑，但是戰時之法如果過於寬鬆的話……」

「沒啥但是不但是的，軍法和民法不同，這次大夥制定的是民法，稍微寬鬆些也沒關係，況且朱某一直認為，**法律不在乎寬嚴，而在乎是否恰當，執行時是否能公平**，要是隨便有人說句話就徇私枉法，或者執法總是因人而異的話，再嚴苛的法律也是廢紙一堆。相反，如果**一切都依照規矩來，王子犯法與民同罪，老百姓自然會心服口服**，即便稍微寬容一些，也沒人願意去蹲大牢玩。諸君以為如何？」

「這……」眾人再度被朱八十一的新奇說法而震驚了。

自家大總管就有這點好處，雖然總是提出些稀奇古怪的想法，但都能自圓其說，並且聽起來還挺像那麼一回事，讓人想反駁都不好下口。

他們哪裡知道，此刻朱八十一身體內，還裝著另外一個世界的記憶。換句話說，此刻朱八十的腦子裡就帶著一個巨大的圖書館，雖然很多知識殘缺不全，但論起涉及之廣，卻超過元朝末年任何一座藏書樓。論起人情事故、政治權謀，他麾下任何一個文職，甚至一些武將，都不會比他差；但論起知識的淵博，見多識廣，整個淮安軍中所有讀書人加在一起都不可能超越他。

「就按照我的想法試試，不行的話，咱們過幾年再改，反正咱們淮安軍剛剛建立，也沒什麼祖宗之法！」見眾人被自己說動，朱八十一打鐵趁熱。

通過一番討價還價，終於把一個初步的刑律草案確定了下來。剮、裂、斬、絞、鴆五類極刑中，千刀萬剮和車裂被取消了，因為淮安軍自詡是文明之師，當然不能比蒙元朝廷做得更野蠻。

其他三項，卻沒有如朱八十一願，在逯魯曾等人看來，死有全屍和死無全屍，是兩種完全不同的概念，所以對於大奸大惡之人一定要讓他身首異處，才能以儆效尤；只有受牽連而判處極刑的人，或者其他各種情況被處死者，才會採用絞刑。至於鴆刑，則完全屬於有功之臣或者飽學名士的待遇，一般人根本無權享受。

對此，朱八十一也沒辦法。眼前的世界裡，受人們思維模式所限，他沒辦法完全由著自己的性子來。

倒是把刖、宮等殘害肢體的刑罰換成罰金，眾人非常客易地就接受了。這也是蒙元統治者的一大功勞，在前後七十餘年的統治裡，官府向來是只認錢不講道理。大商人的社會地位相對而言比宋代還有所提高，所以花錢贖罪，在民間早就被認為是可以接受的事，不需要朱八十一再費什麼力氣推行。

既然連斷腿和宮刑都可以換成坐牢外加罰金，其他更輕微的，純粹以侮辱和懲戒為目的肉刑，就更容易被取消了。這樣一來，整部刑律得到了大幅的簡化，到最後，逯魯曾手裡只剩下薄薄的兩三頁紙，比魏晉以來任何時代的刑律的都簡單明瞭。

「當年高祖入關中時，盡廢秦刑，只與父老約法三章……」望著自己手裡重新整理出來的薄薄幾頁，老進士忍不住大發感慨。

「明天就頒發出去，讓各級官府以後就按照這個來。」朱八十一一鼓作氣地說：「公審張明鑑等人的時候，也按照這個判律，免得他們覺得咱淮安軍處事不公。」

「是！」逯魯曾等人拱手領命。

「場地清理出來了麼？誰負責審問他們？如果沒有人的話，朱某親自來做主審好了！」朱八十一繼續問道。

「主公萬萬不可！」逯魯曾等人齊聲勸阻。「四面空曠，人多眼雜，萬一附近有漏網的亂兵或者蒙元那邊派來的刺客，臣等將百死莫贖！」

這個理由可不充分，朱八十一搖頭，「咱們的侍衛又不是擺設！」

「武藝再好，誰能防得住大抬槍啊？」眾幕僚依舊齊聲勸阻，說什麼也不肯讓朱八十一去當這個主審官。

朱八十一力爭許久，仍然無法將眾人說通，只好放棄過一把主審癮的打算，把審案的任務交給了參軍羅本。

羅本在淮安軍擔任的就是明法參軍的職責，因此對如何斷案倒也不陌生，稍微向朱八十一和逯魯曾請教了一些注意事項，便著手準備起來。

三天後，審判在原揚州府衙門的廢墟前事先清理出來的一塊空地上進行。由於提早就得到通知的緣故，揚州城的難民們將周圍擠了個人山人海。

一些頭腦機靈者，甚至提前一個晚上就跑來占據了好位置，用磚頭和木頭搭出數個板凳，然後以十個銅錢一個座位的價格，將它們賣給那些跟張明鑑有深仇大恨的人，居然小賺一筆，夠吃好幾天飽飯。

「來人，帶張明鑑！」羅本用手一拍驚堂木，學著折子戲裡青天大老爺的模樣大聲斷喝。

「帶張明鑑，威——武——！」從災民中召集來的揚州城衙役們，扯開嗓子，非常專業地唱起了堂威。

很快，張明鑑就從牢裡被提出來，拖進了審判場。

百姓立時爆出一陣憤怒的叫喊，無數人舉著石頭磚塊拼命往前擠。多虧淮安軍事先準備充足，派出足夠的士兵，用身體和盾牌搭起了圍牆，才沒讓大夥將罪犯活活打死。

「殺了他，殺了這沒人性的狗賊！」

「將這狗賊千刀萬剮！」

「青天大老爺，您可千萬要剮了他！」

……

無法親手報仇，百姓們只能在圈子外大聲喊道。

一些家裡有人受害的衙役，也個個紅著眼睛，將牙齒咬得咯咯作響，只待羅本說一個「打」字，就衝過去先給張明鑑來一頓殺威棒。

那張明鑑被知州李松帶著人給活捉後，早知自己在劫難逃，所以先前還裝出一副光棍模樣，想利用被公審的機會再充一把好漢。

此刻聽到周圍山崩海嘯般的怒吼聲，不由得心裡打起了哆嗦，醞釀許久的英雄氣概蕩然無存，還沒等羅本問話，就「噗通」跪了下去，大聲喊道：

「罪將張明鑑拜見朱總管，請朱總管看在你我都是武將的份上，給罪將一個痛快。罪將九泉之下也會感激朱總管的大恩大德！」

「剮了他，剮了這沒人性的狗賊！」百姓見張明鑑變得如此窩囊，愈發怒不可遏，揮舞著手中的磚頭木塊，怒吼道。

「肅靜！」羅本一拍驚堂木，大聲斷喝。

「威——武——！」

「威——武——！」衙役們用水火棍敲打的地面唱起了堂威，很快將周圍的嘈雜聲壓了下去。

羅本朝帥帳方向拱拱手，道：「你弄錯了，本官是朱總管帳下的明法參軍羅本，可不敢冒充我家總管！」

「你，你不是朱總管?!」

張明鑑聞聽，覺得大受折辱，掙扎著就想往起站，立刻有兩個衙役撲過去，拿水火棍朝他膝蓋骨處狠狠敲了一下，將他再度敲翻在地上。

周圍立即又響起一片喝彩聲，紛紛為打人的衙役叫好。

羅本一拍驚堂木，「不得高聲喧嘩！還有你，誰叫你打他的？他想站，就讓他站著說話，咱們淮安軍沒有跪禮！」

「啊，是，小的知錯！」衙役趕緊拱手賠罪。

「把他給我拉起來！」羅本命令。

「是！」兩名衙役一左一右，將張明鑑從地上架了起來。

張明鑑剛剛吃了一次虧，兩個膝蓋骨疼得猶如針扎，不敢再論資排輩，衝羅本拱了下手，道謝說：「多謝這位羅爺，罪將張明鑑，今天但求一死，請羅爺給罪將個痛快，別再讓罪將再受這些小人折辱！」

「只要你仔細回答本官的話，本官保證在你被定罪之前，不會有人再折辱你！」羅本微笑著點頭。「來人，給張明鑑搬塊磚頭來，請他坐下！」

「這？是！」眾衙役們猶豫著答應了一聲，帶著滿肚子困惑，從廢墟中拆出一塊巨大的青磚，放在地上，給張明鑑充當座椅。

張明鑑也沒想到，自己今天還有坐著說話的資格，心思立刻活動起來，偷偷看了看羅本，再看看主審官側面，排成一溜坐著的揚州宿老，抬起被鎖鏈拴著的手，躬身施禮：「羅爺和各位長者面前哪有罪將的座位，羅爺儘管問吧，罪將如實回答就是！」

「也好！」羅本也不客氣，用驚堂木敲了敲桌案，沉聲問道：「張明鑑，本官問你，上月十八號，亂兵洗劫揚州，殺人放火的案子，是不是你主使的？同案還有誰參與，你都指派了誰，快快如實招來！」

「冤枉！罪將冤枉！」張明鑑沒口地喊起了冤來。「罪將不知順逆，妄圖螳臂當車，與朱總管陣前一爭高下是有的，但這殺人放火之事，罪將絕對沒有做過！」

話音剛落，周圍當即又響起一片喊殺聲：

「剮了他，剮了這沒人性的狗賊！」

「剮了他，剮了他，千刀萬剮！」

……

圍觀百姓見張明鑑一推二五六，大叫著將手中的磚頭瓦塊向他砸了過去。雖然被維持秩序的兵卒用盾牌截下了大半，但是依舊有七八塊漏網之魚砸到了目標附近，把張明鑑砸得抱著腦袋不停躲閃。

「肅靜！肅靜！」羅本拎起驚堂木在桌案上猛拍，怒喝道：「咆哮公堂，成何體統？左右，誰再敢亂扔磚頭，就把他叉出城外去，在今天案子審完之前不准進城！」

「威——武——」衙役們用水火棍敲著地面，再度大唱堂威，費了好大力氣，才終於讓百姓恢復了安靜。

羅本四下看了看，強壓著怒火道：「張明鑑，你好歹也是個成名多年的人物，既然做了，就要敢當，何必逼著本主審非弄出一些難堪的場面來？」

「冤枉，罪將冤枉！」張明鑑求生之心一起，登時什麼臉面都不顧了，一派胡言道：「那天下午，罪將的確命人關閉了城門，然後派遣弟兄到城裡的大戶人家募集軍資。本想著有了錢糧，手下人就不至於去禍害老百姓，誰料太陽落山後，忽然有潰兵和流氓趁機作亂，罪將彈壓了幾次都沒彈壓下去，怕手底下的人也受脅迫，只好棄了揚州城……」

「住口！」沒想到張明鑑居然如此無賴，羅本氣得一拍驚堂木，「你可是揚州路大總管，整個城裡的兵馬都歸你調遣不是?!」

「罪將的職位是當天中午才買來的，連手下的官吏和將領都沒認全，能調動的，不過是嫡系那六千多人，其他人名義上歸罪將管，實際上誰也不聽罪將的；罪將如果不是當機立斷，撤出了揚州，弄不好，罪將都得被亂兵給殺掉！」

「放屁！」「撒謊！」「不要臉！」「信口雌黃！」怒罵聲再次連聲響起。

就連陪審團中的宿老們都忍無可忍，哆嗦地站起來，指著張明鑑的鼻子罵道：「你，你個不要臉的狗賊，還敢說自己沒參與！當初是誰派了親兵堵了老夫家的大門，非要老夫交出十萬貫現錢，五百石米，才肯放過老夫全家？」

「張明鑑，我家四十幾口的血債，你休想抵賴！」

「張明鑑，敢做不敢認，算什麼玩意兒？」

……

轉眼間，審判場內外亂成了一鍋粥。

那張明鑑為了求生，乾脆豁了出去，用力跺了幾下腳，反駁道：

「姓吳的，你還有臉說我？我的人是從你家借了錢和糧食沒錯，但我的人拿了錢後，就沒進你家大門，倒是你，怕自己光一個人吃虧，告訴我的弟兄，坊子對面的劉家是做珠寶生意的，日進斗金……」

「姓吳的你個王八蛋，老子跟你拼了！」

話音未落，陪審團中一個六十多歲的老漢已經撲到另外一個七十歲的老漢面前拳打腳踢。

挨打的吳老漢自知理虧，雙手捂著臉喊道：「你別聽他挑撥！我根本不是那麼說的，我只是……」

「我不聽！姓吳的，我跟你沒完！」

「肅靜，肅靜！」羅本驚堂木都快拍裂了，也控制不了秩序，急得滿頭是汗。

還是負責帶兵維持秩序的劉子雲有經驗，從親信手裡抓起一根皮鞭來，凌空抽了幾個鞭子花，「啪，啪！都給老子閉嘴，誰再給臉不要臉，老子就先抽死他！」

他曾經是徐州府的編外衙役，欺負老百姓原本就有一手，起義以來帶著麾下弟兄們東征西討，身上積累了非常濃郁的殺氣，幾鞭子抽下去，立刻讓陪審團安靜了下來，隨即又是「啪啪啪」幾下虛抽，將場外的百姓也震懾得鴉雀無聲。

「冤枉啊，大人！」陪審團中的劉老漢不敢再跟吳老漢打架，小聲抽泣著喊冤，「青天大老爺，小人要告狀，小人要告這姓吳的傢伙勾結匪兵，害死了我劉家上下七十餘口，可憐我那小孫子，才七個月大，就被亂兵給搶了去，活活摔死……」

「你不要哭，等審完了張明鑑，本官接你的狀子便是！」羅本也覺得劉老漢的遭遇十分可憐，瞪了吳老漢一眼。

「冤枉！」吳老漢不服地跳了起來，「噗通」一聲跪倒在地，「大人，小的冤枉，是這張賊的手下拿刀逼著小人，讓小人指認周圍還有哪家錢多的，小的心裡害怕，就……」

「啪！」羅本狠狠拍了下驚堂木，喝令道：「你也坐回去，繼續當你的陪審，至於其他事情，審完了張明鑑再說！」

「是！」吳老漢不敢多說什麼，哆哆嗦嗦朝陪審團的位置走去。

羅本嘆了口氣，抬起袖子擦掉額頭上的汗水，下令道：「從現在起，誰也不准再講與張明鑑無關的事，除非你們想要讓他逍遙法外，否則都給本官老老實實的坐著。其他案子，本官以後再問！」

「是！」陪審團成員齊聲答應，幾個當事人各自拉開距離，以目光代替刀子互相投射。

「張明鑑，你確定殺人放火的事情與你無關？」羅本將目光再度轉向犯人。

「罪將只是阻止不得，罪將根本沒有動手殺人，也沒指使手下去殺人放火！」張明鑑咬死不認。

「好，那你站到一邊！」羅本鄙夷地看了他一眼，一拍驚堂木，「來人，押本案第一證人上堂！」

「押本案第一證人上堂！」衙役們扯開嗓子，一遍遍喊著。

當了半輩子衙役，像這樣審案的方式，他們還是頭一次見到，以他們的經驗，這樣審案能審出個明白來才怪。

正在心中偷偷腹誹間，只聽見一陣鎖鏈拖曳聲，接著，數名士兵架著一個正方臉漢子緩緩走進了審判場。

「余大瑞，你怎麼在這兒？」張明鑑看到此人大吃一驚，本能地張口追問。

他記得當時自己派此人帶著親兵去充當誘餌，吸引淮安軍的注意力。按理，此人應該早就戰死沙場才對，沒想到居然也跟自己一樣，做了俘虜！

正方臉漢子余大瑞朝地上吐了口帶血的吐沫，咬牙切齒地道：「張總管，余某沒死，讓總管失望了是嗎？余某怎麼敢死？張總管沒死，余某又怎麼敢死在張總管前頭！」

「你這話什麼意思？」張明鑑被罵得耳朵發熱，怒衝衝地質問。

千夫長余大瑞又朝地上啐了一口，然後拱起雙手，向主審官施禮道：「大人想問什麼儘管問，就衝著貴軍這些天不惜本錢救治余某和眾兄弟的份上，余某當知無不言，言無不盡！」

「那好！」羅本點點頭，和顏悅色地道：「你把揚州當時毀於亂兵的經過說一遍，如實說就行，不用指責任何人！」

「是！」余大瑞又拱了下手，奉命回道：「當日兩個蒙古王爺任命張萬戶做了揚州路總管，卻沒給我們青軍留下任何糧食和軍餉。張總管為了買這個位置，還另外送了兩個蒙古王爺一大筆錢，他覺得自己吃了虧，就召集我們一起商量，說無論如何揚州城都不可能守得住，不如趁機撈上一票，然後去另找靠山，然後就命令罪將和其他幾個千夫長先關閉了陸上和水上的城門，隨即又分頭帶人出去，把城裡有數的大戶人家先堵了，挨家挨戶逼他們交錢交糧，並且讓他們互相舉報，誰家錢多……」

余大瑞深恨張明鑑將大夥推出去白白送死，卻自己偷偷跑路，如竹筒倒豆子般，將當日的事情經過抖了個一乾二淨，包括其他亂兵和地痞流氓參與進來後，四處殺人放火，張明鑑不肯阻止的理由也如實交代了出來：

「……當時小邱，就是戰死的千夫長邱正義說，這麼下去不行，這樣下去，整個揚州就毀了，我等都是千古罪人，可張總管卻說，毀了才好，毀了之後，淮安軍這仗就白打了，非但從揚州城得不到一分一毫，還會被災民所累，沒有力氣再去攻打廬州。」

「剮了他，剮了他，千刀萬剮！」

「剮了他，剮了他，千刀萬剮！」

四下裡，喊殺聲又響成了一片，百姓們舉著磚頭瓦塊拼命地朝前擠，恨不得立刻就將張明鑑給砸成肉醬。

劉子雲見狀，趕緊命令維持秩序的弟兄們將盾牆架穩，頂著人群，不准他們繼續靠近，好不容易才將周圍的怒火平息了下來。

卻聽張明鑑大聲道：「冤枉，罪將冤枉。姓余的當初想繼續帶隊去投奔蒙古人，罪將沒聽他的，所以他心裡怨恨罪將，這才故意把罪將往死裡整！」

「你給我閉嘴！」羅本氣得站了起來，指著張明鑑的鼻子罵道：「拿出點人樣來！好歹你也是成名多年的豪傑，別一點臉也不要！」

罵完，命人將余大瑞帶了下去，帶另外一個證人上來。

第二個被帶入場內的，是張明鑑的一個親兵。

上來後，沒等羅本盤問，就自己招供道：

「青天大老爺，小的招，小的全招。小的當日帶領兩百名弟兄，奉命堵了一戶大鹽商的家，張總管說，要他們家交三十萬貫銅錢，或者等值的金銀、珠寶。那家一時湊不齊，小的就下令弟兄們衝了進去，先殺光了他家的護院，然後一個一個殺他的家人，逼他把所有值錢的東西，還有銀窖裡的金銀全都交了出來。然後張總管派人跟小的說，這家如此有錢，怕將來會有麻煩，小的就一時狠下心，把那家老少近百口全給殺了，然後又放了把火，將宅子給燒了個乾淨。」

「你這背主求榮的狗賊，那是我叫你幹的麼？」張明鑑大怒，撲過去就打。

那名親兵不躲不閃，任由他打了幾下，然後繼續招認，「小的自從幹了那件事後，天天睡不好覺，小的知道自己早晚必遭報應，小的麾下的弟兄已經在戰場上遭了報應，小的該死，罪有應得，但這廝要是還活著，小的死不瞑目！」

「你！你這賣主求榮的狗賊！老子天天好吃好喝養著你，你居然敢出賣老子！」張明鑑像瘋了般張牙舞爪地罵著。

「是將軍賣了我等在先！」親兵頭目冷冷地看了張明鑑一眼，不屑地道：「我等在戰場上為將軍效死是分內之事，但將軍卻不肯讓我等死個明白，一邊讓我等朝東面殺出一條血路，掩護你突圍，自己卻掉頭朝北邊逃了，那麼多弟兄死不瞑目，小人如果不拖上了你，小人做鬼都無法安生！」

張明鑑被對方冰冷的目光看得心裡直哆嗦，轉過頭，朝著羅本喊冤：「他冤枉我！他怪我不該臨陣逃脫，想拉著我一起去死。」

「你先站一邊去，本官再傳其他證人！」

羅本知道張明鑑不見棺材不掉淚，又拍了下驚堂木，宣道：「把證人耶律齊、韓忠、蕭顯貴、朴哲元，一起帶上來！」

「帶證人耶律齊、韓忠、蕭顯貴、朴哲元！」

在衙役們的吶喊聲中，幾名契丹、高麗士兵頭目同時被押進了審判場，一個個垂頭喪氣，魂不守舍。

當羅本命令他們如實敘述當日揚州城內發生的事時，四人爭先恐後地招認道：「大人，我等罪該萬死，但當時是青軍帶頭先殺人放火的，我等見沒人管這事，也就都紅了眼睛，跟著一起燒殺起來。」

「我等手下弟兄，要吃沒吃，要喝沒喝，又不知道接下來該怎麼辦，見到青軍把別人家大門堵住，挨家挨戶殺人搶劫，便管不住自己，跟著一起幹了起來。我等罪該萬死，請大人賞我等個痛快！」

「你們這幫王八蛋，串通好了冤枉老子！」張明鑑瞪著通紅的眼睛，拼命朝眾亂兵頭上撲去，「老子當時倒是想管你們，你們肯聽老子的麼？當時搶錢時沒分給老子一文，現在被抓了，卻把過錯全推到老子頭上。老子這輩子欠了你娘的過夜錢了?!」

他手上腳上都鎖著鐵鍊，因此只衝出幾步就被衙役給硬拉了回來。

那些契丹、高麗亂兵心裡雖然害怕，卻一個個梗著脖子喊道：「咱們怎麼會冤枉你？要不是你的青軍帶頭燒殺，咱們怎麼會落到連退路都沒有的下場。咱們爺幾個被淮安軍給抓了，活該殺頭，你這帶頭的，也甭想落個什麼好！」

「就是！姓張的，當初要不是你弄得大夥都沒了退路，咱們何必落到如此下場？咱們爺們下了十八層地獄，也得拉著你！」

這些亂兵被抓後，回首當日的所作所為，都知道此番恐怕是在劫難逃了，然而又無法怪罪淮安軍下手太狠，所以想來想去，只能把恨意全都著落在張明鑑頭上。

那張明鑑雖然蠻惡，卻是第一次被原本屬於自己的同夥聯手斥罵，頓時憋得臉紅脖子粗，愣了好一陣兒，才喃喃地說道：「你們，你們冤枉我，你們都要下拔舌地獄，張某即便做了鬼，也不會放過你們！」

「你如果做了鬼，不知道要下往地獄第幾層呢！跟我等未必碰得上！」那些亂兵連連撇嘴。

在他們看來，自己當日殺人放火，完全是受了青軍的誘導，所以頂多算作從犯，到了閻王爺哪裡也不會判得太重；而張明鑑這種有計劃有組織殺人的惡賊，卻活該下十八層地獄，永世不得超生。

「肅靜！」參軍羅本見底下越咬越不像話，用力拍了下驚堂木，喝道：「把第三波證人帶下去，請當日的苦主代表上堂。」

「請當日的苦主代表上堂。」衙役們扯開嗓子。

「代表」這個詞，又是朱八十一的獨創，但從字面上理解，倒也淺顯易懂。

不多時，在一名淮安軍連長的帶領下，有群衣衫襤褸的受害百姓，相互攙扶著走進了審判場內。目光看到張明鑑，立刻兩眼冒火，圍攏過去，指著後者鼻子罵道：「姓張的，你也有今天！老天爺，你可算開了眼吶！老天爺，您趕緊打了個雷劈碎了他吧！」

甭看張明鑑先前對著那些亂軍將士理直氣壯，此刻看了受害的百姓，卻沒勇氣正面相對，任由對方把吐沫唾到自己前額上，也不敢抬起頭來。

「老人家們稍安勿躁，請把當日你們親眼看到的情形逐一說來！」羅本輕輕敲了下桌案，吩咐道。

「青天大老爺啊，您可為我們做主啊！」眾苦主立刻跪了下去，哭泣著。然後你一句，我一句，將張明鑑如何教唆指使手下殺人放火，亂兵如何肆意殘害百姓，以及當時的揚州官府如何不作為，如何與亂兵同流合污的舉動，全都說了出來，字字帶血，句句含淚。

圍觀的十數萬百姓，也都是當時受了青軍和亂兵所害，雖然不能親自進場指證張明鑑的罪行，此刻聽了代表們的哭訴，也都紅了眼睛，抽泣著叫喊道：

「青天大老爺啊，您可別放過這姓張的。他當日做的事情，我們大夥都親眼看到，您一定要剮了他，讓他永世都不得超生！」

「剮了他，讓他永世都不得超生！」

「剮了他，千刀萬剮！」

羅本用驚堂木在桌案上拍了一下，大聲喝問：「張明鑑，父老們的哭訴，你可都聽清楚了？」

張明鑑早就嚇得兩腿發軟，此刻聽到羅本發問，不敢再狡辯下去，但又不願意一絲生機，哆嗦地回道：「聽到了，當日之事，罪將的確有對不起大夥的地方，但當時罪將是蒙元的揚州總管，殺的搶的，也是蒙元治下的百姓，如果大人您為此處置罪將，罪將定然死不瞑目！」

「放屁！」羅本怒不可遏，咆哮道：「蒙元治下的百姓就不是百姓了？我家總管之所以起義兵，就是為了解民於倒懸，無論是蒙元治下，還是我淮安軍治下，只要你殘害了百姓，就罪該萬死！」

罵完了，又是一拍驚堂木，「來人，先給我打他五十殺威棒！」

「是！」眾衙役們早已忍無可忍，聽見主審官羅本下令，立刻撲上來，將張明鑑按倒在地，拔下褲子，一五一十地打了下去。

都是些用刑的老手，當然知道如何讓犯人受到最大的痛苦，卻不會立即要命，連二十棒子都沒打完，張明鑑已經疼得滿頭大汗，雙手舉起，大聲討饒：

「別打了，青天大老爺。我招，我招，我什麼都招！」

羅本這會兒氣消了大半，猛然間想起來，自己根本沒有下令打人屁股的權力，趕緊將驚堂木在桌子上敲了敲，就坡下驢道：「既然你肯識時務，本官就免你皮肉之苦。來人，先把他帶到一邊去，穿上褲子，聽候宣判。」

「是！」衙役們還沒打過癮，又狠狠敲了張明鑑幾下，才將起拖起來，像拖死狗一般丟到了審判場的角落裡。

「現在，請陪審的宿老投票表決，張明鑑犯有故意殺人罪，可否通過？」按照事先對朱八十一想法的理解，羅本大聲喊道。

「通過。」

「當然通過，好幾萬人，還能冤枉了他?!」眾陪審異口同聲認定了張明鑑的罪責。

「那接下來表決第二項，張明鑑犯有縱火罪，諸位宿老可否通過？」

「通過！」

「他要是沒放火，揚州城是誰燒的？」眾宿老沒有異議，全票通過對第二項罪名的認定。

「第三項，張明鑑犯有教唆手下，搶劫罪……」

「第四項，張明鑑犯有綁架勒索罪……」

「第五項……」

幾乎每一項罪名都獲得了十三位宿老的一致通過。

然而，當羅本說出第八項，也就是最後一項罪名，張明鑑犯有瀆職罪時，眾宿老當中卻有一大半人搖起頭來，「他這狗官，椅子都沒坐熱乎呢，不派人救火，算不上瀆職！」

「火是他放的，他當然不會救，跟他是不是揚州總管沒關係！」

「咱揚州父老講道理，從沒認可過他這個總管，當然也不求他能幹人事！所以瀆不瀆職沒啥關係！」

「這個？」有人一邊說一邊看羅本的眼睛，發現主審官大人沒有發怒的跡象，硬著頭皮道：「他不救火也不算瀆職吧，當時鬧事的亂兵太多，他的確想管也管不過來啊！」

……

眾人一番討論下來，居然有九個人都不認為張明鑑是真正的揚州總管，所以也不願意平白冤枉了他。羅本雖然覺得出乎意料，按照事先制定的規矩，不得不接受眾人的裁定，推翻了最後一項罪名。

隨即，他又用力敲了下桌子，命衙役將張明鑑拖回審判場中央，當眾宣布此人犯有蓄意殺人、縱火、教唆殺人、搶劫殺人等七項大罪。按照每項判一個絞刑算法，共判了七次絞刑；兩次絞刑遞進一次斬首，則是斬首三次外加絞刑一次。

「你該慶幸我家總管不喜歡那麼多殺人花樣，無論多少次斬首都歸為一次。」最後，羅本看了眼張明鑑，冷冷說道：「張明鑑，如此判你，你可心服？」

「大人非要殺張某，張某也沒辦法，但張某現在卻已經痛改前非，做了紅巾軍的滁州總管。你要殺了張某，未免有同室操戈之嫌！」張明鑑明知在劫難逃，依舊不甘心，大聲抗辯道。

「本官才不管你做了什麼總管！」羅本憋了一肚子火，怒聲道：「有罪就是有罪，你投靠了誰也洗不乾淨！即便有人賜你免死金牌，只要你罪行屬實，本官依舊要為揚州父老討還個公道。本官自從追隨我家大總管那一天起，就聽我家大總管不止一次說過，他恨的不是蒙古人，而是恨蒙古人的所作所為，恨的是蒙古人拿大夥不當人看。你既然連蒙古人都不如，本官今天要是放過了你，豈不是為虎作倀！來人，拖出去斬了，首級掛起來示眾！」

張明鑑還想再狡辯，卻被那一句，「恨的不是蒙古人，而是蒙古的所作所為。」說得無言以對，踉蹌著被拖出了審判場外。猛然間，覺得自己大腿根處一緊，有股熱乎乎的東西嘩啦啦淌了滿地。

沒想到自己這輩子還有機會能看到仇人授首，揚州城的百姓一個個激動得情難自抑，沒等張明鑑被押到刑場，就紛紛大聲哭喊了起來：「老天爺，您這回可真的開眼了啊……」

「孩子他爹，你在天之靈睜開眼看看吧，淮安軍把仇給咱們報了！」

「朱佛爺，小的這輩子都忘不了您的大恩大德啊！」

……如是種種，不一而足。

特別是那十三名被挑選出來做陪審人的宿老，等同於親手將頭號大仇人送下了地獄，一個個覺得揚眉吐氣，精神抖擻。連看向彼此之間的目光都跟著溫暖了幾分。

不多時，遠處傳來一聲炮響，殺人惡魔張明鑑身首異處，腦袋被繩子拴住，高高地掛上了旗桿。剎那間，人群徹底沸騰了，男女老幼手舞足蹈，一會兒笑，一會兒哭，讓遠處的運河都為之嗚咽。

「帶同案犯余大瑞！」

主審官羅本也受到了群眾情緒的感染，先用官袍袖子悄悄抹了幾下眼睛，然後將驚堂木用力一拍，氣勢洶洶地喊道：「來人，帶同案犯余大瑞！」

「帶同案犯余大瑞……！」眾衙役一個個昂首挺胸，將水火棍敲得震天響亮。

那千夫長余大瑞倒是個光棍漢子，自知此番在劫難逃，也不諉過於人，再度上了堂後，非常痛快的把自己該承擔的罪責都承擔了下來，然後經過陪審人一致通過，認定了他帶隊殺人和搶劫兩項重罪，判處斬首之刑，交由淮安軍的士兵押出場外，與張明鑑一起做了刀下之鬼。

隨後陸續被押上審判場的，都是張明鑑在青軍中的嫡系爪牙，按照官職高低和當日參與殺人搶劫的程度，分別判處了斬首和絞首兩類極刑。

那些青軍將領甭看在禍害老百姓時一個個窮凶極惡，到了此刻，能像余大瑞那樣保持鎮定的卻是鳳毛麟角，大部分沒等審判結束就尿了褲子，癱軟在地上死活不肯起來。

還有幾個特別不要臉的，乾脆躺在地上來回打滾，邊滾還一邊哭道：

「小人真的是奉命行事啊！青天大老爺，您高抬貴手放過小人這次，小的願意為朱總管帳前一卒，誓死報答朱總管的恩情！」

「冤枉啊，小的冤枉，不是小的生來兇殘，是張明鑑逼小的做的啊！」

……

「推出去速速斬了！」羅本氣得用力拍了幾下驚堂木，斷喝道：「我淮安軍乃仁義之師，豈容得下你們這種禍害百姓的無膽鼠輩！讓他們跟張明鑑一起做伴去！」

「殺了他，殺了他，讓他跟張明鑑一起下十八層地獄！」

「殺了他們，一個都別放過！」

……

眾陪審也都恨得牙齒癢癢，很快，二十餘顆人頭被砍了下來，跟張明鑑的首級掛在同一根旗桿上，鮮血淋漓。

百姓們看得心裡痛快，含著淚，大聲稱頌淮安軍和朱八十一的仁德：

「朱佛爺，您是我們全家的恩人。小的以後初一十五一定會焚香禮拜，讓佛祖保佑您早日登基做皇上。」

「朱佛爺大慈大悲，一定能做皇上，救萬民於水火！」

……

第三章

取捨之間

「這就是取捨！」朱重八嘆了口氣，
「朱總管的胸懷氣度，我也非常佩服。
但無論取天下，還是坐天下，都不能憑著一顆拳拳之心，
許多時候少不了要取捨，要為了今後而委屈眼前。
唉，不說了，你我兄弟人微言輕，走一步看一步吧！」

一遍又一遍，無止無休。

眾淮安軍將士聽了，將胸脯挺得更高，腰桿拔得更直。

一些友軍將士聽了，心裡卻多少有些五味雜陳。特別是郭子興麾下的部曲，因為主帥本人不願意得罪劉福通，提前離開了，如今做了好事，卻連名字都不得張揚，只能一邊看著淮安將士接受百姓的崇拜，一邊酸酸地嘀咕道：「不過是殺一群俘虜麼，有什麼好得意的！」

「可不是麼，早就該一刀殺了。費了那麼大力氣押到揚州來殺，殺給誰看呢！」

「這朱總管也真是個狠人，這一口氣砍下來，恐怕青軍上下留不了幾個了，他可真下得了手！」

「行了，別瞎吵嚷了，當心被人聽見！」濠州軍千夫長吳國楨越聽心裡頭越亂，沉著臉喝阻了弟兄的議論。

然而，一轉眼，他卻側過頭去，小聲跟朱重八嘀咕道：「八哥，這朱重九也太會收買人心了！幾十顆腦袋就換來全揚州六十萬百姓的擁戴，從今往後，恐怕大夥天天都只有一碗稀飯喝，也要跟著他一路走到底！」

「可不是麼？」副千戶鄧愈也湊上前，「特別是讓揚州人自己來當陪審這一手，簡直是絕了，無論判輕了還是判重了，都是那幾個陪審的事，與朱大總管沒任何關係，可老百姓最後念好，都是念在朱大總管身上！」

「那當然！要不怎說這朱總管厲害呢，短短一年多光景打下這麼大片基業來，沒點過人的本事怎麼行?!」吳國楨撇了下嘴。

「八哥，你說將來咱們要是有了自己的地盤，能不能也學學這一手？」鄧愈又是佩服，又是嫉妒。

先後與淮安軍、蒙城軍並肩打了幾場硬仗，他們兄弟如今眼界也開闊了不少，再也無法像從前一樣，滿足於繼續跟在郭子興身後，躲在濠州城那巴掌大的地方關著門稱山大王。**他們也希望自己能有一天像淮安將士這般受萬眾矚目，像淮安將士一樣，被老百姓們視作恩人，視作仁義之師，視作萬家生佛。**

然而，朱重八的反應卻出人意料地冷淡，搖搖頭說：

「這招好是好，卻未必能長久，你們當那些宿老做了主審，就永遠會懷著公心麼？這次是被張明鑑殺得狠了，所以他們才能夠同仇敵愾。換了其他案犯，他們怎麼可能不玩出花樣來？只要有人出得起錢，或者跟他們原本就在暗中勾勾搭搭，他們在審問時，能不給主審官出難題麼？一旦他們認定了某人人沒罪，而主審官那裡偏偏證據確鑿的話，最後到底該聽誰的？枉縱了犯人，將置法度於何處？而依法嚴判的話，幾個宿老都是當地的地頭蛇，鼓噪起來，地方官員就會民心盡失，以後幹什麼都無法放開手腳！」

「這……」鄧愈、湯和、吳國楨等人愣了愣，半晌無語。

朱重八知道大夥可能無法理解，便又道：

「**有些事情，效果不能只看一時**，這朱總管甭看得了眼下聲望，卻也給將來埋下了無數禍患，包括這張明鑑，如果不殺掉的話，未必不能成為其麾下一員虎將；此外，那些在蒙元做官的將領，有幾個手上沒欠過血債的？他今天殺了張明鑑，往後再跟他交手，那些人明知道沒有活路，還能不跟他死戰到底？還有，他以前都能放過那麼多蒙古官老爺，怎麼偏偏對張明鑑就如此嚴苛？這些把柄要是被有心人借題發揮，不都是大麻煩麼？」

「嘖，倒是！」鄧愈拍了拍自己的腦袋，重重點頭。

原本他只覺得張明鑑罪有應得，卻沒想過這些問題，從血脈親疏角度看，朱八十一明顯是對自己人嚴苛，對外人反倒寬容至極。

而眼下各地的紅巾軍，打的卻都是驅逐蒙元，恢復漢家江山的旗號。包括淮安軍自己，很大程度上，都利用了老百姓不願意繼續做四等奴隸，要將異族驅逐回漠北的渴望。

然而，朱八十一厚待蒙古、色目和其他各族俘虜，卻唯獨對張明鑑處以極刑，未免與潮流有些相悖。雖然眼下大夥的目光都被淮安軍所取得的成就吸引，沒人去雞蛋裡挑骨頭，可萬一哪天誰拿這件事做文章，朱八十一便會成為天下漢人豪傑鄙夷的對象了。

「可是，可是……」湯和顯然比鄧愈、吳國楨二人想得更多些，啞著嗓子道：「可他分明沒那個意思，揚州百姓被禍害的如此淒慘，要是他不給百姓們討還公道的話，甭說百姓們會失望，即便你我，恐怕也會覺得他沒擔當！」

「**這就是取捨！**」朱重八嘆了口氣，「朱總管的胸懷氣度，我也非常佩服。但**無論取天下，還是坐天下，都不能憑著一顆拳拳之心，許多時候少不了要取捨，要為了今後而委屈眼前**。唉，不說了，你我兄弟人微言輕，走一步看一步吧！」

「那可不行！」湯和一聽，著急起來，扯著朱重八央求道：「八哥，你得想想辦法幫朱總管一把。他對百姓好，對咱們兄弟也不錯，老實說，跟著他打仗這兩個月，是我這輩子最舒心的時候，你就是為了咱們兄弟，也得想辦法幫他堵住窟窿！」

「我哪有那本事！」朱重八搖頭，「我要有那本事，就不只是個小小千夫長了，況且一人一個想法，我現在說話，朱總管肯定不會聽的，弄不好反而得罪了他，壞了兩家的交情。」

「那怎麼辦？」此刻的湯和，遠沒成長為後世歷史上那名一代智將，拉著朱重八不肯鬆手。

朱重八被逼得沒辦法，沉吟了片刻，回道：「勸他肯定是勸不得的，但看在他一心為了百姓的份上，咱們兄弟可以多幫他做一些事情！」

「做什麼，你說吧，八哥，我們幾個聽你的！」

「對，我們都聽你的！」鄧愈和吳氏兄弟抱了下拳，齊聲道。

「過江！」朱重八用力一揮拳頭，道：「現在朱總管忙著處置青軍那些罪犯，沒功夫論功行賞，但等他騰出手來，絕對不會忘了咱們兄弟，到那時，咱們兄弟就替郭總管討個人情，過江去給濠州軍拓展地盤。第一，可以讓咱們郭總管不再夾在幾大勢力中間有志難酬；第二，一旦咱們兄弟殺過江去，肯定比張士誠、王克柔這些窩囊廢強，只要能把南面的元軍死死拖住，朱總管就會少一些麻煩，即便今後跟劉福通交惡，淮安軍也不至於三面受敵。」

渡江！給濠州軍開闢一片新地盤，護住淮安軍的南面，以免將來朱總管四面受敵！無論怎麼看，朱重八都做得仁至義盡。

然而，湯和卻總覺得這裡邊有很多不對勁的地方，但具體不對勁在哪兒，他又偏偏說不出來，就好像隔著一層紗，看什麼都是都模模糊糊，似是而非。

特別是朱重八那張帥氣的面孔忽然變得陌生起來，陌生得讓他無法相信面前站著的，是自己當年曾經一同放過牛的好兄弟。

「他現在是木秀於林！」朱重八顯然也知道自己的話有些難以服人，想了想，又道：「換了你我坐在劉福通的那個位置上，手下有人地盤比我還大，心裡也不會太舒服，更何況他又一而再，再而三地不給劉福通面子；從今往後，劉福通不帶兵來打他，已經算是有心胸了，絕對不會再給他任何扶持，而蒙古朝廷的能戰之兵大都來自北方，只要喘過一口氣來，肯定要大肆反撲。

「原先劉福通是大夥的盟主，朝廷的目標理所當然先對著劉福通，可現在，朱總管把運河最富庶的一段全給占了，難保朝廷的首選目標就是他。那淮安軍的戰術和戰鬥力，大夥也都見識到了，就憑你我手中這兩千多人，即便再加上整個濠州老營的弟兄，恐怕都幫不上忙，倒不如先去南方，保證朱總管無後顧之憂，並且還能源源不斷地給他提供糧草。」

這話倒是很實在，由於大量採用了火器，外邊新來的力量很難融入到這個體系之內，更甭提能幫上什麼忙了！所以湯和等人聽了後，也只能無奈地點頭同意他的說法。

正遺憾間，又聽到審判場內傳來一陣聲嘶力竭的哭喊。抬頭看去，只見淮安軍士兵押著一批剛剛判了死刑的俘虜，正準備帶出去處斬。那些俘虜當中，有許多人覺得自己冤枉，雙腿在地上拖著不肯移動，嘴裡不停地哀告：「饒命啊，青天大老爺！饒命啊，小人以後真的不敢了！」

「早知現在，何必當初！」湯和撇了下嘴，對這些殺人放火的惡棍，他心裡生不出任何同情。

「該殺的都殺得差不多了，接下來就有好戲看嘍！」朱重八的視角和別人總是不一樣，嘆了口氣。

果然，接下來被押入審判場內的十幾人，都是亂軍中地位較低的小校，最高不過是個副百戶，還有幾個連牌子頭都不是，僅僅是因為被同夥攀扯出來，所以被一併押入場內公審。

「冤枉啊，小人冤枉！小人當夜喝醉了酒，一直在睡覺，小人真的什麼都沒幹！」

「冤枉啊，那閻老二跟小人有仇，所以故意咬出小人，想拉著小人一起陪葬！」

「冤枉啊……」

眾俘虜逮到機會就大聲喊冤，矢口否認自己當日所犯下的罪過。其中也有幾個良心發現的，無論被問到什麼，都如實相告，只求以死贖罪。結果幾輪審問下來，凡是大聲喊冤抵賴的，都被判處了斬刑。倒是幾個認罪，態度好，一心求死的，只有一個因為情節嚴重，證據確鑿，被判了絞刑，其他只判了終生勞役。

陪審的宿老們非但大發慈悲，以證據不足為名，接連否決了好幾個人的死罪指控，並且大著膽子替凶手們求起情來：

「當時城裡那麼亂，想必他們也是受了別人的蠱惑，一時迷失了本心，今天殺了張明鑑和他的嫡系爪牙，已經足夠安慰枉死者。已經死去的人不能復生，大人今天殺再多的人，揚州城也不是原來的揚州了。還不如開恩饒過這些小魚小蝦，讓他們戴罪立功，替揚州百姓報答朱總管的恩德！」

「是啊，已經殺了快一百人了，足夠了！」旁觀的人群中，也有些人仗著膽子建議：「再殺下去，怕是有損天和。」

「是啊，饒過他們的小命不打緊，可不敢讓朱佛爺背上嗜殺之名！」一些讀書人也跟著幫腔。

眾揚州百姓原本巴不得俘虜個個都被千刀萬剮，可親眼看到數十枚腦袋掛到了高桿上，心中的恨意早就消失得乾乾淨淨。取而代之的，則是小老百姓們發自骨頭裡的慈悲情懷。不願意再看到更多的性命在自己眼前消失，更不願意因為殺孽過重，折損了大恩人朱八十一的福澤。

鄧愈在旁邊看得暗暗納罕，側過頭，對朱重八道：「八哥，你怎麼知道會是這樣？這不可能是朱總管預料中的事吧！」

「當然不是！」朱重八笑道：「他只是覺得，讓揚州人自己來審問亂兵，能最大的給當地人一個公道，卻不知道這**人心最是難測**，當地的官員怎麼可能審得好當地的案子？先前張明鑑等人作惡太甚，誰也不好公開寬縱了他們，可這些小魚小蝦，有哪個不是附近人家的子侄？再遠也跑不出揚州路去，平素族中長輩跟城裡的大戶們就有著說不清道不明的牽扯，這次讓揚州宿老們來斷他們生死，怎麼可能不留他們一命?!」

「可他們那晚殺起人來，卻沒念絲毫舊情！」鄧愈聽得滿頭霧水，一雙小眼睛裡全都是星星。

「當日他們只能隨波逐流！」朱重八嘆了口氣，「形勢那麼亂，想念舊情也不可能，而今天，幾個宿老卻不可能不考慮他們背後的家族，網開一面，日後才好去收人情，弄不好陪審人名單剛一確定之時，雙方早就已經暗中勾搭了，多少錢多少糧食換一條命，早有了明碼標價。」

「這怎麼可能?!」不僅鄧愈，湯和、吳氏兄弟也一臉難以置信的表情。

甭管他們信不信，接下來的審問中，宿老們果真越來越頻繁地行使了否決權，讓大部分被俘虜的亂兵都逃過了死劫。只有少數幾個被圍觀百姓當場認出來，罪行無可抵賴，才被判處了極刑，但是也多以絞刑為主，保住了一具全屍。

被押上審判場的亂兵們見狀，發現老實認罪就有很大希望免死，越是百般抵賴越在劫難逃之後，個個都變得敢作敢當，所有指控都毫不反抗地予以承認，並且痛哭流涕，願意以命贖罪。

如此一來，審判的速度大大地加快，幾乎亂兵都逃離生天，留下一條小命，改為在軍隊或者地方上服一輩子苦役，但比起先前那些被斬首示眾的同夥來，結果無異於天上地下。

包括一些契丹、蒙古和色目士卒，也被陪審人本著欲蓋彌彰的心思，大多數都給放了一條生路。讓這些人在稀裡糊塗地逃過一劫後，幾乎無法相信自己的耳朵，一個個跪在地上，朝四下叩頭，拜謝百姓們的不殺之恩。

那些百姓們哪裡知道陪審宿老們所玩的貓膩?反倒紅著眼睛，連連擺手道：

「都是人生父母養的，這次放過你，不指望你們的報答，只盼你們以後知道好歹，切莫逮到機會再去投了朝廷，把刀砍到我等頭上來！」

「一定！父老們的再造之恩，我等這輩子都不會忘記！」眾色目、蒙古和契丹將士流著淚連聲答應，然後在心中默默盤算，該如何聯繫上自己遠處的親朋，讓他們帶著錢財來找淮安軍贖人，讓自己早日脫離苦海。

至於脫離苦海之後，是從此放下兵器，踏踏實實做一個小老百姓；還是繼續助紂為虐，則是今後才要考慮的事了。

「來人，把光明右使范書僮帶上來！」看看天色已晚，羅本一拍驚堂木，啞著嗓子令道。

武將和兵卒都處理得差不多了，接下來對被俘文職官員的處理，才是個大難題。這些傢伙都沒親自動手去殺人放火，可坐地分贓，給張明鑑出謀劃策的事可沒少幹。特別是這個范書僮，直到被俘虜前的那一刻，還緊緊地追隨在張明鑑身側，彷彿二人是多少年的老交情般不離不棄。

「冤枉啊！」人還沒等押進審判場，范書僮已經大聲叫嚷起來：「小人一直在蹲監獄，根本不知道揚州城發生了什麼！至於後來，張明鑑救了小人一命，小人當然要全力報恩，無論他是人還是隻禽獸，小人都沒得選，只能認命！」

「你倒是忠心！」審了一天案子，羅本精疲力竭，聽范書僮如此無賴，立刻火冒三丈。「來人，給我拖下去，先打三十板子！」

「是！」衙役們如狼似虎地撲上前，按倒范書僮，扒下褲子就是一頓狠揍。不一會兒，就將疑犯打得皮開肉綻，鬼哭狼嚎。

然而打的場面雖然慘烈，范書僮卻沒有被活活打死，不一會兒，三十板子挨完了，又被衙役們架了起來。

「青天大老爺！」他雙手扶地，哭鼻子抹淚兒地道：「范某自打做了教徒起，就沒當自己還能平安活到老，可如果死在您的刀下，范某即便做了鬼，也要喊一聲冤枉。范某之所以死心塌地輔佐張明鑑，是覺得他本領高強，拉到紅巾這邊來，總好過繼續跟著蒙元朝廷幹，助紂為虐；至於他做下的那些惡行，范某根本沒參與，以范某當時的身分，想阻止也阻止不了！」

「那你到底阻止沒有？哪怕是替揚州父老求一句情也行！」羅本一拍驚堂木，質問道。

范書僮抹了把眼淚，委屈地說道：「當時如果小人阻止，也許就被他一刀砍了，他也因此斷了投奔紅巾的退路，要麼立刻去廬州追趕帖木兒不花叔侄，要麼直接渡過江去，禍害南面的百姓！」

「這麼說，你還救了江南幾百萬人了？」羅本聽了他的話，鼻子都快氣歪了，揚起驚堂木，準備叫人再將范書僮按倒痛打。

范書僮被嚇得一哆嗦，擺著手大聲哭喊道：「不敢，小人不敢居功啊，小人只是說，小人當時人微言輕，勸也起不到任何作用啊，還不如留著一條命，待將來努力把張明鑑往正道上引，讓他也起兵抗元，驅逐韃虜。小的見識淺薄，只懂這些啊，小的若是早聽到朱總管的教誨，只恨那蒙古人做下的惡事，而不是針對蒙古人，小的說啥也不會打著把張明鑑拉進紅巾軍的主意啊！」

一番胡攪蠻纏下來，還真叫羅本拿他沒辦法。

「子曰，不教而誅，則刑繁而邪不勝；教而不誅，則奸民不懲！」

范書僮早年間行走江湖，憑的就是一張利嘴，此刻見羅本被自己給繞了進去，立即重重磕了個頭，道：「小人之罪，罪在不能明辨是非，至於殘害無辜，那是絕對不敢的。小人原先不懂，所以犯下了天大的錯誤，可小人罪出無心，若是連個悔改的機會都沒有的話，小人死不瞑目啊！」

一邊哭，他還一邊拿眼神偷偷四下張望，發現周圍人的目光裡都沒太多恨意，便又道：「如果大人非要小人死的話，請給小人一把刀，讓小人殺過江去，死在韃子手裡。小人這輩子矢志驅逐韃虜，哪怕是被萬箭穿身，也總好過死在自己人刀下，嗚嗚，嗚嗚……」

說罷，一陣悲從心來，趴在地上放聲嚎啕。

羅本原來就對是否要處死他非常猶豫，此刻聽了他「寧願死在韃虜之手」的志向，心裡湧起一陣難過，嘆了口氣，道：「大錯已成，你哭也晚了。來人，把他先扶到一旁去，聽候宣判。」

然後，將目光轉向眾陪審宿老，道：「范書僮身為張明鑑幕僚，對其惡行卻不加以阻止。事後還千方百計想讓他逃脫懲罰。所以本官以為，他犯有兩條大罪，第一，為虎作倀，縱容亂兵殺人放火；第二，包庇張明鑑，試圖替他洗脫罪行。諸位長者以為如何？」

「不成立！」

話音未落，有個姓吳的宿老立刻站起來，義憤填膺地說道：

「青天大老爺，按道理，您給咱們揚州百姓出氣，咱們理應幫您說話，但咱們卻不能看著您斷錯案子，損害了朱總管的名頭。那姓范的雖然是非不分，跟著張明鑑一條道走到黑，但是他的確算不得瀆職。張明鑑把他從大獄裡撈出來，就是為了利用他，無論他當日說不說話，結果都是一個樣！」

「是啊，大人，受人滴水之恩，當湧泉以報，如果大人因為他始終對張明鑑不離不棄，就要治他的罪，那豈不是告訴天下人，忠心侍主就是一項罪名？那以後，誰還敢盡心為朱總管做事？哪個店家還敢雇夥計，哪個官員還敢請師爺？大夥看到主公有難，全都撒腿跑了算。反正留下來，就是錯的，何必給自己找麻煩?!」一個姓劉的老漢，站起來氣鼓鼓地說道。

「是啊，大人，自古以來，兩國交兵，只殺國主，不害忠良，咱們淮安軍乃仁義之師，不能幹糊塗事！」

「可不是麼？自古忠臣孝子，人人敬之。大人如果想殺他，可以說，為了成全他的忠義之名，才送他去九泉之下，與張明鑑那惡賊相伴。卻不可隨便給他安一個什麼瀆職之類的罪責！」

……

一幫宿老都讀過許多書，引經據典，把羅本說得啞口無言。

包括圍觀的百姓們也大多數覺得范書僮這事有點糾纏不清，紛紛側過頭去，交頭接耳。

「按吳老說，這姓范的倒成了好人了？我怎麼聽著好生彆扭呢！」

「好人倒不至於，但罪不至死吧！」旁邊的人搖搖頭，皺著眉道：「畢竟張明鑑救過他的命，怎麼著，他也得報答人家。如果他當初把張明鑑給賣了，我看羅老爺才更該殺了他！」

「是啊！他就好比張明鑑雇傭的大夥計，東家錯得再厲害，也輪不到他來出賣啊！」周圍的百姓跟著搖頭。

揚州城位於長江與運河的交匯處，南北貨物都在此彙集，然後由水路發往全國，因此揚州百姓多以經商或者製造各種靈巧之物為生，講究的是商人之間信譽和夥計對雇主的絕對忠誠。

故而在他們當中絕大多數人看來，光明右使范書僮替張明鑑聯繫劉福通，努力幫後者逃過懲罰的行為雖然可惡，但同時也極為可敬，畢竟作為曾經的東家和作坊主，誰也不希望自己遇到麻煩時，手下的夥計和學徒們紛紛落井下石，哪個都不肯留下來跟自己患難與共。

全體揚州人的判斷在這一刻居然是出奇的一致，幾個宿老暫且放棄了彼此間的恩怨，七嘴八舌地替范書僮辯解。

底下的百姓雖然無法讓自己的聲音被主審官聽見，可一個個目光裡分明地表達出了自己的態度。就連臨時招募起來的那些衙役，也偷偷地互相對視，準備萬一主審大人惱羞成怒，再命令狠狠教訓范書僮一頓的話，就一起手下留情，無論如何不會將此人活活打死於自己的杖下。

主審官羅本幾曾見過如此陣仗？無奈之下，只好尊重宿老們的選擇，將自己提出來的兩項罪名逐個否定掉，然後仗著自己擔任主審官積累起來的威信，重新給范書僮定了一個「行事糊塗狂悖，在朱總管面前失禮」的輕罪。眾陪審宿老雖然還想否決，但考慮到要給朱八十一留面子，便勉強讓其通過了。

如此一來，范書僮只需要在廢墟中搬三個月磚頭，就可以繼續打著光明右使的旗號去招搖撞騙了。

這把旁觀的湯和等人氣得火冒三丈，朝地上吐了個吐沫，嘀咕道：

「這幫老糊塗蛋，給根汗毛就敢當旗桿豎！那范書僮哪裡是什麼忠義之輩？他要是真忠義的話，就早該主動求死了，何必大呼小叫說自己冤枉？分明是投機不成，折光了老本，最後反而被這幫糊塗蛋當成了寶貝，白白落了個好名聲！」

「那幫老傢伙根本不是糊塗，而是怕得罪了明教，招來劉福通的報復！」朱重八的目光冰冷，撇著嘴道：

「蒙古人對於紅巾軍佔領過的地方，向來是當作敵國領土對待，所以那幫宿老不必考慮去討好蒙古人，討好了也沒什麼用！萬一朝廷的兵馬打回來，該屠城還是要屠城，可劉福通就不一樣了，畢竟是天下紅巾的總統領，萬一他們今兒個判了范書僮有罪，而哪天劉福通再打過來，朱總管力有不支，他們豈不是要給劉福通一個交代？於是乎，乾脆從一開始就不得罪，反正他們吃定了朱總管大人大量，不會為這點小事跟他們計較！」

「原來還藏著這道貓膩！」湯和恍然大悟，氣得咬牙切齒。

朱重八卻好像兩隻眼睛能看穿一切般，又說道：「你看著吧，將來這種糊塗事情還多著呢，咱們這位朱大總管啊，也不知道從哪裡來的這麼多新主意，用來造那些神兵利器，絕對是一等一，用來治國治家，早晚非出大漏子不可！」

「八哥，你這話從何而來？」湯和心中對朱八十一極為推崇，皺著眉頭問。

「嘿嘿！」朱重八笑了笑，滿臉神秘，「你不信？不信咱們走著瞧好了，沒聽說過麼，這**聖人和瘋子，很多時候其實只有半步的差別。**」

「瘋子？」

這一回，不止是湯和一個人不懂了。鄧愈，吳氏兄弟都紛紛轉過臉來。

朱重八卻不跟大夥解釋，將目光再度轉向審判場，「不閒扯了，看姓吳的審案，讓人驚詫的事情還在後邊呢！」

只見又一名揚州城的文官被押了進來，接受羅本的訊問。

那名官員姓劉，名文才，原本是個正六品推官，掌管整個揚州路的推勾獄訟之事，平素吃完了原告吃被告，撈了無數好處。揚州城被毀於大火之後，他帶著家眷和奴僕，跟張明鑑一道跑路。結果一連串的敗仗吃下來，家眷走散，不義之財丟光，自己也做了淮安軍的俘虜，落個雞飛蛋打，一無所有。

「冤枉啊！」羅本剛剛問清楚了案犯的姓名，還沒問揚州被毀當日此人的所作所為，圍觀的百姓當中，已經響起了一片喊冤之聲。

緊跟著，七八個蓬首垢面的男女一起衝進場內，跪在地上七嘴八舌地喊道：「青天大老爺，您可千萬給小人做主啊，這劉扒皮可把草民給害慘了！」

「怎麼回事，你們先停下，一個接一個說！」參軍羅本沒想到還有這麼一齣，用驚堂木打了一下桌案。

「我先！」「我先！」「我先喊冤的，我先！」幾個含冤者爭搶起來，誰也不肯居於人後。

羅本無奈，只好又用驚堂木拍了下桌案，大聲道：「別爭，一個一個來，那位阿婆，您年紀大，您先！」

「青天大老爺啊，冤枉啊！」年紀大的告狀老婦立刻哭了起來，趴在地上大聲控訴：「我兒子是給鹽商劉老爺行船的，說好了一年給六吊工錢，管一身衣服，兩雙布鞋。結果去年年底，劉老爺卻以水路不通，生意難作為名，只一吊銅錢把他給打發了，我兒子不服，就跟他家的管事起了爭執，他家的管事和家將將我那苦命的兒先給打了一頓，然後推入了運河，活活把他給淹死！」

「你不要血口噴人！」陪審人中，姓劉的宿老立刻跳起來反駁：「你兒子分明是賭輸了錢，不敢回家，跳河而死的，怎麼能賴到我家管事身上？你不去打聽打聽，這揚州城裡城外，誰不知道我劉家待下人最為仁厚！」

「仁厚？狗屁！」老婦人破口大罵：「我兒子從來不賭，怎麼會輸光了工錢？大人啊，您可要替老婆子做主，老婆子當日去江都縣衙告狀，那邊原本將狀子都接下了，後來這劉推官派手下人拿著他的名帖去了一趟衙門，我那苦命的兒子就算白死了，整個揚州城誰也不肯再管這事！讓我一個老婆子孤苦伶仃，有冤無處申，嗚嗚……」

「你，你血口噴人……」姓劉的宿老氣得指著地上的老婦，抗辯道：「大人，她就是一個瘋婆子，兒子跳河死了，想從老夫家訛一筆養老錢，老夫雖然家大業大，可支出也得有個由頭，絕不敢開這個口子，萬一其他刁民紛紛效仿……」

「啪！」參軍羅本重重一拍驚堂木，將劉姓宿老的話頭打斷，「夠了，本官讓你說話了麼？你是陪審，不是主審官，還沒輪到你替本官斷案！」

劉姓宿老先前和其他幾個陪審接連駁了羅本幾十回，都沒有被羅本為難，因此心裡就有了輕慢之意，覺得淮安軍不過如此，雖然驍勇，但今後治理地方依舊離不了自己這幫人，卻沒想到羅本不按常理出牌，說翻臉立刻翻臉。震驚之餘，不敢再造次，臊眉搭眼地坐回了自己的位置上。

「劉推官，她告得可否屬實？」參軍羅本又狠狠瞪了他一眼，然後把目光轉向案犯。「你為什麼要阻止江都縣接這位阿婆的案子，是不是有人許了你什麼好處？」

「冤枉？」劉推官聞聽，立即大聲叫起屈來。「小人不過是一介推官，平素根本沒有實權，哪敢干涉江都縣如何斷案，小人……」

「你胡說！」眾告狀的百姓異口同聲地駁斥，「整個揚州城，誰不知道你劉扒皮專門吃案子發財？小案子不給你送錢，就被你辦成砍頭的大案，真正的江洋大盜落在官府手裡，只要你收足了好處，一樣能從監獄裡放出來！」

「你們這些刁民才胡說！」劉推官把眼睛一瞪，「本官我好歹也是正六品，怎麼會管具體問案這等瑣事，本官……」

「住口！」羅本聽他一口一個本官，心情煩躁不已，拍了一下驚堂木，質問道：「別繞圈子，說具體的事由。這位阿婆告狀時，你到底朝沒朝縣衙遞過名帖？」

「這……」劉推官原本還想抵賴，見羅本臉色不善，猶豫了一下，道：

「當初好像的確遞過一個帖子，但說的不是具體審案之事，小人只是覺得到了年根，肯定有許多刁民會和雇主起爭執，而揚州城的商鋪工坊有數千座，年底又是收繳商稅的重要關口，所以無論如何都不能鼓勵這種行為，否則後果將非常難以預料！」

「你……」羅本恨不得跳起來將劉推官一刀劈死。

這明顯是一件**官商勾結，荼毒百姓的案子**，劉推官肯定從中收了賄賂，這廝居然有臉將藉口說得冠冕堂皇，好像不這樣做就要天下大亂一般。

正憤懣間，又聽見另外一名年輕的百姓哭訴道：

「青天大老爺，您可別被姓劉的給糊弄了，他哪是為了揚州城的安寧，他只是為了給自己貪贓枉法找個藉口而已！小人當年也是買賣人家，做出的白瓷整個揚州都是頭一等，就是因為去年年底不小心捲進了一件冤枉官司，被這姓劉的一次又一次敲詐，最後整個鋪面連同城外的一座瓷窯都歸了他。如果為的是讓大夥都過個安穩年，他為什麼不肯對小人網開一面啊？按道理，小人也是店東，小人每年也定時定點向官府繳納銀子！」

「青天大老爺，他就是在撒謊！」其他幾個苦主也紛紛開口控訴劉推官的罪行：「上次糧商老錢家的奴僕在碼頭上打斷我大哥的腿，也是他出面給平的案子，結果我大哥的腿白斷了不說，還要倒賠給老錢家耽誤糧食裝船的錢！」

「他看中了小人家的宅子，出兩百貫錢想買，小人的父親不肯，他就找了個慣偷，自己去投案，攀誣家父銷贓，可憐我老父親，清清白白一輩子，就被這殺材活活給氣死了！嗚嗚，嗚嗚……」

「他想納小人的姐姐為妾，卻又不肯出彩禮錢，就勾結官府，硬說小人家跟明教有來往……」

一樁樁，一件件，每一件都令人髮指。

劉推官則不停地狡辯，把自己摘了個乾乾淨淨，陪審人當中，也有幾個宿老怒容滿面，隨時準備跳起來反駁。無奈摸不太清楚羅本羅大老爺的路數，唯恐惹對方突然發飆，只好暫且忍耐，等待合適的時機。

主審官羅本越聽越氣憤，右手的五根手指不停地在桌案下開開合合，他今天要審理的是張明鑑等人半個多前在揚州城內所犯下的罪行，與苦主們的控訴無關，然而，如果不將劉文才繩之以法的話，又著實讓他覺得愧對主審官的位置。

想來想去，把心一橫，喝道：

「行了，本官都聽清楚了。劉文才，你仰仗一身官皮欺壓良善，強取豪奪，逼死多條人命，本官今天要不治你一個謀財害命之罪，老天爺都會覺得本官沒長著眼睛。來人，將他給本官拖下去……」

「且慢！」眾宿老紛紛站起來抗議：「大人，朱總管說過，今天要我等做陪審。」

「是啊，羅大人，我們這些陪審員還沒通過刑罰呢！」

「羅大人，您不能出爾反爾！」

……

眾人雖然聲音裡帶著哆嗦，卻沒有一個落在後面。此案無關公義，事關今後揚州城內的規矩，他們過去都是有名望的士紳，而告狀的人，不過是一群大字不識的草民，如果給一群草民隨隨便便開了「攀誣」士紳的頭，那今後豈還了得？

「你們？」

羅本臉上怒氣更濃，顯然這些宿老中，不少都跟劉文才有過勾搭，此刻打定了主意要包庇於他。然而，如果讓這些宿老們的圖謀得了逞，朱總管最近的所有安排就都白做了，非但淮安軍要大失民心，冤死的那些百姓們，如果泉下有靈的話，恐怕也難瞑目。

猛然間，羅本想起開審前朱八十一的一些叮囑，微微笑道：

「剛才苦主的哭訴中，牽扯到諸位之間很多人，按照我家朱總管的規矩，所有牽扯到的人都必須回避，現在，請劉老丈、吳老丈、任老伙、錢老丈、徐老丈退到一邊，把陪審的位置讓給與本案無關的人！」

「啊?!」被點到名字的五位宿老先是一愣，隨即怒衝衝地甩袖離席。

見過糊塗的官，卻沒見過像今天這般糊塗的，與士大夫共治天下，是大宋太祖爺定下的規矩。蒙古人雖然沒明著宣布會遵從，事實上，官府做什麼事離得開地方頭面人物的支持？今天，姓羅的糊塗官卻為了幾個大字不識的土包子，把揚州城的宿老得罪了一大半，**他到底是給朱總管拉攏人心來了，還是替朱總管跟地方上結仇來了?!**

「請眾父老推舉五位與本案無關的宿老頂替他們的位置！」

羅本也知道自己今天可能把事情給搞砸了，但箭在弦上，不得不發，站起身，朝周圍的百姓們拱了拱手道：「請眾父老再推舉五個人，湊足十三位陪審，才好給這姓劉的定罪！」

人群嗡地一聲，潮水般向後退去，誰也不願意出這個頭。

剛才被羅本驅逐出陪審席的，除了原來的大鹽商，就是珠寶、糧食和大船東，甚至還有牙行的行主，如今雖然家產被亂兵搶光燒盡了，可每個人身後都擁有普通百姓難以相比的關係網，真的得罪了他們，大夥將來怎麼死的都不知道。

「請眾父老再推舉五個人上來，湊足十三位陪審。天色晚了，咱們得抓緊！」見底下百姓遲遲不動，羅本輕聲催促著。

人潮繼續後退，百姓們你看看我，我看看你，儘管他們想去替苦主討還公道，卻承擔不起得罪宿老們的後果。

「我們兄弟來吧！」正當羅本感到為難之際，朱重八帶著湯和、鄧愈、吳氏兄弟，分開人群，大步走上來道：「我們兄弟都不是當地人，既在裡邊沒有利益糾葛，也不認識當事雙方。」

「行！」羅本終於盼到了救星，欣慰地點頭。

「但是朱某有幾句話不吐不快！」朱重八一邊朝陪審席上走，一邊向所有在場百姓喝道：「你們這群窩囊廢，朱總管給了你們報仇的機會，你們居然往後縮！你們的膽量呢？凡事都指望別人，活該被欺負一輩子！」

眾人被罵得額頭冒汗，面紅耳赤，誰也無顏開口反駁。

朱重八卻依舊不過癮，轉過頭，朝著陪審席上和剛剛離開陪審席的宿老繼續大罵：「還有你們，一個個人五人六的，有本事，揚州被焚的那天跟亂兵拼命去啊！也不想想陪審的位置是怎麼坐上去的，居然給點顏色就開染坊，這麼有種，怎麼當初不發到張明鑑頭上去呢？一個個都落魄得天天等著兩碗粥吊命了，還沒忘記欺負鄉鄰！你們讀得那些聖賢書，都讀到狗肚子去了？

「水能載舟也能覆舟懂不懂?!一旦把老百姓逼得造了反，就憑你們這群臭魚爛蝦，誰能得到好果子吃？你們也不是沒經歷過事情的人，那大火一燒起來，誰還認你錢多錢少，臉面夠不夠大？一樣是把萬貫家財燒個乾乾淨淨，一樣妻離子散，家破人亡，誰能保證自己下次還能逃得開?!」

這一通臭罵，比剛才羅本那幾句不痛不癢的指責有效得多，眾宿老頓時想起青軍作亂那天自家所遭受的劫難，一個個低下頭去，冷汗淋漓而下。

剛才光顧著趁淮安軍立足未穩，給揚州城的草民樹規矩，卻忘了如今這刀把子是握在草民手裡。那參軍羅本還好，怎麼著也考過功名，算是書香門第，而這朱重八和那個朱八十一，可都是實打實的窮棒子出身，當著他們的面欺負他們的親朋好友，不是壽星老上吊——活得不耐煩了麼？

「哼！一群沒良心的東西，朱總管讓你們做這陪審官，是給你們臉面！如果你們自己給臉不要，就都給老子滾下去，把位置讓給別人，老子就不信了，這偌大的揚州城就找不出一個心存公道的！」

朱重八仍不解氣，越罵聲音越高。

他雖然覺得朱八十一獨創這陪審制度不靠譜，但更恨當地士紳公然欺負老百姓，如果換了他來做主，根本不需要費這麼大勁，敞開衙門口，讓揚州老百姓挨個進來告，然後將被指控最多的那幫王八蛋，無論以前當官的還是經商的，全推出去斬首示眾，肯定冤枉不了任何一個。

後一句話，可比前面所有話對揚州宿老的打擊都沉重，他們聯手把持住陪審位置，好歹也算跟淮安軍搭上關係，日後還有照顧自己人的機會，一旦失去這個位置，換了那些泥腿子坐上來，那可就是雞飛蛋打，什麼都撈不到了！

想到這兒，眾宿老豁然驚醒，一個個紅著臉，不斷作揖：

「這位軍爺說得極是，小老兒們剛才一時糊塗，還請羅大人和軍爺不要怪罪，畢竟我等平素跟劉某人交往多，難免心裡就會向著熟人多一些。」

又衝著底下的苦主們拱手謝罪：

「諸位鄉親，小老兒當年馭下不嚴，給您招來了禍事，小老二這裡給您賠罪了。那幾個惡奴已經死在火場中，屍骸無存，小老兒現在也遭了報應，被張明鑑那惡賊給害得家破人亡，您要是還覺得不解氣的話，就直接過來打小老兒一頓便是，小老兒心中有愧，絕對不敢還手！」

「是啊，是啊！我等遭了報應，和你們一樣了，咱們現在是同病相憐！」本著好漢不吃眼前虧的原則，幾個鹽商、糧商和珠寶商人紛紛向苦主告罪道。

眾苦主們聽到對方也變得和自己一樣一無所有了，心中的恨意剎那間就消散了大半，抹了把眼淚，冷笑道：「你也嘗到了家破人亡的滋味？活該，誰叫你們平素為富不仁。老天爺可真長眼，老天爺，草民給你磕頭了！」

說著話，把腦門對著地面，磕得「砰砰」作響。

羅本看著大夥的模樣，忍不住嘆道：「都別吵了，趕緊給劉文才定罪吧！本官宣布，劉文才犯有謀財害命之罪，諸位陪審意下如何？」

「認可！」

「有罪！」

留下來的八名陪審比先前乖覺許多，馬上判決劉文才罪無可恕，再加上朱重八、湯和等人的意見，全數通過判處絞刑。

立刻有兵士走上前，將嚇癱軟的劉文才拖走，掛到絞刑架上。片刻之後，犯人一命嗚呼。

陸續又有二十多名官吏被押上審判場。大部分都因為起火那天與張明鑑同流合污，最後被斬首示眾。

因為有朱重八這個殺神坐鎮，整個審判過程加快了許多。

當最後一名官吏被掛到絞架上時，天色也擦黑了，看了一天熱鬧的百姓帶著意猶未盡的心情緩緩散去。

·第四章·

雪中送炭

「我陳某人再不懂事，也不會當面讓此間主人下不來臺！
況且，養活六十萬張嘴不是件簡單事情，
弄不好朱屠戶正盼著天上能掉糧食呢，
咱們現在來，正好是雪中送炭！」
陳九四橫了趙普勝一眼。

「都說朱八十一慈悲，這佛子今天殺的人，可一點不比咱們攻克武昌時少！」人群中，有個看熱鬧的古銅臉壯漢，一邊向外走，一邊跟自己的同伴嘀咕著。

「可不是麼？把揚州城的官吏一掃而空，從此之後，他朱屠戶就是白紙上畫畫，想怎麼折騰就怎麼折騰！」他旁邊，另外一個黃褐色面孔，乾瘦的漢子冷笑著附和。

從上午開審張明鑑那一刻起到現在，他們幾個就在場，一眼不眨地看完整個審判過程。包括每名罪犯最後判了什麼刑罰，都記了個清清楚楚。

現在仔細一合計，訝然發現光是被判了斬首示眾的，就有七十多人；再加上被絞死留了全屍的，朱八十一麾下的羅參軍，足足殺了一百多人，比天完帝國拿下武昌之後下手還要狠辣。

偏偏朱八十一這麼做，百姓非但一點兒不覺得害怕，反而鼓掌叫好。而天完紅巾攻克武昌時，高門大戶個個嚇得到處躲藏，普通小老百姓也都縮進院子的柴草垛和酒窖中，誰都不肯露頭。害得大將軍鄒普勝足足花了一整個月的時間去安民，好歹才把百姓們從家中給勸了出來。

想想受到的待遇天差地別，黃臉瘦子犯酸地說道：「那些被宰的傢伙，當天都沒少搶，這下好了，他們死了，贓物充公了，某人又平白落下了好幾百萬，手指頭縫隙裡隨便灑點出來，開個粥棚，就會被當成萬家生佛！」

「可不是麼？殺人的事都交給當地百姓做了，自己不沾任何因果，只管悶聲發財，**這位朱佛子，真的是一手好算盤！**」古銅臉漢子撇了撇嘴。

「九四，五一，你們倆的話可是有些過了。」

旁邊還有一名白淨面孔，身材勻稱的漢子，皺了下眉頭，反駁道：「那些傢伙荼毒百姓，原本就該殺，況且他們掠奪來的錢財細軟，走一路丟一路，到最後未必能剩下多少；更何況兩淮原本就缺糧食，朱總管在這個關頭還能把軍糧拿出來賑濟百姓，也是冒了極大的險。」

「趙二哥說得極是！」黃臉和黑臉立刻改口，齊聲誇白臉漢子明白事理。「在這大冬天的，他把軍糧拿出來，的確是冒著險，萬一明年春天外地沒有糧船開過來，不用蒙古人打，他也支撐不下去了！」

「所以軍師才派咱們來跟他聯絡！」白臉漢子低聲道：「一則看看他到底是個什麼人？心裡是向著劉福通，還是依舊念著聖教當年的點撥之情？二來，即便他真的像傳說中那樣對聖教早就起了二心，至少也希望能跟他達成一個約定，拿江南的大米換他手中的神兵利器。」

「向著劉福通倒是未必，否則他也不會把那個狗屁光明右使收拾得那麼慘！」被喚作九四的黃臉漢子評論道：「不過，二哥，你也別指望他向著咱們，自打他占了徐州起，師叔他老人家都派人給他送了多少封親筆信了，怎麼從沒見他回過一封？如果他真的還念咱們聖教當初的回護之恩的話，絕對不該如此！」

「可不是麼，當初師父就不該裝聾作啞，直接派人拆穿他那個大智堂主是冒牌貨，早就把這件事了結了！」古銅臉漢子咬牙切齒道。

朱八十一那個彌勒教的大智堂主是假的，這事整個彌勒教上層都心知肚明，然而，彌勒教上下，包括教主彭瑩玉在內，誰也不願出來拆穿。一則，朱八十一如今勢力太大，彌勒教跳出來否認他的堂主身分，對自家沒任何好處；二來，朱八十一所造的火炮是天下獨一份，天完帝國想不拿弟兄們的性命去壘城牆，就斷然離不開淮安軍的供應。

事實如此，但被喚作趙二哥的白臉漢子卻不願意承認，笑了笑，委婉地說：「話不能這麼說，普朗、普勝、普天、普略、普祥，師父收的嫡傳弟子都是『普』字輩，但師伯和師叔的弟子，卻有很多因為沒來及向總舵報備，所以沒賜下名字，當初師父如果把他的身分拆穿，結果他卻是師伯或者叔父的弟子，豈不白白斷送了他？況且，有他這麼一個彌勒宗的弟子在徐州，總比讓白蓮宗的一統天下好！」

「我師父可沒收過一個排行八十一的徒弟！」黃臉漢子聳聳肩，七個不服八個不忿。

「師父當時只是無法確定，不想害他無辜慘死，可等確定下來時，他羽翼已成，拆穿不拆穿都沒意義了，所以只能繼續糊塗著，好歹留一份人情！」趙二哥咧了下嘴，替自家師父辯解。

「師叔他老人家想的就是遠，只是耐不住徐統領性子急！」九四批評道：「才打下巴掌大的地盤，就忙著登基做皇帝，弄得明教三宗剛剛合併就立刻分崩離析，連咱們來找姓朱的，都得喬裝打扮，好像見不得人一般！」

「好了，九四，你就別抱怨了！」白臉趙二哥瞪了黃臉漢子一眼，責備道：「整個南派紅巾，就你陳九四話最多，咱們兄弟之間無所謂，真要傳到陛下耳朵裡去，有你好果子吃！」

「咱們那陛下還忙著修他的皇宮呢，哪有功夫搭理我！」黃臉漢子陳九四吐嘈道：「你說是不是，二十一兄弟！」

被喚作二十一的古銅臉漢子冷不防被問，訕笑著道：「徐統領其實別的都好，就是太著急了，要我說，他哪怕再等兩年，等確定了小明王的死訊，再登基做皇上，南北紅巾也不至於弄成現在這般模樣。唉，不過這些咱們兄弟也管不了，連師父都勸阻不了他，咱們兄弟除了克盡本職之事，還能幹什麼？」

「唉，還能怎麼樣？盡人力聽天命而已！」陳九四悻然回應，穿著水牛皮靴子的腳踢在地上，將灰燼踢得四下亂濺。

這樣下去肯定不是辦法，至少在他眼裡，看不到南派紅巾有一統天下的希望。雖然在最近一年來，幾路大軍四處出擊，打下了一座又一座繁華的城市，將戰火從武昌一路燒到了杭州，但真正能牢牢控制在手裡的，卻只有圻州和黃州周圍數縣之地，其他要麼打下之後又主動放棄了，要麼被蒙元軍隊硬給奪了回去，根本無法長久立足。

而戰火燒過之處，註定要生靈塗炭，即便紅巾軍再克制，丞相彭瑩玉再強調軍紀，對地方上的破壞都是避免不了的。

特別對於那些與官府勾結，欺壓良善的土豪劣紳，紅巾軍抄沒其家產時絕不會含糊，否則軍糧從哪裡來？軍餉讓誰來出？至於武器鎧甲，更是無從談起。

對於普通百姓，紅巾軍則採取了另外一種態度。能分一些糧食就分一些糧食給他們，能燒毀財主的地契，就燒得渣都不剩，但是百姓們卻很難得到更多實惠，也不會真心支持紅巾軍。

因為紅巾軍出於各種因素不得不繼續向其他地區流動，紅巾一走，官兵就會從四下殺過來，那些蒙元朝廷的軍隊，才不管你到底跟紅巾有沒有聯繫，只要找到任何藉口，都會把整個村子屠成亂葬崗。

如此一來，雙方反覆爭奪的區域，很快就變成了一塊白地，即便最後又落回了紅巾軍手裡，三到五年之內，也收不上任何賦稅來。

沒有普通百姓繳納糧食賦稅，大戶人家中抄出來的浮財，終究有被用光的時候，萬一那一天來臨，號稱百萬的天完紅巾，就只有四散而去的份，根本不用朝廷再派兵來剿，自己就得活活把自己餓死。

這就好比當年的瓦崗軍，剛剛打下興洛倉時，何等的威風？待到糧食吃光了，就李密、王伯當等人就朝徹底成了喪家之犬。

陳九四不願意做王伯當，也不認為有誰值得自己陪著他一起去死。亂世來臨，正是英雄豪傑一展拳腳的時候，他要做一個人中之龍，毫無羈絆地實現自己胸中的抱負。

不像其他紅巾軍將領，連自己的名字都寫不出來，陳九四讀過很多書，還做過縣城裡的書吏，因此想事情遠比其他人深。然而，大多數時候，他的一些想法得不到任何人的理解，包括最親密的兩個同伴趙普勝和丁普朗，都很少對他的觀點表示贊同。這令他更顯形隻影單，即便在紅巾軍上層的慶功宴上，也與周圍的喧鬧格格不入。

好在他的師伯，天完朝的丞相彭瑩玉欣賞他的聰慧多謀，並能理解他的擔憂，所以一直對他委以重任，包括這次暗中聯絡朱八十一，派了他跟另外兩個得意弟子趙普勝和丁普朗一道前來。

「你性子太傲，跟那朱八十一恐怕很難說到一處，所以這次去淮安，為師讓普勝做主使。但他的性子又過於敦厚，所以還需要你在一旁多多幫扶他。一定要談出個對咱們有利的結果來，否則，萬一姓朱的受了劉福通的蠱惑，跟咱們劃清界限，咱們的日子就愈發艱難了！」

想起臨行前彭瑩玉的叮囑，陳友諒忍不住又搖頭嘆氣。

照自己先前觀察到的情形，朱屠戶受劉福通的蠱惑恐怕不太容易，然而想讓朱屠戶倒向天完王朝這邊，恐怕也是白日做夢。

此人分明準備推行一套前所未有的東西，既不同於蒙元朝廷，也不同於劉福通，更不同於天完帝國。雖然到目前只現出了一個模糊的輪廓，但陳九四相信，前三方中任何一方都無法接受這種改變。

換句話說，朱八十一如果想堅持他自己這一套，只能自立門戶，這是早晚的事，不以任何人的意志為轉移。

「又嘆什麼氣啊，要我看，你就是心事太重！」白臉趙普勝忍不住說道：「咱們都是武將，想那麼多幹什麼？大事情上，有師父、倪太師他們把握著，咱們看得再遠，還能強過師父去?!行了，放輕鬆點，等會兒還得跟淮安軍的人打交道呢，你這副臉色很容易讓人家誤會！」

「這你大可放心，我陳某人再不懂事，也不會當面讓此間主人下不來臺！況且你剛才不說過了麼，養活六十萬張嘴不是件簡單事情，弄不好，朱屠戶正盼著天上能掉糧食呢，咱們現在來，正好是雪中送炭！」陳九四橫了趙普勝一眼。

事實正如他所料，朱八十一如今果正為揚州城的事情頭大如斗。六十多萬人，每人就算每天只給兩碗粥喝，也得七八萬斤糧食，況且如今正值會江北地區一年當中最冷的時候，長時間吃不飽肚子，肯定會有老弱捱不過這個冬天。

因為看不到希望，難民當中那些身強力壯的年輕人也變得越來越難以控制。據張九四和王克柔倆人報告，眼下揚州城的廢墟中，已經有很多遊手好閒者開始從其他難民手中搶掠僅有的一些衣服和財物，並且有愈演愈烈的趨勢，如果不加以妥善解決的話，弄不好一場規模不小的民變就會發生。

這回，他們造的可不是大元朝的反，而是直接將刀鋒指向了淮安軍。淮安軍無論是鎮壓，還是讓步，都會落個灰頭土臉。

妥善解決，談何容易？把那些帶頭欺負人的傢伙處以極刑，只能起到一時威懾效果，長時間看不到希望，就會有更多的人跳出來鋌而走險。

張明鑑等人所點起的大火，毀壞的不單是幾萬間木屋，幾百間雕梁畫棟，**這把火，燒掉揚州城中絕大部分人的活路！**

那些在鄉間有親戚的，還可以考慮去投奔，捱過一段時間，然後找機會東山再起，那些純粹的城裡人，根本看不到未來在何方！

不像徐州、宿州等地，城中人口少，周圍還有大塊大塊的農田，只要把農田的原主人：蒙古和色目老爺驅逐，就可以將土地分給流民。

揚州城的獨特之處在於城周圍根本沒有那麼多的無主之地。即便全都充公，城裡的百姓每家也分不到多少；並且城中的絕大多數百姓，根本就不會伺候莊稼，讓他們去土裡刨食兒，還不如直接把他們推河裡淹死。

換句朱大鵬那個時代的話來說，元代的揚州城，就是一座超大規模的工商業城市，依靠商業、船運、瓷器、漆器和大規模的紡織作坊，就能養活起上百萬人。

而現在，所有店鋪和作坊都被張明鑑給燒了，碼頭上的船隻也都被兩個蒙古王爺捲去了廬州，留下的只有一片廢墟，自然是百業凋零，大夥想給人幫工，都找不到雇主。

「要不我現在就提兵去江南走一遭？」人被逼急了，就本能地想鋌而走險，朱八十一自己也是如此。

與揚州一水之隔就是鎮江。如果能殺過去，搶下一塊落腳地。自然就能安置下足夠的難民，也能從朝廷的官倉裡搶到一些糧食應急。

「不可！」話音剛落，逯魯曾和徐達二人同時站出來反對。「距離淮安太遠，彈藥供應很難跟得上！」

「江南冬天多雨！雨天與敵人交手，等於以己之短，擊敵之長！」

二人說話的角度不同，卻都打在了淮安軍的最關鍵處。火器的威力雖然巨大，但缺陷也一樣明顯。

首先，其對後勤的依賴是原來的數倍，沒有了火藥和彈丸，火槍和大炮，威力都抵不上一支白蠟桿子；而火槍、火炮所用的彈藥，眼下只有淮安的才能出產。距離越遠，運輸的難度越大，每次補給所需時間也成倍增加。

此外，沿江地區，冬天一場雨下半個月是很常見的事，沒有了火槍火炮，淮安紅巾的戰鬥力就至少降低一半。在剛剛經歷了數場大戰，幾個月沒得到有效休息的情況下，再冒險對江南發起進攻，無異於讓弟兄們去送死！

「末將以為，我軍眼下不宜將戰線拉得太長，首先是補給困難，其次，從前一段時間的情況看，我淮安軍的火器戰術有很多問題，帖木兒不花叔侄均無拼命之心，所以我軍才能勢如破竹。而萬一遇到一個知兵，且勇於拼命的，這場仗未必像以前那麼容易打！」沒等朱八十一做出反應，劉子雲迅速上前補刀。

這又是一句大實話。作為一個有過實際經驗的工科宅，所以他能夠相對輕鬆的指導工匠，通過反覆實驗，將原始火銃放大成為火炮，並且堅信火器必將取代冷兵器這一鐵律，然而，具體火器取代冷兵器的漫長演變過程，以及火器部隊的戰略戰術，他卻一無所知。

這就導致了眼下淮安軍的所有戰術，都是大夥在黑暗中摸索出來的，既找不到借鑒模仿的對象，也沒人能說清楚到底哪種方式更為合理。

儘管在先前的幾場野戰中，火器所起到的作用非常大，但也並沒大到如大夥預先想像中般摧枯拉朽的地步。特別是火炮，四斤炮的威力驚人，萬一砸中目標就是人馬俱碎；或是形成跳彈，就在能在敵陣中砸出一條血肉胡同。

但是，並非每一枚炮彈落地之後還能再跳起來，絕大多數只能給敵軍造成一次性殺傷，甚至落在空處，起不到任何作用。特別是在敵軍採取分散陣列，快步靠近的時候，實心彈的殺傷率瞬間會降到一個令人無法接受的地步，倒是用綢布包裹的散彈，反而每每能給大夥帶來出乎預料的驚喜。

此外，由於四斤炮的最大射程只有三百五六十步，滯空時間太短的緣故，依靠藥線來引爆的開花彈也變得非常雞肋，藥線往往還沒燃燒完就已經落地，巨大的撞擊導致藥線被摔滅，啞火的機率高得出奇，殺傷力在大多數情況下連普通實心彈都不如。

換個後世的角度說，淮安軍此時所大量採用的火炮，在威力上，遠不能與另一個世界歷史中的佛郎機炮、紅衣大炮相比。

在經歷了這幾場戰鬥的檢驗之後，迫切需要改進和提高。而新式炮兵和火銃兵的戰術，以及火器和冷兵器部隊的配合方面，也需要一些時間去消化最近積累下來的經驗，並且想盡一切辦法彌補戰鬥中發現的問題。

所以對於淮安軍而言，眼下最佳的選擇，肯定不是打過長江去掠奪糧食，而是利用佔領區四面環水的地理條件，以及敵軍尚未找到有效應對火器之辦法的機會，提高自己的戰鬥力，永遠領先朝廷一步。

否則，一旦朝廷那邊彌補上在火器方面的短板，或者摸索出對付火炮和火銃的經驗，即便眼下佔領了再多的地盤，也會被人一塊塊重新奪走。

「你們說的我都知道！」接連受到三個人連續勸阻，朱八十一的臉色有點尷尬。「我也在想辦法解決，但揚州城的災民們卻等不得！」

在他親手打造的淮安體系裡，曾有很長一段時間，他就是個神，幾乎無所不能，並且總是在最關鍵時候創造奇蹟，大夥也習慣了把他當作神一樣崇拜，遇到麻煩都到他這裡尋求最終的答案。然而，隨著淮安軍越來越強大，眾人也在不斷地成長，他這個「神」就越來越不靈光，越來越無法配得上大夥的期待。

像四斤炮的射程和威力問題，他不是沒想著去解決，而是他也不知道以目前的技術條件該怎麼去解決。

威力更大、射程高達千步的六斤炮倒是已經造出來了，配合開花彈後，效果也比四斤炮有了明顯的提高，但六斤炮高達兩千餘斤的重量目前只能裝在船上；用於陸戰的，還得開發出專門的馬拉炮車、可對付泥濘鬆軟路面的車輪，以及可快速讓火炮重定的一系列配套產品才行。

但是，他沒時間再等。他沒冷酷到可以眼睜睜看著六十餘萬人活活餓死的地步；**如果他親手建立起來的政權，對待百姓比蒙元還糟糕，他看不出這樣的政權有什麼存在的意義。**

「其實也未必等不得，依我看，你的心腸還是太軟了些，總不忍心下刀子，總想著所有人都是自己人，卻不想想，那些地主老財們誰是真心跟你一路？」蒙城大總管毛貴見朱八十一為難，插嘴道。

他是旁聽了公審之後剛剛趕回來的。他被那些陪審團的宿老氣得兩眼冒火，因此找到機會就想收拾對方一下。

「你以為那些宿老真的是為了兩碗稀粥才留在城裡的麼？他們城裡的家業雖然毀了，誰在城外和周圍的十里八鄉沒有自己的產業？他們留在城裡就是為了聯合起來，在你的揚州城官府裡分一杯羹。你倒好，還吃這一套，居然還把他們請進衙門來。」

「可不是麼？那幫老王八蛋根本就給臉不要臉，當著羅參軍的面就想勾結起來徇私枉法，被拆穿後，居然還敢威脅羅參軍不要給大總管樹敵，彷彿他們才是揚州城的主人一樣！」參軍葉德新恰好走進來，把審判記錄朝桌上一放，氣哼哼地道。

「大總管，咱們這次可真是好心被人利用了！」

「他們根本就不能算難民。公審剛結束，就被僕人用轎子抬著走！」

……

陸續有其他文武官員走進來，個個義憤填膺。

「這……」

朱八十一一愣，本以為透過這些有名望的宿老影響，能讓淮安軍的施政體系更深入民間，卻沒想到被人鑽了這麼大一個空子，差點適得其反。

「不信你去偷偷派人看看，那些宿老們平時住哪裡，吃的是什麼？」毛貴繼續打臉道：「你那兩碗粥，人家的僕人都不屑去吃，要是把他們全抓起來，然後帶著人到城外搜，加上揚州路的那些塢堡，甭說六十萬張嘴，湊出上百萬人一年的口糧都不成問題。」

「城裡的紡織作坊是燒了，但城外的那些瓷窯，陶器作坊，可都好好的！這兩天還有人放出話來，每天管一頓乾飯，招人去給他們幹活！還有附近的一些堡寨，幾碗白米就買半大孩子去做家奴，簽下生死契，連家奴生下的孩子都是歸主人所有！主家可以隨意處置，犯了錯打死活該！」

張士誠、王克柔兩個，一直留在揚州，對地方上的情況瞭解得更仔細，說出來的真相也更驚人。

「殺光他們，自然就有糧食了！反正他們永遠不可能跟咱們一條心！」朱重八最後一個走進來鼓動道。

這句話令很多人眼睛發亮，紛紛將頭轉向朱八十一，只待大總管一聲令下，就傾巢而出。

打土豪，分田地，鬥富？一瞬間，朱八十一腦海裡蹦出一堆詞彙。

因為需要處理的公務太多，白天的審判他沒有親自去看，但剛才通過眾人之口，多少瞭解到一些，宿老們的表現，的確令他非常失望，但因此就將這些人當作敵人，他卻有點下不了狠心。

「你別以為他們上桿子貼過來了就會真心幫你，他們是不願意管得太多，搶了他們碗裡的肉！他們騎在老百姓頭上已經多少年了，早已想出一套欺負人的辦法。你搞那個陪審團，無論怎麼換，換來換去，大部分還是他們的人，而他們從來就沒把自己當作過小老百姓，出了事，肯定不問青紅皂白，先幫著自己人說話。哪怕真的把家產燒光了，他們依舊是人上人，依舊要逼著咱們遵守他們的規矩，繼續騎在老百姓頭上！」看到朱八十一如此優柔寡斷，毛貴氣得說道。以他白天觀察到的事實，士紳和百姓幾乎是天生的對頭，除非是羅本這樣與地方上沒任何瓜葛的愣頭青，否則甭指望哪個官員能替老百姓做主。

畢竟讀過書的官員也大多出身於士紳家庭，如果事事都向著普通百姓，那將背叛他們所在的利益集團，讓他們為當地「上層人士」所不容；相反，哪怕他們徇私枉法，只要是向著士紳，也照樣是品德完美的賢良，所有人學習敬仰的楷模。

階級鬥爭？朱八十一又愣了愣，眼睛睜得老大。拜多出來的六百餘年知識積累所賜，毛貴說的，他理解起來毫不費力氣，問題是，**懂是一回事，能不能解決又是另一回事。**

朱八十一在另外一個時空分支，政治學基本不及格，他不懂，也無法理解那個所謂陣痛有沒有必要。他只知道每天高喊忍受陣痛的人，從來就沒痛過，個個都撈得盆滿缽溢，與之相對照的，是冬天因為交不起取電費用而冷冰冰的屋子，還有屋子中那一雙雙絕望的眼睛……

這種輪迴，他沒勇氣嘗試，也不希望發生在自己親手締造的政權中。

正茫然間，又聽朱重八說道：「其實不殺人也可以，把城外那些無主的瓷窯、作坊和徒弟都收到咱們手中，咱們自己招募工匠，開瓷窯和作坊，然後弄出來的東西官府專賣，運到南方去換糧食，再把碼頭控制起來，對非官府所產的東西全都課以重稅，用不了多久……」

國營企業！朱八十一腦袋嗡的一聲，兩眼一片呆滯！

「總管，以屬下之見，此法可行！」陳基沒注意到朱八十一的怪異表情，接過朱重八的話頭道：「自唐代起，揚州便有大量製瓷作坊，所產之瓷器，雖然華美不如汝窯、鈞窯，但兼具南北之長，並且占著運河的便利，可以直接裝船行銷各地乃至域外；而製瓷一業，所需人工極多，剛好可以讓百姓以工代賑！」

「造船、製膠，還有紡布，也可以消耗大量人力！」參軍葉德新不甘居人後，在一旁插話。

「把海門縣的水港擴建一下，可容納五千料以上的大船，早年間，常有大食人飄海而至，在海門換了河船到江都販貨。後來河港被泥沙淤塞，才換往他處！」另一個參軍楊維楨也補充道。

「還有治漆、熬鹽，皆可以改為官辦，由官府牽頭，讓百姓自己出力，換取糊口之資！」

……

受到陳基等人鼓舞，其他文職幕僚紛紛開口建言。

拜蒙元的輕學政策所賜，淮安軍招攬來的文人大都不排斥商貿，有的甚至自己就出身於商賈之家，所以很快就提出一二十種可以消耗大量勞動力的辦法。

最後，連老進士逯魯曾都加入了：「主公，依老臣之見。此策可行，把工匠集中起來為主公出力，總好過他們被地方上的無良士紳任意宰割。此外，由我淮安軍直接將貨物發賣，還省去了商販的收購和轉手環節，無形之間，就讓百姓又少受了一輪盤剝！」

「唔……」朱八十一揉著太陽穴，耳朵裡頭嗡嗡作響。

朱八十一知道，從某種程度上，陳基等人說得一點都沒錯，官辦工坊，統購統銷，在物資匱乏、交通能力有限的時期，的確具有無與倫比的競爭力。任何私營工坊，在官辦的龐然大物面前，都只有俯首貼耳的分。

此外，國營企業還有一個誰也比不了的長處，就是可以極大的替代一部分政府和社會的職責，所有百姓都屬於國家企業，生是國家的人，死是企業的鬼，獻了青春獻終身，獻了終身獻子孫，什麼都由國家和企業管著。

這種集中管理的方式，造就了國家機器的高速發展。

然而，久而久之，國營企業的弊端就會慢慢浮現，產品沒有競爭力，數十年不變，人浮於事，管理者以權謀私、貪污腐敗層出不窮，一旦資本主義大舉入侵，馬上就會面臨崩盤的危機。

朱八十一不願意帶太夥踏上那個結果，反覆揉著太陽穴，試圖勸說大夥放棄這種危險的想法。然而，他的心裡同時有一個聲音在告訴他，不妨試試，危險是幾十年後的事，至少眼前能解決淮安軍的燃眉之急。

正猶豫間，門外忽然傳來親兵團長徐洪三的聲音：「啟稟大總管，有三個自稱是天完國的使者前來求見。」

「天完？」朱八十一從紛亂的思緒中驚醒。

「天完」是徐壽輝的國號，兩個字分別比「大元」多了一筆，寓意乃為「壓死」大元。

自打淮安軍自成一系之後，天完國的蓮台平章，也就是宰相彭瑩玉，就不斷地寫信向這一新生力量示好，但是朱八十一始終沒有回應，他無法理清自己到底要跟這一支重要的反元力量維持怎樣的一種關係？

「都督，這幾個人還是見一見為好！」逯魯曾的反應很快，第一時間就想到了此刻南派紅巾使者的到來，對淮安軍的重要意義。

「總管，其實示敵以弱並無損總管威名，當年即便以唐高宗李淵之能，也有向李密稱弟的時候！」陳基、葉德新等人紛紛開口。

作為這個時代的佼佼者，他們都清楚地意識到，眼下淮安軍已經得罪了劉福通，就不該同時得罪徐壽輝和彭瑩玉；相反，**跟二者都保持若即若離的關係，才最符合眼下淮安軍的利益。**

「洪三，你進來！把情況說詳細些！」朱八十一對著門外吩咐。

「是！」徐洪三快步走入，先向眾人拱了下手，然後向朱八十一報告：「來了三個自稱是天完皇帝陛下的前將軍趙普勝，左軍長史陳友諒和水軍副統領丁普朗，手裡還拿著彭瑩玉的親筆信，落款和印記與先前那幾封信一模一樣，屬下派專人檢驗過，不似作偽！」

「陳友諒居然也來了？」朱重八冷不防冒出一句。「那個人，江湖綽號『兩頭蛇』，大總管務必當心！」

「兩頭蛇，這個綽號倒是新鮮！」朱八十一詫異地看了朱重八一眼。

在朱大鵬的記憶裡，陳友諒三個字也不陌生，但是朱元璋居然也知道陳友諒的名號，就有些匪夷所思了。畢竟，全世界的穿越客只有自己一個，朱元璋不可能知道這個陳友諒將來要取代徐壽輝，並且差點跟張士誠聯手要了他的小命。

「那傢伙本姓謝，其父入贅陳家，所以才姓了陳！」見大夥都看著自己，朱重八解釋道：「陳家也一直將他當作本族子弟養著，送他讀私塾，並且還替他在衙門裡謀到了一個官職。前些年紅巾軍沒成事的時候，他和他的幾位兄弟可是黑白兩道通吃，手上沒少沾了人命！」

原來是個「及時雨」宋江之類的人物！

朱八十一問：「他們今天的目的是什麼，你問了麼？」

「沒敢仔細問！」徐洪三搖搖頭，「看他們的意思，好像是想賣給咱們一批糧食，那個丁普朗自見了卑職後，就一直在感慨揚州百姓可憐，然後又炫耀他們在武昌打劫了好幾座官倉，糧食多的都吃不完！」

「那太好了，咱們將糧食買下來！」毛貴一聽，喜出望外。

然而，很快他就意識到自己的莽撞，天底下沒有免費的午餐，淮安軍缺糧，這是人所共知的，特別是背上揚州城六十萬難民的包袱之後，更是捉襟見肘，連江南的商販在這個節骨眼上都敢毫不猶豫地將糧價提高了三倍，更何況手握重兵，還名義上對朱八十一有管轄權的彭瑩玉？不趁火打劫一番才怪！

毛貴性子耿直豪邁，卻不缺心眼，否則，他也不會被至芝麻李視為左膀右臂，並且親手扶上一方大總管的位置。幾乎在一瞬間，他就猜出了使者來意不善。

事實上，在場眾人稍一琢磨，便都明白了南派紅巾的使者是為何而來，於是紛紛開口勸阻道：「此事務必謹慎，南邊那些傢伙跟咱們雖然同屬紅巾一脈，然而他們卻是一群目光短淺之輩，把火器賣給他們，說不定最後會流落到誰手裡！」

「大總管請三思！他徐某人才打下兩個縣城，就急急忙忙做了皇帝，棄紅巾起兵前的約定而不顧，如果火器到了他手裡，誰知道他會不會掉過頭來打咱們！」

「是啊，大總管請三思！那彭瑩玉和項普勝二人今年七月打入杭州，不到半個月就被董摶霄給趕了出去。隨即又一路打，一路丟，從湖州一路流竄到徽州，每佔據一個地方，停留日期很少超過十天，所得金銀細軟和糧草輜重也是能帶則帶，帶不走的就分給沿途百姓。大總管把火炮賣給他們，萬一他們在撤退時覺得笨重給丟了，可不知道會便宜了誰啊！」

其中最著急的是張士誠和王克柔，他們兩位與朱八十一有過約定，等揚州路的局勢平穩，就帶著各自的部屬去江南攻城掠地。

以後萬一跟彭瑩玉、項普勝等人遇上，對方可未必會像朱八十一這般好說話。屆時手中比對方多一種神兵利器，腰桿自然會硬一些，即便野戰時無法發揮全部威力，防守時弄十幾門大炮往城頭上一擺，也能讓對方破城的難度倍增。

因此二人不待朱八十一表態，就先後搶著說道：「大總管，切莫為了解燃眉之急，就把鎮國之器交於敵手，末將願意明天就領兵出發，打過長江去，把鎮江、句容等地的糧食全給大總管運回來！」

「末將願為大總管帳下先鋒，即刻渡江，兵臨江寧城下，逼迫蒙元狗官出糧贖城！那些狗官不知道咱們這邊虛實，斷不敢輕易拒絕！」

在座眾人居然沒有一個看好南北兩派紅巾的關係，更沒有一個將南派紅巾當成自己人。

逯魯曾聽得心裡著急，重重咳嗽了幾聲，然後拱手說道：

「主公，且聽老臣一言。眼下彭和尚派了三名心腹愛將充當使者，主公如果再避而不見的話，肯定會被人笑小家子氣；況且他們的來意主公尚未問過，怎麼就知道一定是為了火器？萬一只是為了加強兩家間的關係，我等在此議論紛紛，不是庸人自擾麼？」

「祿夫子又信口胡說了！」眾人對他可不像對朱八十一那樣尊敬，聞聽此言，立刻反駁：「不是為火器，他們為什麼來？」

「難道他們會安著好心，知道淮安軍缺糧，還眼巴巴地送上糧食？」

「反正多了的糧食他們也帶不走，運到咱們這兒來，無論換什麼都是大佔便宜！」

……

轉眼間，臨時議事廳裡亂成了一鍋粥。

朱八十一聽得心情好生煩躁，問道：「他們三個到了多久了？是坐船來的，還是騎馬來的？身邊還帶了其他人麼？」

徐洪三臉色微紅，低下頭，小心地回道：「應該是坐船來的，但具體帶了多少人，末將正派人去查。都督恕罪，揚州城的碼頭被大火毀了，這幾天抵達揚州的船隻都是沿著運河亂停的，末將一時疏忽，才讓他們偷偷溜了進來！」

「這事不怪你，我也沒料到局面會這麼亂！」朱八十一擺了擺手，「運河水流緩慢，即便揚州城的碼頭沒被燒毀。他們在城外隨便找個地方停船，然後再混進難民當中徒步進城，你也未必能把他們一一分辨出來！」

說到這兒，他忽然想起一件事，吩咐道：「等會兒你拿了我的令箭，去運河上找朱強。讓他立刻回一趟船幫，把常副幫主請過來，我有一件要緊的事情，想請常副幫主出馬！」

「是！」徐洪三拱手，領命。

「你先把那三個使者請進來吧。就說朱某身體不適，無法出門遠迎，怠慢之處，還請他們見諒！」朱八十一吩咐。

聲音雖然不大，卻讓議事廳裡的喧鬧立刻戛然而止。所有人都將目光轉向他，眼睛裡或是欣慰，或是失望，或是憂憤。

「只要他們還在與大元作戰，並且沒有肆意禍害百姓，朱某就還當他們是自己人！」朱八十一清了清嗓子，「至於他關起門來做皇帝的事，朱某管不到他，也不在乎，反正朱某不會奉任何皇帝的詔，他要是識相的話，最好也別來給朱某下什麼聖旨！」

「大總管此言有理！」無論是心向劉福通的，還是不喜歡徐壽輝的，見朱八十一主意已定，都紛紛改口。

「四斤炮仿製起來，其實不是非常困難。」看了眾人的表情，朱八十一嘆了口氣，道：「咱們防得了南派紅巾，也防不了北邊的蒙元朝廷，如果老想憑一兩件獨門武器來打勝仗的話，朱某在這不客氣的說一句，那恐怕咱們的前途也就到此為止了。有矛就會有盾，別人不會讓咱們永遠吃這一招的便宜，即便仿製不出火器，也會想出有效克制火器的辦法！」

·第五章·

時代序幕

淮安工坊雖然沒那麼領先，
但這半年多來，通過給軍中提供各種零件，
也養活了民間手工作坊，也逐步向其他行業普及。
假以時日，採用水力機械的小工業作坊將會遍地開花，
一個時代的序幕必將悄然開啟。

這番話，可謂是推心置腹，不由得眾人不仔細衡量。

在最近的幾場戰鬥中，火器，特別是四斤炮的局限性，已經暴露得越來越明顯。分散的陣形，快速推進的戰術，以及惡劣的天氣，都會對火炮的威力造成極大的影響。

特別是最後一種，前幾天要不是廬州知府偷偷倒戈，讓大夥打了青軍一個冷不防的話，在雨天裡作戰，淮安軍未必能拿得下對手，至少不會令張明鑑連突圍的機會都沒有！

正思量間，徐洪三已經領著趙普勝等人走了進來。

三條身材壯碩的漢子，每個人身上都帶著一股百戰老兵才有的英武之氣。眾人見了，心中頓時就喝了聲采。

那趙普勝、陳友諒和丁普朗三人也非常機敏，目光朝議事廳裡掃了掃，立刻就辨認出書案前方的就是朱八十一，立即停住腳步，抱拳肅立，說道：「紅巾小將趙普勝（陳有諒、丁普朗）拜見朱總管。祝朱總管武運長久，每戰必勝！」說罷，後退半步，以晚輩之禮長揖到地。

朱八十一見他絕口不提南北紅巾之分和彌勒教的話題，心中就舒服了許多，趕緊上前將三人拉起，寒暄道：「三位將軍何必如此客氣，你我都是紅巾軍的人，初次碰面，以軍禮相見就行了，切不可弄得如此麻煩！」

說罷，又用手托住趙普勝的胳膊，將他拉到毛貴等人面前，逐一做介紹，「來，讓朱某為三位引薦在座同僚，這位是蒙城毛總管，這位是濠州郭總管帳下的朱將軍，這位是……」

趙普勝、陳友諒、丁普朗三人向大夥逐一行禮，大夥也以平輩之禮相還。待彼此都認熟了臉面，朱八十一吩咐人拿來十幾把凳子，按賓主落座上茶，然後笑著說道：「揚州城被張明鑑那賊子給一把火燒了，倉促間，朱某拿不出什麼好茶來款待貴客，三位遠道而來，先隨便喝點兒解解乏吧！」

說罷，自己先端起茶盞，咕咚咕咚喝了個底朝天。

按照飲茶之道，這是非常失禮的行為，但趙普勝卻覺得好生痛快，也學朱八十一模樣，把熱茶一口氣給乾了，回道：「好茶！末將這輩子喝過最好的茶湯就是這碗，上回從威順王府搶來的大龍團，味道也遠不及此！」

「關鍵是跟誰一起喝！」陳友諒放下茶盞，笑呵呵地道：「大總管不要笑話。末將三個都是武夫，十分佩服大總管的本事，因此能在大總管面前討碗白開水喝，也當它是瓊漿，至於什麼這個團那個芽的，都是有錢有閒的人喝的，咱們喝那個，倒不如刀頭去喝人血！」

「趙二哥和陳將軍說得是極。」丁普朗用力點頭，「末將三個哪裡分得出什麼茶湯的好壞？能在大總管面前討碗白水喝，就是極有面子的事了。」

「好一句刀頭飲血！來，乾了！」

在場的十幾個人裡，有一大半都是武夫，沒想到三位使者如此豪氣，稍一愣神後，紛紛將熱茶舉到嘴邊，一飲而盡。

有股滾燙的感覺瞬間從嗓子眼直達小腹底，讓每個人心裡都好像著了火一般，暖洋洋，熱騰騰，豪氣萬丈！

人與人之間就是這樣奇怪，有的人相交二十餘年，依舊無法成為知交好友；有的人卻是一見如故，立刻視為兄弟。

趙普勝和丁普朗二人給大夥的感覺便是如此，聊聊幾句話，就令在座眾人對他們增添許多好感，心中的防範之意隨之大大降低。而陳友諒給大夥的感覺雖然生硬些，但也堪稱一個英雄豪傑，讓人無法將其拒之於千里之外。

於是，房間裡的氣氛很快就熱鬧起來，大夥兒你一言，我一語，信馬由韁地跟三人聊了起來，又問起一些江南的戰事。

趙普勝三兄弟也不隱瞞，無論勝仗還是敗仗，只要有人問起，就言無不盡。說到激動處，則不停地以掌擊腿，感慨道：「那一仗，我紅巾兄弟死難者兩萬三千四百餘，傷者不計其數，戰後給弟兄們收屍的時候，大夥的手都在發抖。但師父問，下一仗誰還跟著？卻沒有一個肯掉頭離開的！」

「我等不過是一群莊稼漢罷了，這年頭，不死於戰場，也得被狗官和蒙古人活活給逼死，一樣是死，不如死出個人樣來！」

「師叔曾經有令，兩軍接陣，若百人隊出擊，則百夫長站最前面；千人出擊，則千人長站在最前。全軍前壓，則他自己必站在隊伍正前方。是以這兩年來，我紅巾雖然在江南屢屢遭受挫折，每次很快就能重整旗鼓，再度攻城掠地，無他，唯不怕死爾！」

「好一個不怕死爾！」毛貴、朱重八等人聽了，不禁撫掌讚嘆。

相比於江南戰場的慘烈，北派紅巾的戰鬥則顯得平淡許多，特別是今年沙河之役以後，一方面因為蒙元朝廷的主力受到重挫，短時間內難以恢復元氣，另外一方面因為火炮的突然出現，元軍一時無法適應，紅巾軍在戰場上呈現壓倒性優勢，即便遇到帖木兒不花和孛羅不花這樣的名將，也能戰而勝之，從沒發現任何勢均力敵的對手。

朱八十一心中一直裝著糧食的事，陪著大夥坐了片刻，看時間和氛圍都差不多了，便又舉了舉茶盞，笑道：「三位將軍說得極是，我紅巾上下，不過是一群被官府和蒙古人欺負得活不下去揭竿而起的苦哈哈罷了，拼掉一條性命，也想活出個人樣子來，這點南北沒有絲毫不同！」

「大總管此言甚是！」陳友諒聞聽，知道該說正題了，立刻接口道：「天下紅巾當然全是一家，大總管那份高郵之約，師叔看過後也深表贊同，說此約一出，非但驅逐蒙元指日可待，即便是蒙古人被趕走之後，如果大夥都按盟約上所說的來，天下也能減少許多紛爭。」

這已經是將淮安軍正式擺到與整個南派紅巾對等的位置上了，聽得逯魯曾心中好生舒服。想了想，插言道：「彭先生過譽了，這份盟約，乃是宿州李將軍首倡，我家大總管不過附其尾驥罷了。此中細節，咱們可以稍後再說，三位將軍今日不遠千里而來，想必是負有使命，卻不知道彭先生對我淮安軍有何見教？」

「不敢不敢，見教二字，實在是太言重了！」陳友諒臉上堆滿了笑容，「只是我軍剛剛將徽池二州的膏腴之地收歸治下，繳獲的糧食數以百萬石計，師叔聞聽張明鑑那賊子一把火燒了揚州，心裡擔憂百姓無米糧果腹，所以特地派我等過江來……」

「大總管休聽此人胡說！」一句話沒等說完，趙普勝已經站了起來，用身體將陳友諒擋在背後，駁斥道：「這廝在衙門裡幹過，吹牛已經成了習慣，不思悔改。不瞞總管，末將三個，是奉命向總管求援而來，請總管念在大夥同屬紅巾一脈，同屬不願為牛馬的漢人份上，救我東路軍一救！」說罷，再次長揖及地。

「這是哪裡話來？」朱八十一快步走到趙普勝身前，雙手攙扶道：「朱某有什麼能幫忙的地方，將軍直說就是，何必又向朱某行此大禮？」

「請大總管務必救我師父一救！」這邊剛剛拉起了趙普勝，那邊又下去一個丁普朗，也是長揖及地，聲音裡充滿了焦灼，「師父和鄒師兄兩個帶領東路軍從武昌一直打到杭州，十四、五個月來，弟兄們始終沒有機會休整，手中的兵器、鎧甲也毀得毀，爛得爛，早就不堪一用了。所以自打遇上了董摶霄那廝，就連戰皆敗，雖然採用避實就虛之策，接連攻下了若干座大城，可弟兄們沒有趁手的兵器，光憑著一腔熱血苦苦支撐下去，早晚也有支撐不住的那一天！」

「這是怎麼回事？先前不是還說剛剛打下了池州和徽州麼？」

「是啊！彭先生的攻擊如此犀利，怎麼會落到如此尷尬境地？」

「不是吧？這轉折也太急了些！」

……

毛貴等人忍不住議論紛紛。

南派紅巾打一個地方，丟一個地方，的確屬於人盡皆知的事，但是說南派紅巾中實力最強的東路軍到了山窮水盡的地步，卻讓大夥無論如何都不能相信。

畢竟彭和尚也是一個沙場老將了，論威望和影響力，隱隱還在劉福通之上。劉福通當初憑著一群烏合之眾，能硬頂住也先帖木兒的三十萬大軍，最後待芝麻李等趕到，群起而破之；彭瑩玉再不濟，也沒有被董摶霄這種無名鼠輩逼進絕境的道理！

陳友諒聽了，臉孔立刻漲成一塊豬肝，從趙普勝身後出來，做了個長揖，結結巴巴地說道：「大總管恕罪！眼下我東路軍手裡，的確存著大把繳獲來的糧食，但兵器、弓箭、鎧甲都差不多消耗殆盡了。軍中的老兄弟，也死得死，傷得傷，無力再戰，只有十幾萬入伍不到半年的新兵，手裡拿著木棒和鐵尺，實在有些擋不住敵軍的四面圍攻。

「特別是那董摶霄，原本是要乘船渡江來找大總管送死的，但大總管這邊前後不到一個月時間就打到了江邊上，他不敢再捋大總管虎鬚，就掉頭轉向我們那邊，指望著與其他賊將聯手毀了我東路軍，好給孛羅不花叔侄找回場子！」

「怎麼又跟我淮安軍扯上了關係？敢情我家總管打仗打得好反而錯了？」陳基在旁邊聽了，忍不住皺眉道。

就見趙普勝一把將陳友諒推開，抱怨道：「大總管有所不知，那董摶霄手裡，如今也有一種叫做大銃的火炮，威力雖然遠不如大總管先前所賣給我軍的四斤炮，數量卻至少有二三十門。我軍跟他們對上，每次未等正式交手，就先吃了一個大虧！」

「前段時間從大總管這兒購買的火炮，我東路軍只分到了三門，每門以一擋十，自然非常吃力！」丁普朗趕忙幫腔道：「據末將派人打探，董摶霄的火炮是仿造的四斤炮，他先派人花費重金在江北買到一門，然後集中數百江南的巧匠星夜仿造。江浙行省這些年仗著海貿之便，官府甚為有錢，做起事情來，完全不惜血本！」

「不光是炮，官軍的鎧甲兵器也越來越精良！」接連被打斷了兩次，陳友諒終於插上嘴道：「一些地方上的豪紳因為誤信謠傳，以為我紅巾軍會分其土地財產，都自組鄉勇，處處與我東路軍做對，所以我東路軍如今每向前走一步，周圍的敵人就成倍的增加，雖然暫時還能保住池州和徽州，長此以往，恐怕也精疲力竭了！」

「所以家師聽聞朱總管打下揚州，就立刻派我們兄弟前來聯絡，不敢請朱總管發兵相助，但火炮、兵器和鎧甲，請大總管務必多賜予一些，我東路軍願意以高出先前三成價格，拿糧食換取兵器。請大總管務必念在同是漢家男兒的份上，仗義援手！」趙普勝眼裡含著淚，深深俯首。

「請大總管務必施以援手！我等不怕死，只怕死得如此不值！」丁普朗也俯身，淚流滿面。

只有陳友諒，一邊給朱重九施禮，一邊繼續碎碎念道：「我軍缺兵器，卻多糧，大總管這邊，兵器綽綽有餘，糧食的缺口卻甚大，不如……」

「你給我閉嘴！」趙普勝踩了陳友諒一腳，喝令他住嘴。隨即，又一個及地長揖，拜求道：「末將也知道大總管有許多為難之處，但末將只請大總管給我等一個公平戰死的機會，不要讓弟兄們再拿著血肉之軀去擋二韃子的炮彈和刀鋒，大總管若能答應，末將和東路軍全體弟兄即便將來在九泉之下，也要結草銜環，以報總管相助之恩！」

「大總管，請您看在大家都不甘為奴的份上，務必救我等一救！」丁普朗一邊抹淚，一邊哽咽著道。

「大總管……」在座眾人，除了逯魯曾外，其他都是二十出頭的小夥子，正值熱血心腸之時，聽趙普勝和丁普朗二人說得淒涼，忍不住紛紛將頭轉向朱八十一，至於先前說的那些防範的話，一個個早已忘到了九霄雲外。

「起來，都起來，給我把腰桿挺直了，咱們紅巾男兒有淚豈能輕流！」

此刻，朱八十一哪裡用得著別人求肯，自己早就鼻子發酸，雙手拉住對方的胳膊，將趙普勝等人挨個拉直，許諾道：

「都是百萬大軍中殺進殺出的漢子，何必做哭哭啼啼狀，不就是火炮和兵器鎧甲麼？你們三個儘管報數，回去時就可以裝船帶走；如果人手不夠，我再派水師護送你們到貴池附近！」

「啊！」趙普勝三人簡直無法相信自己聽到了什麼，張大了嘴。

「大總管……」張士誠和王克柔聽了，心裡的熱血卻迅速變冷，爭先恐後準備出言勸阻。

「你們兩個的心思我知道！」不待他們二人繼續往下說，朱八十一先擺手制止，「不忍眼睜睜地看著東路軍苦苦支撐麼？好，等這邊糧草收集齊了，你們兩個即刻率部渡江，一個去打鎮江，一個去打江陰，然後分頭去攻集慶和杭州。董摶霄不是很能打麼，你們去把他的老巢攪個稀巴爛，看他還怎麼個能打法?!」

「是！末將遵命！」張士誠和王克柔兩個喜出望外，齊齊躬身領命。既得到了朱總管的支持，又賣了彭和尚一個順水人情，這筆買賣，無論如何都做得來！

「大總管，末將也有個不情之請！」朱重八給鄧愈跟湯和使了個眼色，三人同步出列。

「說吧！」面前這個在另外一個時空裡終結了蒙元統治的皇帝，朱八十一抬了下手，示意前者但說無妨。

「末將想向大總管討一支將令，去攻打和州！」朱重八請命道：「一則，可找偽宣讓王的麻煩，替我家主公報當年一箭之仇；二來，也能吸引韃子的注意力，讓他們想不到我軍會在這個時候突然渡江南下！第三，和州一失，董摶霄的身後就被頂上了一把匕首，他要是不肯撤軍的話，末將就可以直接打過長江去，徹底斷了他的退路！」

「這……」朱八十一有些猶豫，畢竟朱重八不是他的部將，按理，他對此人並沒有直接指揮權，於是猶疑道：「郭總管那邊會答應麼？」

「末將前幾天已經取得郭總管的認可了。」朱重八輕點頭，「我家總管准許末將在外邊便宜行事，末將如果能順利打下和州，再將兵鋒稍稍向北，就能與定遠的孫都督接上，我家總管就可以隨意往來和州與濠州之間，每次不必再從滁州繞行！」

這句話說得非常含蓄，也隱隱點明了濠州軍的下一步發展方向，從鍾離、定遠一帶南下，將廬州的梁縣、巢縣、和州三地囊括在手，成為與淮安軍唇齒相依的又一大勢力！

朱八十一在發兵高郵之前，曾經跟郭子興、孫德崖等人有過約定，打下揚州後，就會去替二人攻打廬州；聽了朱重八的解釋，立即明白對方是在借機討債，於是笑了笑，點頭道：

「好，那就我第一軍的炮團去助戰，幫你早日拿下和州！」

「多謝大總管！」朱重八如願以償，學著大夥的樣子，對著朱重九長揖及地。隨即，他將目光轉向趙普勝等人，誠心地道：

「末將明天就可以出發，為三位哥哥掃平沿江的阻礙。三位他日若是再來江北，不妨到末將的營中坐坐，末將有許多事，希望三位哥哥能當面賜教！」

「不敢，不敢！」趙普勝三人這才回過神來，慌張地拱手還禮。

原本以為要費極大力氣才能完成使命，居然在幾句話之間就得到了最圓滿的結果。有了火炮和兵器鎧甲，誰還怕他董摶霄？即便朱總管沒有派三支大軍去抄此人的後路，東路軍照樣能打得此人倒滾回去，一路滾回杭州老巢！

只見傳說中的佛子附體，每每料敵機先的朱總管，此時渾身散發著一股直心腸武夫做派，走到趙普勝面前，將他拉了起來，安慰道：

「你也別太著急，冬天雨水多，董摶霄手中的火炮很難發揮威力；既然來了，不妨到我軍中多看看，凡是能對你東路軍有用的，無論是兵器還是其他什麼東西，只管開口，朱某盡力替你張羅便是！」

朱總管沒有信口瞎說？當著這麼多人的面，他說出來的話總不能再收回去吧？

「只要火炮，長矛，還有一些皮甲就夠了！」趙普勝有些受寵若驚，暈乎乎地回道：「大總管造的鐵甲雖然好，我東路軍卻裝備不起，還有，大總管這次能提供多少火炮，請給個數，末將也好派人回去通知師父準備！」

「我軍可以先發糧食過來，然後用船將火炮和兵器裝走！」丁普朗唯恐朱八十一出爾反爾，大聲道。

「是啊，大總管只要確定火炮數量，我軍就可以先發糧食！」陳友諒不敢怠慢，再度敲磚釘腳。

以前淮安軍對外一直限制火炮的銷量，即便拿了足額訂金，每次最多也就是三、四門，除了芝麻李和趙君用二人，其他豪傑每回交易都很難買到兩位數以上。這次朱總管雖然答應得爽快，三人也沒指望能拿到多少，只期待能將這條線先搭好，以後細水長流，總比以前拿著大把的錢卻提不了貨強。

誰料，朱八十一這次卻像失心瘋似地十分豪爽，想都沒想就說：「五十門，免得你們再被壓著打。夠不夠？如果不夠，隨時派船過來！」

「啊！大總管說話當真？」

趙普勝三個嚇得倒退數步，差點沒一屁股坐在地上。

五十門火炮，那是什麼概念？東路軍眼下只有三門火炮，恨不得當寶貝供起來，每次作戰，不到關鍵時刻絕對不敢使用。若是一次擺出五十門炮來，光是這陣仗，就能將幾百人活活給嚇死！

非但他們三個，在場所有人都被朱八十一的大手筆給驚呆了，無法相信自己的耳朵！

一次賣給彭和尚五十門炮，還派一個炮團去給朱重八助戰，再加上派出去給張士誠、王克柔二人助戰的，**這朱總管到底還想不想過日子了？把手中的火炮都給了別人，萬一元軍打來，那淮安軍自己用什麼？**

「今後凡是我紅巾友軍，沒違反過高郵之約者，火炮一律參照當前售價，不限量供應！大夥買多少，我淮安軍就為大夥造多少！」彷彿是猜到了眾人心中的疑慮，朱八十一大聲說明。

正所謂大炮一響，黃金萬兩，另外一個世界每年都有一些小國打死打活，而那些所謂的「負責任」大國，非但不肯幫忙儘快結束戰爭，反而總是想方設法消弱強大的一方，給弱小的一方撐腰，不就是為了多賣點軍火麼，只是大家表面上都是正人君子，誰都不肯明說罷了！

他朱八十一眼前受實力所限，沒有辦法進一步擴張領土，但境內原始的武器製造工業卻已日漸成熟，把更多的水車和鍛錘、水鑽、鏜床擺到長江邊上，借助水力之便，還愁換不回來六十萬人的口糧？

而軍工一業，最是促進科技發展。另一個世界中，人類最先進的技術總是先用在殺人上面，然後才逐漸向民間普及。他的淮安工坊雖然沒那麼領先，但這半年多來，通過給軍中提供各種零件，也養活了一大批民間手工作坊，並且正在逐步向其他行業普及。**假以時日，各種採用水力機械的小工業作坊將會遍地開花，一個時代的序幕必將悄然開啟。**

這，是他所能看到的最遠方向，無論如何，都要全力去實現，絕不會半途而止！

朱屠戶賣大炮了！

消息雖然沒有翅膀，卻像風一樣，迅速傳遍了大江南北。黃河兩岸凡是關心時局者，聞聽之後，無不瞠目結舌。

瘋了，這屠戶肯定是發瘋了！

雖然朱八十一從成名那一刻起，行事就從沒符合過常理，所做的稀奇古怪舉措，總是一件接著一件。無論是最初准許被俘的蒙古人贖身也好，帶兵飛奪淮安也罷，甚至拼著與天下豪傑為敵的風險發起高郵之約，從事後的角度看，所帶來的利益都非常顯著。

唯獨這次大開門禁賣炮，除了能給淮安軍帶來大筆錢糧外，竟是沒有其他任何好處。而錢糧這東西，在亂世當中向來是武力的附屬品，你把鎮國利器隨隨便便給賣了，手裡的錢糧到底能不能保得住，最後都成問題。

不行！缺糧，大夥可以給他湊一些，但絕不能讓那小子由著性子胡鬧。

第一時間，平素與朱八十一交情最深的芝麻李和趙君用，就將一大批糧食裝上了船，隨即讓得力心腹帶著各自的親筆信，與糧船一道星夜趕往揚州，勸說好兄弟謹慎行事。

然而，朱八十一接到糧草和書信後，「發瘋」的狀況絲毫沒有減退跡象，反而變本加厲。先是以答謝出兵助戰為名，把睢寧和宿遷兩地「回贈」給了趙君用；然後又把虹縣、五合等數縣，一股腦全「上繳」給了芝麻李，並且保舉毛貴為滁州大總管，直接「割讓」給了對方從滁州到真州，幾乎小半個揚州路的膏腴之地。

如此一來，淮安軍所控制的範圍絕大部分就收縮到了運河東岸。留在西岸的僅剩下泗水和天長這兩個據點，以及夾在淮河與運河間窄窄的一小片，總面積比原來小了將近三分之一，人口也大規模減少。

芝麻李和趙君用當然不肯白占朱八十一的便宜，信來信往推辭了好幾回，實在推辭不掉了，才勉強派人將新地盤接管了過去；同時將糧食裝了滿滿幾大船送到揚州，以答謝好兄弟的慷慨之情。

瘋了，這朱屠戶真的瘋了！

不是所有人都像芝麻李和趙君用兩個對朱重九一樣真誠，一些關係稍遠的紅巾諸侯，在偷偷痛罵了幾句後，也將糧食和真金白銀用水路和陸路快速運到了揚州，按照先款後貨的原則，大肆地搶購火炮。

零星幾個關係更遠的傢伙，則一邊砸鍋賣鐵拼湊購買火炮的款項，一邊偷偷地跟黑市商人勾搭，準備將火炮買來後，立刻轉手一部分出去。

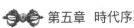

也不怪他們見識短，火炮在黑市上的價格比當前淮安軍的公開售價高出整整十倍，一萬吊銅錢或者一百兩黃金的誘惑，可不是每個人都能扛得住的。至於黑市商販買到火炮之後會不會轉手就賣給朝廷，那就不在「英雄豪傑」們的考慮範圍之內了。

反正天塌下來，有大個子頂著！朝廷即便發兵征剿，首選目標也是徐壽輝、劉福通和朱屠戶三家，短時間內根本顧不上他們。

假使那三家都被剿滅了，他們還有招安這條光明大道呢。憑著手中的地盤和人頭，怎麼著也能混個「百里侯」幹幹，好歹都比造反之前強。

瘋了！這朱屠戶，他就不能給朕消停一會兒?!

皇宮內，蒙元皇帝妥歡帖木兒則完全是另外一種感覺。對著越來越支離破碎的輿圖，牙齒咬得咯咯作響。

他不恨朱八十一攻佔了高郵和揚州，事實上，當聽聞淮安軍在運河畔將帖木兒不花和孛羅不花叔侄打得落荒而逃的消息，他心裡反倒覺得一陣輕鬆。

自從芝麻李在徐州造反那一刻起，揚州和高郵兩地的錢糧就從沒向大都輸送過，鎮安王、威順王和宣讓王這三叔侄，假借道路不暢的明目，把每年上百萬貫的收益全攥在了手裡。

同時，三人又以維護地方治安為名，大肆招兵買馬，擴充各自麾下的隊伍。光揚州路一地，總兵力就高達七、八萬，帶兵的將軍們只知道有鎮南王，從來不知道上面還有天可汗和朝廷。

而孛羅不花偏偏又是嫡系的世祖血脈，當年差一點就取代妥歡帖木兒繼承皇位。前兩年，妥歡帖木兒這個當皇帝的，被蜂擁而起的反賊弄得焦頭爛額，而孛羅不花所坐鎮的揚州路卻風平浪靜，無形中給中樞造成了巨大的壓力。

很多宗師子弟甚至私下議論，說當初太后卜答失里如果不是為了跟燕鐵木兒爭權，而是依照後者的想法選擇了孛羅不花，也許天下還不會亂成如今這般模樣！

畢竟天子有德沒德，對朝廷來說是頭等大事，一個有德的天子在位，就不會水災旱災接連不斷。沒有水災旱災，就沒有那麼多流民；沒有了流民，紅巾軍自然就沒有了兵源，天下的叛亂自然就平息了下去，根本不用高貴的蒙古人再提著刀走向戰場。

狗屁，滿嘴胡言，牽強附會！

一想到外邊對孛羅不花的那些支持聲，妥歡帖木兒就恨不得拔出刀來殺人。而朱八十一打敗了帖木兒不花和孛羅不花叔侄，毀掉了孛羅不花一手建立起來的青軍和黃軍，無異於替他拔掉了長在後背上的膿瘡。

所以，揚州城破的消息送進皇宮後，妥歡帖木兒一點都不感到著急，甚至以禮佛為名，偷偷地跑到城外騎了幾圈馬，直到心中的興奮勁過去，才神清氣爽地返回皇宮。

但是，接下來送到皇宮的消息，就讓他沒法再開心了。那朱屠戶居然將火炮當做劈柴一般敞開來賣得到處都是。只要是紅巾軍，無論南派北派，親疏遠近，只要你付得起錢，隨便可以買，不限數量，買得起多少就供給多少。

這意味著，日後不但在河南戰場，火炮將被大規模使用，在武漢、安慶等地，彭和尚等賊也不再是光有幾萬具血肉之軀。他們也將迅速被武裝起來，變得比官軍實力更強大，被剿滅的日子更加遙遙無期。

此外，像布王三、孟海馬這類實力相對弱小的「賊人」，也會愈發難以對付。以前他們攻堅手段匱乏，面對官兵把守的大城，只能灰溜溜地繞路而行，如今，弄上幾十門火炮架在城外，晝夜不停地轟，即便再結實的城牆，接連轟上幾個月，也得被炸作了爛篩子，屆時，布王三等人帶著亡命徒們一擁而上，後果根本不用去想。

「轟！轟轟！轟轟！」遠處傳來一連串的爆竹聲，震得窗戶紙嗡嗡顫抖。

過年了，城裡的大戶人家喜歡熱鬧，整天都在放爆竹。皇家花費鉅資才仿製出來的新式火藥，居然第一時間就流傳了出去，令今年的爆竹聲比以往任何一年都響亮，響得人心煩意亂。

「轟轟！」又是幾記爆炸聲傳來，令妥歡帖木兒的心臟也跟著打了幾個哆嗦。

他掄開手臂，將書案上所有物件統統掃落於地，喝道：「來人，御前怯薛在哪？都死光了麼？沒死光就進來幾個，給朕去查，看是哪個活膩了的，敢在皇宮附近放爆竹！」

「末將在！」怯薛統領鬼力赤大聲答應著跑進來，跪倒施禮，「陛下息怒，末將這就去把人給您抓來！」說罷，立刻站起身，飛一般跑了出去。

「嗯！」妥歡帖木兒看著鬼力赤和眾怯薛遠去的背影，輕輕點頭。

這些年輕人都是勳貴子弟，有些還是草原上各部族的直系繼承人，在他的大力培養下，已經顯現出了與父輩們完全不同的模樣，妥歡帖木兒甚至從他們身上，看到當年追隨世祖皇帝一統天下的那支怯薛的影子。

那才是真正的蒙古人，勇敢，忠誠，並且足智多謀。不像他們的父輩，不像朝廷裡的重臣，一個個胖得像肉山一樣，連馬都騎不上去了，從頭到腳散發著腐屍的味道。

「陛下，請用茶！」總管太監朴不花帶領十幾名漂亮的高麗宮女躡手躡腳地走了進來，一邊向他奉上奶茶，一邊指揮著宮女們收拾地上的東西。

「皇后剛剛親手替您熬的，用的是滇磚，裡邊還放了高麗老參……」

「朕喝得出來！」妥歡帖木兒沒好氣地說。

皇后的耳目太靈了，自己這邊剛剛發了點小火，她那邊居然就得到了消息。

不行，這樣下去的話，皇宮內還有何秘密可言？

正鬱鬱地想著，朴不花已經手腳俐落地擺出了四樣高麗小菜，一道是醃橘梗，一道醃蘿蔔，一道是鹹黃豆，一道是雪裡蕻，四種顏色，唯獨沒有半點兒葷腥。

有股又鹹又冷的氣息鑽進妥歡帖木兒的鼻孔。令他猛的打了個噴嚏，隨即感覺渾身上下一陣舒爽。

奇皇后的手最近伸得有點兒長，並且大肆提拔高麗同族，但那都屬於她的后權範圍內之事，如果換了別的女人，肯定做得更明目張膽。

並且她提拔上來的人，也非常老實能幹，就像眼前這四樣高麗小菜，看上去樸實無華，吃起來卻能清熱去火，最適合在大冬天裡食用。看在她對朕如此知冷知熱的份上，朕就不必計較太多了吧！

正所謂少年夫妻一世情，年輕的愛侶們，即便生活在貧賤中，每天顛沛流離，只要彼此支撐著將最困難的時光熬過去，留下來的則全是寶貴的記憶。下至販夫走卒，上至皇室貴冑，皆是如此，妥歡帖木兒也不例外。

他少時被放逐到高麗，身邊只有奇氏為伴，雖然不至於衣食無著，但作為一個親生母親都被處死，看不到任何投資前景的「廢物」，也得不到當地官員任何特殊照顧，因此大多數時候，吃的便是幾樣鹹菜。

奇氏總是把簡單的蔬菜醃製成各種花樣，雖然入口的味道都差不多，但至少色澤令人賞心悅目。所以直到現在，一看見落魄時的小菜，各種溫暖的回憶便全部湧入妥歡帖木兒的腦海中，令他暫時忘卻了皇宮內外的權力爭奪，每一根血管都充滿了溫馨。

可惜這種感覺註定無法長久，才抓起筷子吃了幾小口，門外就又傳來一陣凌亂的腳步聲。

鬼力赤帶著中書平章政事月闊察兒急匆匆地走了進來，行過禮，然後報告道：「啟奏陛下，末將剛到門口就遇見了平章大人，他說剛才放的不是爆竹，而是從紅巾賊手裡弄來的神兵利器。」

「神兵利器？」妥歡帖木兒眉毛上挑，問道：「你們是說，你們買到了紅巾軍的……」

「臣幸不辱使命！」月闊察兒驕傲地點頭。「臣派死士裝扮成商販，從紅巾賊手裡高價購得了四門。剛才在高粱河畔試射，怕驚擾到陛下，所以特地進宮來向陛下報喜！」

「分明是先放了幾炮，向朕炫耀功績，然後又緊巴巴地入宮來賣嘴！」妥歡帖木兒瞪了月闊察兒一眼。

「臣知罪，請陛下責罰！」月闊察兒的小伎倆被拆穿，臉色臊得如冬天的柿子，趕緊跪地求饒。

「滾起來吧，念在你一片忠心的份上，朕不跟你計較！」妥歡帖木兒走上前，輕輕踢了月闊察兒一腳，喝令他自行站起。

這個平章政事能力雖然不是很強，但至少沒啥心機。即便偶爾耍一回小聰明，也能被他迅速識破，所以君臣之間相處得非常愉快。不像某些人，明明把朝政弄得一團糟，卻總是故作高深狀，彷彿別人都是傻子一般。

想到某些人自以為是的做派，妥歡帖木兒臉上的笑容有一點點變冷。

「你買的炮，和右丞大人督造的火炮相比，哪個更好用一些？」

「臣不敢說！」月闊察兒聞聽，額頭上立刻冒出汗珠，俯身在地。

「說！有什麼不敢的。朕難道想聽一句實話都不行麼？」妥歡帖木兒板著臉命令。

「臣剛剛拿到紅巾賊的火炮，還沒來得及仔細比較，只能說個大概，不敢保證是否恰當，所以不敢胡亂開口！」聽出妥歡帖木兒話裡的恨意，月闊察兒愈發小心，低著頭，汗水成串成串往地上掉。

「那就先說個大概，錯就錯了，是朕命令你說的，誰還敢找你麻煩不成？」妥歡帖木兒雙目中射出兩道寒光。

造炮之事就像個無底洞，今年國庫裡近三成的稅收都填進了裡邊，令朝廷的支出捉襟見肘，連皇家在年底的禮佛錢都比往年少了一大半。

右相脫脫花費如此巨大的代價，卻始終沒收到令人滿意的效果，至今還不肯帶著兵馬和新造的那上百門大炮去征剿劉福通和朱屠戶，任由那兩個賊子把整個河南江北行省，一口口瓜分殆盡！

「朱屠戶賣的炮，射程按照他們的裝藥數量，能把四斤重的彈丸打到三百六十步之外，如果冒著炸膛的風險加裝一倍火藥的話，甚至可以打到四百五十步上下。」見妥歡帖木兒的面色越來越陰沉，月闊察兒知道機會來了，磕了個頭，大聲報告著。

不必添油加醋，皇帝陛下最討厭的，就是添油加醋，而自己所說的，全是經過嚴密驗證過的資料，只要如實列出來，就是一支支投槍和利箭，將那個曾經差點要了自己命的傢伙在皇帝心中的形象扎得百孔千瘡。

「咱們自己造的炮呢？」妥歡帖木兒果然聽得心煩意亂，踢了月闊察兒一腳，催促道：「站起來說話，一口氣說完，別故意吊朕的胃口！」

「微臣不敢！」月闊察兒歪了下身子，然後一骨碌爬起來，小心翼翼地說道：「右丞大人派遣漢人心腹督造火炮，大號的那種也能打到五、六百步，稍小的那種，差不多能打三百步上下。威力方面，跟紅巾賊所用的火炮差距已經不算太大，甚至還有過之！」

這個消息聽起來多少還令人感覺有些欣慰，妥歡帖木兒點點頭，「嗯！不錯，朕那幾百萬貫銅錢總算沒打水漂，那個李什麼來著，還算有點兒用途。」

「李漢卿！」月闊察兒偷偷看了看妥歡帖木兒的臉色，接著道：「不過，在耐用性上，雙方就差得太多了。朱屠戶的四斤炮，連續開二三十炮，一直打到炮管發紅都不會輕易炸膛，而李漢卿督造的火炮，每次只能打五炮，就必須停下來冷卻，否則就面臨炸膛的危險！」

「嗯——」妥歡帖木兒皺起眉頭，全國最好的工匠，最充裕的錢糧，卻造不出同樣的東西，還敢宣稱說是竭盡全力？如果這樣叫竭盡全力的話，那戰場上的將領，豈不是個個都該以打敗仗為榮？

「在重量上，雙方差距就更多了。朱屠戶造的炮，重量才五百斤出頭，按九成五的銅料算，造價應當不會高於兩百五十貫；而李漢卿督造的火炮，大的卻有三千多斤，即便是小的，也重達一千五百餘斤，比朱賊那邊的火炮高出好幾倍……」月闊察兒戒慎恐懼地說。

「該死！」妥歡帖木兒不聽則已，一聽，頓覺心中猶如刀扎般的疼。小的也有一千五百斤，那可是九成以上的銅料啊，如果全化了做銅錢，即便是最好的銅六鉛四通寶，也能得出五六百貫，而這還沒算上人工的開銷和製造過程中產生的火耗。

大元朝今年的稅收才多少？他居然拿如此破爛來糊弄朕，怪不得脫脫死活不肯帶兵去打朱屠戶，原來根由在這裡！每多造一門火炮出來，就有人又白賺了萬貫家財。

「那李漢卿的確形跡可疑！」月闊察兒略做斟酌後說。

照他與幾個知交好友原先的謀劃，他今天入宮來的目標是右相脫脫，但卻不能將脫脫一棍子給打死，畢竟百足之蟲死而不僵，如果一下子打得太狠，難免會受其反咬，所以先避重就輕，剪掉一隻大腿就行了。

「咦？」妥歡帖木兒沒想到月闊察兒敢轉移自己的憤怒目標，斜著眼看向他。

月闊察兒被嚇得後退半步，做出恐慌的模樣，求饒道：

「臣該死，不應攻擊同僚，但那李漢卿本是個漢官，卻掌握了軍器監這個要害職位，仗著陛下和右丞大人的信任，半年多來大肆揮霍公帑，臣無法不懷疑他是在效仿當年的鄭國之舉。」

鄭國是戰國時代，來自韓國的水工大匠。為了消耗秦國的國力，特地給秦王獻計，修建一條可引涇水入洛陽的灌溉工程。造價之巨大，導致秦國的國庫空乏，連續好幾年沒有力氣向外發起進攻，直到後來其陰謀被戳穿，秦王才發現自己上了一個驚天大當。

妥歡帖木兒雖然是個蒙古皇帝，對漢人的典籍卻愛不釋手，所以月闊察兒只是輕輕開了個頭，他立刻明白這些話的意思，眉毛擰成一個疙瘩，瞪起通紅的眼睛問道：「你確定只是李漢卿一個人在搗鬼，其他人沒有責任？」

「微臣不敢！」月闊察兒搖搖頭，「即便是李漢卿本人，微臣也沒有任何憑據懷疑他，只是微臣買這四門火炮，每門炮才花了一萬多貫。而李漢卿在軍械監的位置上這半年來，花費了國帑不下四百萬貫，最後總計才造出了一百五十多門炮……」

「啪！」沒等月闊察兒把話說完，妥歡帖木兒已經將桌案上的茶盞又狠狠擲在了地上。

一百五十門炮，總耗資四百餘萬貫。平攤到每門炮上足足兩萬餘；而買一門更輕便更好的，不過才一萬出頭。早知道這樣，朕何必造炮？派人拿著錢去找紅巾賊買就是了，反正只要出得起錢，那邊也有的是黑心腸！

「陛下息怒！」月闊察兒迅速蹲身下去，用手一片片將碎茶碗撿起來，拿衣服下擺兜住。

「臣只是懷疑，並無真憑實據，陛下也不值得為一個佞臣氣壞了身子，畢竟，他是脫脫大人的家奴，未必真的有膽子與朱屠戶勾搭；而朝廷自己掌握了造炮之法後，也早晚能造出和南邊一樣輕便的火炮來！」

「哼——！」妥歡帖木兒急急地踱了數步，仰面吐出一口悶氣。

是啊，畢竟姓李的把炮給造出來了，朝廷在抓不到真實憑據的情況下，不能隨便就處置他，否則難免有卸磨殺驢之嫌，會讓所有漢臣都覺得心涼。更何況，李漢卿還曾經是右丞脫脫的書僮，素得脫脫倚重，如果隨隨便便安個罪名就弄死他，恐怕脫脫也不會答應。

權臣，手握重兵的權臣！兄弟二人同時手握重兵，總數量高達三十萬，並且裝備了舉國之力才造出來的所有火炮，如果再弄到足夠的錢糧的話……

下一個瞬間，妥歡帖木兒脊背上寒氣直冒。

不能，朕不能逼急了他，得一步一步來！

·第六章·

帝王心術

剎那間，脫脫覺得有一萬道霹靂砸在自己的腦門上，
皇帝陛下早就不信任自己了，否則也不會對哈麻兄弟如此縱容。
皇帝陛下在玩帝王心術，怕逼急了自己，
主動給李漢卿連升數級，將此人從軍械監的位置上挪開。

他一邊來回踱步，他一邊暗暗告誡自己不能操之過急。他的母親死於權臣燕帖木兒之手，他即位後，也有好些年生活於另一位權臣伯顏的陰影下，故而對權臣甚為警惕，同時也積累了足夠多的對付權臣的策略。

「咱們蒙古，還有色目人中，有精通製造之術的麼？」

在短短幾個呼吸時間裡，妥歡帖木兒就做出了最佳決策，他緩緩踱回到月闊察兒面前，用平和的聲音向月闊察兒詢問。

「回回司天監有一位哈三，精於製器，陛下曾經召見過他！」月闊察兒早有準備，舉薦道。

「哈三，他是阿尼哥的後人吧？」妥歡帖木兒眼神一亮，腦海裡頓時閃出一個白白淨淨的天竺小胖子形象。

「是！」月闊察兒輕輕點頭。「前些年他經常蒙陛下召見，只是後來有人多嘴，說成年男人不能隨意出入後宮……」

「朕記得他！唉！」妥歡帖木兒幽幽嘆了口氣，目光隱隱透出幾分惆悵。

若論製器之道，他自己就堪稱一位大師，所以經常在宮中召見一些精研各種奇技淫巧的貴冑子弟，帶著他們一起打造各種各樣的巧妙用具。哈三，就曾經是宮中常客，每每和他一起忙碌到深夜，廢寢忘食，直到後來引起言官們的非議，才不敢再往後宮裡跑。

推薦這樣一個熟面孔取代李漢卿，足見月闊察兒沒有任何私心。妥歡帖木兒笑了笑，嘉許地說道：「嗯，他的確是個合適人選，但光他一個不夠，你還得再推薦一個給他當副手，以免有人多心，以為朕又不經廷議，隨便啟用弄臣！」

「工部有一位姓郭的河渠使，叫郭恕，是郭守敬的後人，也精於製器！」月闊察兒又提出了另一個在妥歡帖木兒腦海中印象深刻的名字。

「你說郭禿子啊！」妥歡帖木兒立刻撫掌大笑，「嗯，他的確是個製器高手。朕記得他！這滿朝文武的家中，恐怕沒有幾個不知道他、沒收藏過他造的那些東西吧！」

「陛下聖明！他的確名氣不太好！」月闊察兒不敢與妥歡帖木兒的目光相接。

郭大使擅長製器，但最出名的，卻是製造各種房中助興之物，所以在勳貴的後代中混得極為吃香，只是在朝堂上，名氣便有些差，至少那些所謂的清流絕不會當面說他的好話。

「朕用人，是用人之長，能給朕製造出更好的火炮就行，管他名聲如何？」

妥歡帖木兒大器地擺擺手，目光中依稀能夠看見當有人提名哈三和郭恕二人取代李漢卿時朝臣們的表情。

那絕對是一件很有趣的事情，並且能最大程度地降低權相脫脫的防範之心。

「你回頭找一下雪雪他們幾個，讓他們明天早朝立刻給朕薦賢。」他吩咐，「至於那個李漢卿，也別虧待了他，給他個兵部漢人侍郎的職位吧。讓他入軍中，去給脫脫掌管糧草輜重。等開了春，朕的三十萬大軍，怎麼著也得動一動了！」

「是！」月闊察兒心中大喜，表面上卻做出一副公正廉明的模樣。

軍械監位置上，每年都有幾百萬貫錢流過，隨著戰火的蔓延，可以預見相應的款項只會逐漸增加，絕不會輕易減少。李漢卿那廝卻仗著有脫脫撐腰，不肯給任何人分潤，真是不知道天高地厚！這下好了，換了哈三和郭禿子上去，郭某以後隨便提一句今日之事，還用怕沒有大把的人情錢可拿?!

「群臣當中，你是唯一一個跟朱屠戶交過手，並能全身而退的！」

妥歡帖木兒又看了他一眼，今天月闊察兒對李漢卿的指摘，未必完全是出於公心。作為大元朝的皇帝，他早就明白並且習慣了這些事，然而，這些都不重要，此刻最為重要的是，**要限制脫脫兄弟的權力，避免第三個權臣在自己眼前誕生。**

「明天早朝時，也把你買到的火炮拉到皇宮門口，給大家夥都開開眼界。朕不能再沒完沒了的等下去了，朕再等下去，就是朱屠戶誓師北伐，而不是朕派人去征剿他了。你，還有雪雪、桑哥幾個，無論如何要給朕記住這一點！」

「是，臣必不辜負陛下信任！」月闊察兒躬下身，悄悄握緊拳頭。指甲陷入肉中，帶來一陣快意的痛。

第二天早晨，月闊察兒花費重金從黑市上收購的火炮，吸引了所有前來上朝大臣們的目光。

筆直修長的炮身，光潔如鏡的炮膛，三百五十步的射程，持續二十炮不炸膛的品質。如此神兵利器，卻只有五百多斤重，並且下面還帶著一個鐵架子木輪車，兩個身體強壯的漢子抓住車把，就可以輕鬆的推著走。

相比之下，朝廷花費重金造出來的青銅大炮，就徹底成了笑柄，醜陋、笨重，並且容易出事故，弄得原本應該最安全的炮手位置，現在人人敬而遠之。在戰場上挨上一刀，至少還能剩下個全屍，萬一火炮炸了膛，周圍五步之內可是都會被撕得支離破碎，弄不好，連骨頭渣子都撿不回來。

有道是，**不怕不識貨，就怕貨比貨**，凡是見過朝廷所造火炮的人，再見到月闊察兒買來的火炮，難免覺得面上無光。特別是當聽聞每門炮翻了十倍高價才不過一萬多貫，而朝廷這半年多來已經在火炮上投入了四百萬貫的消息後，一個個更是怒不可遏。

四百萬貫啊！那可是足色的銅錢，而不是朝廷濫發的紙鈔！

要知道，大元朝的國庫收入，七成以上來自南方幾個行省，自打鬧了紅巾之後，湖廣與河南兩大行省的稅賦，就一文錢都沒向朝廷輸送過。

江浙和江西兩大行省的稅賦雖然勉強還可以走海路，可最近海上卻非常不太平。不是風高浪急，就是海盜搗亂，江浙和江西每向海津鎮發送一萬貫財貨，沿途竟要被「漂沒」四成以上；再加上沿途人吃馬嚼，各種不可預估損失，最後能進入國庫的能有一半就不錯了，害得國庫裡現在都已經跑了耗子，連給京官的年俸都得東拼西湊才能拿出來。

在這麼窘迫的財稅情況下，軍器監李漢卿居然花掉四百萬貫才造出了一百多門火炮！平均每門炮造價比黑市上買來的還要高出三倍！這意味著什麼？意味著有至少三百萬貫本來該發給官員們的俸祿被浪費掉了，或者說被收進了私人的腰包！

大元朝的高官們通常都不相信儒家那一套，卻對商業數字極為敏感，因此月闊察兒事先安排的言官還沒來得及開口，李漢卿就已經成了眾矢之的，幾乎所有非脫脫派系的人，包括一些平素跟脫脫關係不錯的勳貴，都恨不得立刻將李漢卿按在地上，從頭到腳扒個精光，看看他到底把三百萬貫給藏到了哪裡！

李漢卿雖然能言善辯，在這種情況下也是眾口鑠金，好在大元朝皇帝陛下妥歡帖木兒「重瞳親照」，知道他是被冤枉的，先大聲呵退了圍攻李漢卿的群臣，又將當事者溫言撫慰了一番。

最後，採納了中書省平章政事哈麻的提議，升李漢卿為兵部侍郎，以酬其造炮之功，把軍械監的位置騰了出來，由朝廷另選賢能承擔。

所謂賢能，自然得由朝中幾大勢力的共同選擇，畢竟這個位置上，以後每年都有幾百萬貫銅錢過手，隨便在上面抹一把，都能富得流油。

於是乎，又是一番明爭暗鬥，最後達成妥協，讓天竺人哈三脫穎而出。至於李漢卿，在榮升了兵部侍郎後，立刻就被安排了一個重要任務，替南征大軍籌備糧草輜重，隨時準備追隨丞相脫脫一道去征討各路反賊。

這些事折騰結束，也到了中午時分，妥歡帖木兒又說了一些慰勉的話，然後宣布散朝。

眾大臣齊呼萬歲，拜舞而出。來到皇宮外，則迅速分成了幾波，有的是相約一起去尋歡作樂，有的是湊在一起商討發財大計，還有的則是從今天的廷議中敏銳地察覺到一絲不對勁的地方，悄悄地湊在一起交頭接耳。

中書省右丞脫脫沒有心思跟眾人湊熱鬧，出了皇宮之後，就飛身跳上了坐騎。新上任的兵部侍郎李漢卿則騎上了另外一匹黑馬，不聲不響地跟在他的身後。

主僕二人在侍衛的簇擁下，沿著長街一路跑出了大都城，直到遠遠地看見西門外的大校場，才不約而同地嘆了口氣，緩緩地拉住了坐騎。

「老四啊，今天的事，做兄長的對不住你了！」脫脫背對著李漢卿，幽幽地說道。

「大人這是哪裡話來！」李漢卿臉色看起來非常憔悴，「是小四沒把事情做好，辜負了大人您的信任，所以咱們主僕才有今天的麻煩！」

「你……」脫脫身體顫抖了一下，「你小子還是這副樣子，不肯拿我當親哥哥，今天的事明顯是衝著我來的，你只是不幸做了我的擋箭牌而已！」

「我是您的書僮，替您擋箭不是應該的麼？」李四疲憊地笑了笑，翻身跳下戰馬。「再說，這一百五十多門炮，已經是我能使出的最大本事了，繼續賴在軍械局裡也不可能做得更好，如今能夠急流勇退，倒也是個不錯的結果！」

「你？哎！」脫脫聞聽，又是一聲長嘆，吐出的氣息在空中形成一道白霧，經久不散。

李四越是表現得豁達，他心裡頭越覺得難過。按道理，今天在朝堂上，他這個中書省右丞應該帶領麾下爪牙替李漢卿遮風擋雨才對，然而，當看到整個朝堂上將近七成的官員都紅了眼時，**他卻退縮了，沒有鼓起勇氣替自己的心腹說一句話。**

脫脫知道自己今天為何軟弱，不光是由於李漢卿督造的火炮品質比月闊察兒從黑市上買來的差距太大，那只是其中很小的一部分因素，影響其實並不大。

凡是頭腦清醒的人，在最初的羞怒之氣過去後，都會清醒的意識到，自己會造，和黑市上購買的，有著本質上的差別，特別是火炮這種鎮國利器，自己只要會造，哪怕是消耗大一些，賣相差一些，卻意味著想要多少，今後就能有多少，不會受制於人；而買，則完全看賣家的心情。況且，不是所有紅巾賊都會短視到連火炮都轉賣，當交易引起朱屠戶的警覺後，那些膽大的賣家也會本能地收手。

此外，眼下能夠製造醜陋的火炮，將來就能製造可與南方貨一較高下的成熟品。從有到精，只需要個時間，而從無到有，卻是質的飛躍。上午廷議時，只要自己能站出來，把其中道理講清楚，相信朝堂上絕大部分文武官員便不會繼續被哈麻、月闊察兒等人牽著鼻子走。

但是，脫脫卻沒有說話。不是因為沒有能力庇護李漢卿，而是因為他看到了自家親弟弟，也先帖木兒畏縮的目光。

在河南一戰，丟盡了三十萬大軍的責任，朝廷一直沒有追究，如果他今天替李漢卿強出頭，惱羞成怒的雪雪等人保不準就會把仇恨轉移也先貼木兒頭上。

那是他無法保護的軟肋，即便是天底下最不要臉的傢伙，都無法將死人說活，將潰敗說成轉進；如果也先帖木兒不是他脫脫的弟弟，按照大元朝的律法，早就該斬首示眾了，家人和直系親屬都會被流放千里。

反覆權衡之後，脫脫只能暫時犧牲自己曾經的書僮李漢卿。畢竟群臣對後者的指責沒有絲毫依據，即便能雞蛋裡挑出一些骨頭來也罪不至死。只要李漢卿不被人整死，過後，他就有的是辦法，憑藉中書省右丞的權力令其東山再起；有的是辦法補償後者的委屈，並且讓後者對自己感激涕零。

但是，他卻萬萬沒想到，李漢卿非但沒有被群臣擊倒，反而因為皇帝的主動出頭，向上連跳數級。更沒有想到，剛剛升任正四品兵部侍郎的李漢卿，會立刻被皇帝委以重任，來和自己搭檔，替自己的南征大軍督辦糧草物資！

這讓他事先準備的補償計畫都落了空，並且還要隨時面對李漢卿，面對他眼睛裡的幽怨和不解。

此時此刻，脫脫真的沒勇氣回頭看著李漢卿的眼睛，坦誠地告訴曾經的書僮兼好友，我今天是因為**要保護也先帖木兒**，**才不得不犧牲你**；也沒勇氣告訴對方，雖然我一直說過要拿你當親兄弟對待，但**在我心裡**，**你依舊**，**並且永遠比不上也先帖木兒一根汗毛**！

「大人今天不保小四是對的！」李漢卿卻永遠是一副清醒理智的模樣，拉著戰馬，在脫脫的腳邊說道：「小四說的不是客氣話，大人應該知道，小四跟您早就不用再說什麼客氣話了。軍械監的位置，小四早晚得讓出來，不是今天就是明天，大人，您現在手裡可是握著三十萬精銳，並且一直駐紮在大都城邊上，而小四在軍械局，掌握的則是最犀利的火炮和最結實的甲杖。」

「你說什麼？你敢離間……」脫脫猛然驚醒，一肚子負疚瞬間轉為無名業火。

「大人，小四是您的書僮！」李漢卿毫無畏懼地看著脫脫的眼睛，「沒有您，小四什麼都不是！**皇上對您起疑心了**，大人，難道您一點兒沒感覺出來麼？以您的睿智，應該早就感覺到了，只是您一直拒絕相信而已！」

「嗡！」剎那間，脫脫覺得有一萬道霹靂砸在自己的腦門上，天旋地轉。

不是因為顧忌也先帖木兒，也不是因為自己覺得李漢卿將來還有足夠的機會翻身，導致今天自己沒勇氣開口的真正原因是，**皇帝陛下對自己的信任已經不在**

了！自己其實早就清楚地看到了這一層，只是一直在自欺欺人而已！真相，最直接，也最簡單，只是疼得人撕心裂肺！皇帝陛下早就不信任自己了，否則也不會對哈麻、雪雪兄弟如此縱容。

皇帝陛下在玩**帝王心術**，怕逼急了自己，所以主動給李漢卿連升數級，將此人從軍械監的位置上挪開。

皇帝陛下根本不相信自己沒有任何私心，所以才用這種溫水煮蛤蟆的方式，一點點將自己的羽翼從中樞剝離，以求發起最後一擊時，自己沒有任何能力反抗。皇帝陛下用同樣的方式收拾了權臣伯顏，現在，他又把目光瞄到自己的哽嗓上……

而偏偏這種從外圍邊入手，細雨潤物般的方法，還是當年自己教給皇帝陛下的。

當初年少的自己和同樣年少的皇帝陛下，聯起手來，一同鬥垮了權臣伯顏和他的黨羽，發誓要齊心協力中興大元帝國。

當年的陛下和自己親如手足，曾經相約世世代代為兄弟，那時的自己和現在的李四一樣，對皇帝陛下忠心耿耿，寧願為之粉身碎骨……

大冬天，丞相脫脫腦門上的汗水卻像溪流般淋漓而下。

在旁邊的李漢卿看得真切，抬起手來替他拉住戰馬的轡繩，道：

「大人今年一直忙著練兵雪恥，哈麻、雪雪等人趁著大人無暇分心的機會，帶著西域番僧伽磷真出入禁宮。那番僧不通佛經，唯善壯陽藥物和男女雙修秘術，陛下，皇后，還有太子都甚敬之，傳聞陛下曾經召數名宮女，以番僧所授之法秉燭夜戰，通宵達旦……」

「住口！」沒等李漢卿說完，脫脫憤怒地打斷，「這些話，你都從哪裡聽來的？無稽之談，簡直是無稽之談。咱們做臣子的，怎能如此誹謗陛下?!趕緊給我把它給忘了，要是再敢於老夫面前提起，休怪老夫對你不客氣！」

「大人管得了李四，管得了天下悠悠之口麼？」李四抬起頭，毫無畏懼地與脫脫對視。

「誰在亂傳，老夫就殺了他！」脫脫狠狠瞪了他一眼，將頭扭到一邊。

李四說的，他早就有所聽聞。他也清楚地知道，妥歡帖木兒因為少年時曾經遭受過大恐懼，所以對男女之事有著非常怪異的喜好。但是這並不影響他對妥歡帖木兒的忠心，畢竟男女之事屬於私德，而蒙古人對於禮教向來又不似漢人那樣看得重。

「小四不是在亂傳謠言。小四今天提起這些，只是告訴大人，哈麻他們為了邀寵，已經不擇手段！」儘管脫脫表現出拒絕姿態，李四的噪呱卻依舊不止不休。

「那又怎樣？」脫脫不屑地撇了撇嘴。

「陛下已經不再信任大人，太子和皇后全都倒向了哈麻他們一夥。大人，難道這還不夠麼？難道您還要等到刀子砍在身上才追悔莫及不成？」

「笑話，本相怎會那麼笨？本相憑什麼就乖乖地等著哈麻他們動手?!」脫脫連聲冷笑。

「那大人如今在等什麼？」李漢卿目光瞬間變得如刀子般明亮。「大人，依屬下之見，現在才是鋤奸的最好時機，錯過這個機會，大人將會抱憾終生！」

「時機，什麼時機？」脫脫沒聽懂他的話。

「大人手握三十萬重兵，而大都城裡的禁軍，把吃空餉的數字都加上也湊不足二十萬，並且平時分別駐守在各處，倉促之間根本無法集中！」李漢卿向四周看了看，用極低的聲音道。

「轟隆！」冥冥中又是一記炸雷劈在了脫脫的靈魂上，令他搖搖晃晃。

三十萬大軍，三十萬從整個北方千挑細萬出來的精銳，配備著整個帝國最精良的武器鎧甲，並且擁有上百門火炮的大軍，就駐紮在西門外的大校場。如果自己帶著他們清君側的話，什麼哈麻、雪雪，月闊察兒，不過是一群土偶木梗！

但是，就在下一個瞬間，脫脫眼前又出現了大元皇帝妥歡帖木兒年輕時的身影，躲在深宮中，眼神淒涼而又無助。

「脫脫，幫我，朕就你這麼一個朋友！」當那雙淒涼的眼睛向自己看來的時候，自己無法拒絕。

「大元朝經不起這麼折騰了，權臣殺皇帝就像殺雞！」當那對單薄的嘴唇裡吐出如是理由時，脫脫更是義無反顧，「咱們蒙古人自己都不知道秩序為何物，底下那些漢人怎麼可能不看咱們的笑話？他們說胡人無百年之運，再這樣折騰下去，咱們蒙古人自己就把自己殺乾淨了，哪還用得著漢人來趕?!」

「大人！」李漢卿看到脫脫眼裡的猶豫，聲音瞬間提高，「小四，也先帖木兒，巴拉根，哈魯丁，還有海蘭、葉辛他們，性命都在大人一念之間，大人如果不當機立斷的話……」

「閉嘴！」脫脫突然暴怒，抬起腿，一腳把李漢卿踹了個大馬趴。

這個漢人沒安好心！他居然想挑撥自己造反，挑撥蒙古人互相殺得血流成河！他該死，罪該萬死，自己必須親手剝了他的皮！

然而，當看到李漢卿痛苦地捂著肚子在雪地上翻滾的模樣，脫脫瞬間又恢復了冷靜。

李四是對的，如果自己被哈麻、雪雪這一干奸賊鬥倒了，也先帖木兒他們肯定要被清算，絕對一個都活不成。

這不是同族和異族的問題，**這是最基本最普通不過的權鬥，勝者接收一切，敗者將一無所有**，包括性命。燕帖木兒，伯顏，從沒給對手留過翻本的機會。自己當年也沒對伯顏一系的人馬留過情。假如哪天輪到自己倒下，結果不會有任何差別！

「把他扶起來！」鐵青著臉，脫脫衝著自己的親兵們命令。隨即，又咬了咬牙，翻身下馬，向前走了幾步，親自拉住了李漢卿的胳膊，「剛才的話，不准再說。再說，我絕對不會放過你！聽明白了？」

「大人，小的，小的對大人之心，猶如這四下裡的雪地一般……」李四疼得臉色煞白，像蝦米般彎著腰，喃喃自辯。

聽了他的話，脫脫愈發覺得心中負疚，推開一名親兵，將此人的左胳膊自己搭在了自己的肩膀上，「我知道你的忠心，我剛才那一腳，實在是氣昏了頭。李四，先前的話你不要再說了，必須給我爛在肚子裡，我當年跟陛下，就跟現在你跟我一樣，都是拿對方當自己的親人，親生兄弟！」

說到這兒，他忽然覺得一陣淒涼，眼裡不由得湧起了幾點淚光。

住在皇宮裡的人，哪會有什麼兄弟？換了自己住在裡邊，恐怕也是一樣！有一個重臣手握幾十萬大軍，朝廷裡邊還黨羽遍地，試問哪個做皇上的，能真正覺得安心？寡人，寡人，他們漢人的詞彙真豐富，當了皇帝的人，可不就是不能有朋友麼？

「皇帝眼裡，哪會有什麼兄弟？」李漢卿佝僂著腰，「他連遠在千里之外的孛羅不花都不放心，你現在兵權相權盡在掌握……」

「閉嘴！」脫脫猛的回過頭，看著李漢卿的眼睛，「不准說，我不准你再說，我可以不做右丞，不握兵權，但我不會再讓大都城內血流成河！你聽清楚了，我脫脫的刀上，絕不會再染蒙古人的血！」

「好，好，好！」李漢卿一把推開脫脫，向後退道：「好一個忠心耿耿的賢相脫脫，小四佩服！但是，大人……」彷彿豁出去了一般，他冷笑著問：「大人，你刀上不願意染同族的血，哪天哈麻、月闊察兒得到了機會，他們會在乎你的血麼？」

「你！」脫脫無法回答李漢卿的話，只覺得自己的心以閃電般的速度往下沉，一直沉入十八層地獄。

「我不會給他們機會！」彷彿在說給李漢卿等人聽，又好像在給自己打氣，他咬著牙，信誓旦旦地說：「你放心，我不會給任何人機會，天下已經夠亂了，那些造反的傢伙正等著我們蒙古人再來一次自相殘殺，我不會給他們機會！」

沒想到脫脫固執到如此地步，李漢卿像不認識般愣愣地看著他，半晌，才抹掉嘴角上的血跡，對著頭頂上的天空吐出一股濃烈的白煙，嘆道：

「好，你說怎樣就怎麼樣，反正小四這條命是你的，你要雙手送出去，小四等著那一天到來便是！」

「你等不到，永遠也等不到！」脫脫咧了下嘴，堅持地說：「你剛才也說過，本相手裡握著三十萬大軍，還有上百門火炮，只要這支兵馬掌握在本相手裡，任何人就動咱們不得。」

「陛下讓小四替您督辦糧草，明顯是在催您出征！」李漢卿苦笑著搖頭。對方固執己見，作為僕從，自己只能陪他一條道走到黑，雖然這條路的盡頭可能就是萬丈深淵。

「出征就出征！」脫脫賭氣般說道：「你以為本相只是在等你的火炮麼，本相是在努力將來自不同地方的各族勇士捏合在一起，如今他們已經在一起訓練四個多月了，早已有與紅巾賊一戰的實力，只待開了春，運河解凍，咱們就立刻拔營向南。本相就不信那朱屠戶憑著一群流寇，能接下本相這全力一擊。」

三十萬精銳，上百門火炮，其中還有五十餘門射程和威力都遠超過對方的重炮，在脫脫的率領下，李漢卿的確看不出己方有什麼失敗的可能。然而，**勝負的關鍵往往不在戰場之上，在朝中不穩的情況下貿然領兵出擊，絕對不是什麼明智的選擇。**

想到這兒，他又深吸一口氣，硬著頭皮勸道：「沙場爭雄，大人當然不會畏懼那個朱屠戶，可大人此刻離開中樞，豈不是更給了哈麻等賊機會？萬一戰事一時半會無法結束，而哈麻等人又在陛下面前進讒……」

「我會讓我弟也先帖木兒，還有平章政事汝中柏看著他們！」右丞脫脫猶豫了一下，給出答案。「也先帖木兒有勇，汝中柏有謀，他們二人聯手，哈麻等奸佞諒也翻不出什麼風浪來！」

「大人！」李漢卿完全無法認同脫脫的想法，本能地想出言阻止，然而看到脫脫憤怒的眼神，已經到了嘴邊的話又硬生生吞回了肚子裡。

正所謂疏不間親，也先帖木兒再不中用，也是脫脫的嫡親兄弟，不把自己的後背交給他，脫脫還能相信誰？此外，也先帖木兒雖然用兵本事不濟，一口氣丟光了三十萬大軍，可他的個人勇武，在整個大都城內排進前三。真正發起威來，尋常十幾名武士根本近不了身，足以帶領一小隊私兵直接殺進任何人的家。

「其實把你留下最好！」不想讓李漢卿過於傷心，脫脫想了想，又轉圜道：「但是，一則皇上已經點了你的將，老夫不能公開違旨；二來，你本事雖大，畢竟出身低了些，又是個漢人，那些蒙古武士未必肯服你的管，所以，你還是跟在老夫身邊，拿出全部本事幫老夫對付紅巾賊最好。咱們兄弟早點把朱屠戶給滅了，咱們也能早點返回大都城解決其他麻煩，只要有這樁功勞在手，足以抵償也先帖木兒的喪師辱國之罪，到時候，任何人也拿不住咱們家的把柄！」

「是，大人！」李漢卿怏怏地回應。

平心而論，他一點都不認可脫脫的想法。有了消滅朱屠戶的大功就能重新贏得皇帝的信任？朝堂上那些政敵就不敢再肆意傾軋？如果功勞大就能避免被人謀害的話，當年岳武穆就不會死在風波亭中。**「莫須有」三個字什麼意思？不是可能有，可能無，而是根本不需要有！光是「功高震主」四個字，就足以要任何臣子的命！**

「練兵之事，老夫自己就應付得來，糧草輜重暫時也用不到你親自去管！」見李漢卿心緒依舊不高，脫脫給他肩膀上壓擔子，「趁著離開春還有一段時間，你從家中點一批好手，去給我把朱屠戶那邊的情況打聽清楚。整個右丞府人隨便你調用，老夫要摸清朱屠戶所有情況，才能知己知彼！」

「卑職遵命！」李漢卿拱手應道。

無法勸脫脫先解決政敵再出征，他只能退而求其次，輔佐脫脫盡快解決掉外部敵人，再以最快速度返回大都城，震懾哈麻、桑哥和月闊察兒等一干宵小。如果時間把握準確的話，也許最終結果不會如他想像的那麼糟。

李漢卿是個乾脆性子，既然決定了去做一件事，就絕不拖泥帶水。當天傍晚，就帶領百十名心腹死士，冒著風雪離開了大都城。

沿著已經結冰的運河一路向南，邊走邊將隊伍化整為零，讓死士們扮作商販、流民、乞丐以及行腳僧人，從各個方向分頭向黃河以南滲透；又在與徐州只有一河之隔的邳州買了處院子做聯絡點，很快就將淮安軍的情報源源不斷地收集了回來。

然而當他把這些情報匯總之後，李漢卿卻被驚了個目瞪口呆。

見過不著調的，卻沒見過如此離譜的，就在他和他的主子脫脫厲兵秣馬，隨時準備南下之際，他們眼中最難對付的敵人朱八十一，居然做了甩手掌櫃，把軍務和政務全都交給了徐達、胡大海、逯魯曾等，自己則一頭紮進百工坊中，鼓搗起女人用的東西。據說每回在作坊裡至少都蹲上四五天，非有萬分緊急的事，誰也見不到他的人影。

「這廝到底又在弄什麼么蛾子？」將一份份來自不同管道的密報打開，並排放在桌案上，李漢卿手指揉著太陽穴沉吟著。

按照常理，對手玩物喪志，他應該高興才對。然而，素有鬼才之名的李漢卿卻絲毫高興不起來，相反，他總覺得脊背涼涼的，好像有股陰風在不停地吹。哪怕是睡覺時，都無法放心地閉上眼睛。

那朱八十一在制器一道上，可稱得上天下第一高手。當初他為了平安脫身，隨手拿了個中看不中用的銅手銃送給對方做禮物，萬萬沒想到，短短兩三個月後，銅手銃就在朱屠戶手中脫胎換骨，變成人人聞之色變的青銅火炮。

隨後不久的沙河之戰中，從淮安偷偷運來的火炮突然發威，炸得也先帖木兒及其手下丟盔卸甲，三十萬大軍被劉福通給滅了九成九，最後逃離生天的只有聊聊數千人，從此人人聞炮聲色變，再也不敢提「南下」二字！

如今，朱屠戶又一頭埋進作坊裡，誰知道他又會再鼓搗出什麼殺器來。

李漢卿將自己平素見到的各類器物，包括女人用的剪刀都在腦海裡放大了十幾倍，仍是猜不出到底是什麼東西值得朱屠戶下這麼大功夫？

難道還有比火炮和火銃更為犀利的武器？還是出在女人的隨身之物上頭？那會犀利到什麼地步？那姓朱的，從三生佛陀那裡到底都得到了些什麼領悟，居然每一步都走得如此精準，走得如此令人恐慌不已?!

李漢卿想破腦袋都無法猜出朱八十一正在鼓搗什麼神秘武器，只能從成堆的密報中尋找蛛絲馬跡。

擺在桌案上的密報涉及面很廣很雜，覆蓋了近一個多月來淮安、高郵和揚州三地與朱八十一相關的所有事情，包括淮安軍用武器向友軍換糧食，用土地拉攏芝麻李和趙君用兩個盟友，以及大力扶植王克柔、張士誠、朱重八三人，讓他們各自在長江南北兩岸打下自己的地盤，把董摶霄逼得進退維谷等等。

大概是實在無法理解朱八十一將辛辛苦苦打下來的地盤和鎮國利器讓與他人的行為，有名死士在密報的最後，憤憤地點評道：「憨貨！」

「呸，這朱屠戶如果是個憨貨，天底下就沒一個聰明人了！」

李漢卿一把抓起這份密報，將其揉成團，用力擲進腳邊的火盆中。

自打雙方第一次接觸之後，他就沒再小看過朱八十一，包括用兵和權謀方面，在他眼中，後者的種種作為都可圈可點。

外表憨直，內藏心機，是他和脫脫反覆研究後，對朱八十一的一致評價。雖然這個評價，很多人包括脫脫的親弟弟也先帖木兒都不認同，可至今為止，那些**以為朱屠戶傻的人，要麼已經成了一堆白骨，要麼就是被朱屠戶拉上了賊船，誰都沒賺到便宜**。

擺在桌上的密報，無一不驗證著他和脫脫的判斷，每一條消息表面看起來都極為正常，但越是仔細推敲，越是令人震驚。

「臘月二十五，刁民魏某於揚州府擊鼓鳴冤，訴揚州巨賈吳天良殺人奪產之罪。刑局主事，揚州知府羅本親審此案。陪審團十三人，六人認為吳天良罪在不赦，七人堅稱魏某誣告。吳天良無罪開釋！」

「臘月二十七，參軍葉德新徹查揚州路田畝，泰州大儒王守仁聚集鄉鄰阻之，葉德新不忍殺傷無辜，含恨退去。臘月三十夜，朱亮祖引潰兵破王家寨，殺王守仁全家！初二，泰州都督吳良謀引兵來救，朱亮祖不敵，奪船遁入長江！」

「正月初四，豪紳錢百萬于赴宴途中，被潰兵所害。隨行兩子及僮僕三十餘口，皆死於非命！」

「正月初四，城外玄字型大小瓷窯炸窯，窯主周德被火焰波及，當場身亡！」

「正月初六，參軍羅本將揚州城外所有瓷窯登記造冊。查清無主之窯七十三口，皆收歸官有！」

「正月初八，淮揚大總管府長史蘇明哲下一稅令。凡進出淮安、高郵和揚州三地的貨物，皆徵稅一成。凡淮安軍所轄之地，皆不二征。有逃稅超過十貫者，抄沒其貨，貨主此生不得再入淮揚！」

「正月初八，朱賊仿朝廷體制，私設吏、戶、禮、兵、刑、工、學、商，八局。以逯魯曾、蘇明哲、陳基、徐達、羅本、黃正、祿鯤、于常林為主事。」

「正月十二，巨賈吳天良畏罪，舉家出逃避禍，座船在長江之上被水師重炮擊沉，老少六十二口葬身魚腹。水師統領朱強在吳天良身上，抄出揚州士紳給董摶霄的親筆信，上有四十餘家連署。朱屠戶笑而付之一炬！」

「正月十三，大儒許衡之孫許世忠賤賣家產，攜全族去江南訪友……」

「正月十四，鄉紳楊銓舉家搬往汴梁……」

……

「這廝，什麼時候變得如此狠辣?!」李漢卿用力拍了自己一下，強迫自己保持清醒。

把最近發生的事總結在一起後，越看他越覺得毛骨悚然。就在朱屠戶把自己藏進百工坊的這一個月當中，揚州路內有頭有臉的人物居然死了將近三成！還有兩成唯恐受到池魚之殃，丟棄了土地和作坊，舉家搬遷到江南。而這導致的結果就是，捨不得離開的士紳們紛紛匍匐下身子，再也不敢給朱屠戶製造任何麻煩。

「正月十六，進士鄭遠獻家中存糧十萬餘斤與官府賑濟災民。逯魯曾親迎之，擇其一子入大總管幕府。」

「正月十七，進士章正林、胡潤等人聯名上書，請淮揚大總管府再開科舉，給民間遺賢晉身之階……」

「正月十八，刁民柳氏訴布商徐家霸佔田產，縱子行凶，陪審員一致判決徐氏長子徐孝賢有罪，處以絞刑，罰金一百貫，作為柳氏養老之資！」

「狠，夠狠。這一手玩得漂亮！惡事全是手下人幹的，菩薩我自為之！」一個晚上，李漢卿不知道拍了多少次桌案和大腿，到後來，整個人陷入一種莫名的亢奮狀態中無法自拔。

朱屠戶最近的行為可謂大刀闊斧，讓人無法將現在的他和以前的他產生關聯。這種勁頭，正是眼下大元右丞脫脫最為迫切需要的東西。

這讓李漢卿忍不住想，假使把自己的東主脫脫和朱屠戶兩人位置對調一下，結果會怎樣？

然而想來想去，他不得不嘆息承認，**一切都是造化弄人。去了大都城的朱八十一就不再是朱八十一；做了紅巾的淮揚大總管脫脫，也不會再是原來那個脫**

脫了。

脫脫在朝堂上優柔寡斷，是因為他頭上還有一個皇帝，身邊的諸多同僚，也都有各自的利益打算；而朱八十一，早就脫離了劉福通和芝麻李的掌控，手下的隊伍也是他自己親手拉起來的，一切都唯其馬首是瞻，哪怕不認同他的作為，也會毫不猶豫地追隨他一條道跑到底。

而雙方的施政根基也有本質上的差別，脫脫依靠的是蒙古貴胄、漢人士紳，並且二者彼此間有著千絲萬縷的糾葛；沒有他們的支持，任脫脫長了三頭六臂也寸步難行。而朱八十一手底下卻是一群流民、底層小吏、落魄讀書人，基本上屬於可有可無，全都死光了，也不會令淮安軍傷筋動骨。

「這朱屠戶，到底要弄出怎樣一個妖魔鬼怪的國度來？」

曾經有一瞬間，李漢卿甚至感覺如果脫脫不要剿滅朱屠戶，讓大夥繼續開開眼界也是一件不錯的事，然而，很快他便幡然悔悟，從心底掐滅了這種大逆不道的想法。

如果此番南征失敗，非但脫脫兄弟，恐怕所有依附於他們兄弟的官吏，包括李漢卿自己都將粉身碎骨；即便朱屠戶最後能夠一統天下，李漢卿都看不到像自己這樣天生就該成為謀士的人，能在新的王朝裡得到什麼好處。

朱屠戶弄出來的新式官府太怪異了，既不像眼下的大元，也不像當年的大宋，甚至從唐朝倒推至東漢，都找不出類似的規格，倒是夾在兩漢之間的王莽新朝，看起來與朱屠戶的淮揚體系有諸多類似，處處透著另類與異想天開。但王莽的新朝只維持了短短十六年就毀於民亂，王莽也從此遺臭千載，至今還被讀書人口誅筆伐。

「四爺，緊急密報！」正當李漢卿沉思之際，屋門猛的被推開，一個魁梧的身影大步衝了進來！

「拿來我看！」李漢卿皺了下眉頭，吩咐道：「以後別這麼慌慌張張的，紅巾軍都在黃河南岸呢，飛不過來！」

「是！」魁梧漢子王二雙手將密報舉過頭頂，「小六他們連夜從南岸送來的緊急密報，過河的時候，不小心踩到冰窟窿上，折損好幾位兄弟！」

「啊，黃河解凍了？這麼早？」李漢卿劈手奪過密報，大聲問：「小六子呢，他怎麼樣？」

「還好，就是凍得不輕，已經安排人手扶著他去泡熱水了！」王二回道。

「那就好，弟兄們的性命放第一位，其他都可以排在後邊！」他嘉許地向王二點點頭，隨即在燈下迅速展開密報。

裡面的字跡非常潦草，顯然寫的時候執筆者非常慌亂，大概內容是，最近淮安軍在其控制的幾座城市內展開了大規模搜查，非但將朝廷派去的探子抓了不少，各路紅巾軍安插在地方上的眼線也紛紛被挖了出來，禮送出境。

而這次行動的掌舵者，居然是以前在淮安軍中基本排不上號的水師統領朱強，出動的隊伍，也以其麾下的水師為主，另外一部分則是正在訓練中的新兵，整個行動針對性非常強，彷彿空中有一雙眼睛，將各方暗探早就牢牢地盯上了一般。

「咱們的人損失多麼？」李漢卿放下密報，問道。

朝廷派出的探子被抓，是他預料中的事，朱八十一這次將領地大幅度收回在黃河、長江、運河以及大海間的半封閉區域，勢必會想方設法穩定根基。不可能再讓治下像個篩子般，任何人都能混進去攪風攪雨。

「屬下還沒統計，應該不會太多。咱們的人都是剛剛才混進去的，接觸不到太多的秘密，所以不會引起太多的警覺！」王二自信地說道。

「是小六親口告訴你的麼？」李漢卿不滿意他的輕率，皺著眉道：「你讓小六泡完熱水，立刻過來見我！」

「是！」王二回答的極為乾脆，腳步卻絲毫沒有挪動。

李漢卿見了，不由得心中湧起幾分惱怒，豎起眼睛，喝問道：「怎麼？你還有別的事情需要彙報麼？」

「這個，屬下不知道該不該說？」

王二也是追隨李漢卿多年的老幫手了，今天的舉動卻極為怪異。眼睛只敢盯著自己的腳尖兒，聲音裡頭，也隱隱帶著一絲顫抖。

「說！」李漢卿果斷地命令。「咱們兩個之間，還有什麼需要隱瞞的！」

「小的不敢，小的絕不敢對四爺有所隱瞞！」王二聽了，立刻跪了下去，「小的剛才從六子手裡接過密報時，隨便跟他說了幾句話，聽他的口風，好像對那朱屠戶佩服得緊，說那朱屠戶一手握著刀，一手握著金元寶，行前人所未行之事，日後，日後……」

「閉嘴！」李漢卿用力一拍桌案，厲聲打斷。

接連看了一宿關於朱屠戶的密報，他原本就有些心煩意亂，此刻聽聞自己的下屬中居然有人敢替朱屠戶喝彩，頓時就覺得火上頂門。

然而，很快他就將自己心中的無名業火強壓了下去，緩緩坐回椅子上，嘆了口氣，語重心長地說道：「起來吧，我剛才不是針對你。朱屠戶是一代梟雄，小六對他心生欽佩也屬正常。咱們兄弟處在敵我雙方相鄰處，周圍魚龍混雜，多些提防是應該的，但無憑無據，切忌互相傾軋！」

「是，屬下知錯！請四爺責罰。」王二抹著額頭上的汗珠站起身。

「責罰就算了，你也是出於一番公心！」李漢卿擺擺手，又吸了口氣，道：

「小六當時怎麼說的？是朱屠戶又弄出了什麼妖蛾子，讓他心生敬意？」

「四爺還沒有看到麼？就在昨天傍晚送來的密報裡頭，編號戊十三。」王二順口道，然後趕緊低下頭去。

「戊十三？」李漢卿的記憶力非常好，一經提醒，立刻想起了內容。「就是朱屠戶把淮安、高郵和揚州的大戶召集在一起，拿刀子逼著他們入股的事？那件事有什麼值得欽佩的，不和強取豪奪差不多麼？」

「嗯──」王二欲言又止的樣子。

「怎麼，難道裡邊還有其他貓膩？」憑藉直覺，李漢卿認定自己先前的判斷可能出了問題，瞪了王二一眼，追問道。

「回四爺的話，屬下最開始也覺得朱屠戶是強取豪奪！」王二娓娓說道：「但據今天跟小六一起活著回來的弟兄們講，好像不完全是那麼一回事。朱屠戶弄的那個淮揚商號，總價一千萬貫，分為一千萬股，每股一貫，只拿出兩百萬股給大戶們認購，其他八百萬股，分別由淮揚都督府、淮安軍、淮安各級官府掌控。」

「那不是一樣麼？那個商號又不是能點石成金，怎麼可能值一千萬貫？」李漢卿精通權謀，對做生意卻不是非常在行，皺著眉頭問。

「不一樣，真的不一樣！」王二答非所問，「淮安軍所占的股份，據說歸全體將士們擁有，戰死者的撫恤金，還有受傷致殘者的將養費用以後全從分紅裡出。官府那些股份也是一樣，各級官吏，只要在職，除了俸祿之外，每年都能拿到一筆分紅；即便辭官不做了，只要在任期間沒有貪污受賄，還能根據當官的年限拿到一筆養廉銀子。大總管府的吃穿用度，以後也來自分紅，每年有固定比例，不能肆意挪動官庫！」

「嚇！」聞聽此言，李漢卿倒吸一口冷氣。

如此一來，淮安軍，淮揚三地所有官吏，全都跟大總管府捆綁在一起了，打下的江山，也不再是朱屠戶自己一個人的，而是屬於他周圍所有同黨，整個淮揚土匪集團！

第七章

績優股

「你可以高賣低買啊！大總管不時就把新玩意兒
一個接一個往淮揚商號裡頭扔，商號怎麼可能折本？
實話跟你說吧，我們幾個也就是手頭錢太少，
否則說不準也去買幾股賭賭運氣，
只要淮安軍不打敗仗，肯定穩賺不賠！」

歷史上，只有一個人做過類似的事，那就是**大元帝國的奠基人鐵木真，尊號成吉思汗！**雖然沒有明確的股權分配，但鐵木真無師自通所建立起來的，就是一個用刀子創業的大商號。

這個大商號的所有股東們，從幾十把弓箭起家，從東邊的大海打到西邊的大河，將殺人的買賣做到橫跨兩萬餘里廣袤天地，滅國數百，殺人數千萬，建立了有史以來任何朝代都無法相比的第一大帝國！任何後世之人可以指責他們的凶殘，卻不得不對他們功業舉頭仰視！

怪不得朱屠戶那廝敢在詞作中把唐宗宋祖奚落個遍，原來他心中，早就有了前進的方向和超越的目標。

「俱往矣，數風流人物，還看今朝！」果然如此！一時間，李漢卿腦中不由得浮現那首相傳是朱八十一所做流傳甚廣的詞。

「那朱屠戶也不是光吃不吐，聽小六子說，他的淮揚大都督府把名下所有作坊都轉交給了淮揚商號，以後每向外賣一門火炮，賺到的錢都歸商號所有！」

正當他魂不守舍時，耳邊又傳來王二的聲音，羨慕的意思非常明顯。

「啊？」李漢卿微微一愣，**這朱屠戶為了凝聚人心，真是豁出去了**。

他先用刀子把那些敢於跟他對著幹的地方豪強殺個血流成河，然後再把日進斗金的火炮作坊拿出來，給屈服於自己的士紳們壓驚。那些先前硬著頭皮買了淮揚商號股本的士紳，發現商號真的有可能賺大錢後，怎麼會不對朱屠戶感激涕零？假以時日，整個淮揚地帶如果有誰再敢對朱屠戶陽奉陰違的話，恐怕根本不需要淮安軍再派人冒充什麼強盜，光是地主富豪們，就能讓那個人直接消失得無影無蹤！

王二羨慕的卻不只是這些，偷偷看了看李漢卿的臉色，繼續說道：

「聽小六子說，除了火炮作坊外，那朱屠戶還把收繳上來的無主瓷窯、作坊，還有船塢都轉給了淮揚商號，各地的股東們不但可以在年終時指派帳房先生查看帳目，還可以舉薦得力人手到那些瓷窯、作坊和船塢裡做管事。只要那些管事能給商號賺錢，並且手腳乾淨，就可以按月拿一份薪水，並且年終還有另外的花紅！」

「他既然連火炮作坊都捨得拿出來收買人心，其他這些，倒也不算新鮮！」李漢卿批評道。

淮揚一帶，因為守著一條運河，商業一直很發達，民間生意人也經常合夥做一些佔用資金較大的買賣，然後年底再按照各自所出的本金比例分紅。像派心腹負責查帳，推薦管事和夥計，以及年終給各級管事發紅包之類，都是約定俗成的規矩，朱屠戶讓淮揚商號的日常運作按照老規矩來，算不上另闢蹊徑。

「此外，小六子的手下還說，姓朱的還給了所有股東參與議政的特權，不但涉及到淮揚商號的事要跟他們商量著來，今後偽總管府的一切政令，除了與戰事相關的事外，都會請他們到場參與。大人，您說這不是個笑話麼，整得官不像官，商不像商，也就是朱屠戶這種天生的反賊敢別出心裁，換了其他……」

「行了！別說了，注意你的身分！」李漢卿忽然變臉狠狠瞪了王二幾眼，呵斥道。

「這……」王二被罵得暈頭轉向，看著突然暴怒的上司，一臉茫然。

妖怪，這絕對是個妖怪！

李漢卿可以想像，**一旦所謂的「股東」們嘗到了與官府一道分享權力的甜頭，他們將變得如何瘋狂！那已經不是簡單的打江山分紅利了，而是從根子上刨掉了歷朝歷代從地方到中樞，各級官府的絕對權威。**

習慣了在政務上也跟青天大老爺們面對面討價還價的士紳，絕對不再會接受一個只懂得發號施令的官府。哪怕朱屠戶以後被朝廷剿滅了，他留下的遺毒也會深深地刻在地方士紳和百姓的心窩裡，後患無窮。

「你明天一早給我親自去一趟揚州！」沒有心情向手下解釋自己暴怒的原

因，李漢卿考慮片刻，交代道：「家裡還有多少人手，凡是你看得上眼的，都儘管帶去，我要你把所有買了淮揚商號的股東名字全給我打聽清楚，哪怕是他只認購一貫錢股本，也不能放過！包括他們的家人！」

「這？是！屬下遵命！」大頭目王二遲疑了一下，小心地答應。

「還有，叫小六立刻給老子滾過來！」李漢卿狠狠踹了他一腳，兩隻眼睛噴著煙冒著火。

不能再給朱屠戶任何時間了，必須儘快把最近朱屠戶的所作所為告知脫脫，讓他帶著朝廷的大軍儘快出發，能多早就多早。儘早殺過黃河去，將該死的朱屠戶碎屍萬段，將所有參與淮揚商號的士紳百姓全部斬盡殺絕。

否則，假以時日，誰也確定不了朱屠戶親手培育出來的妖怪會長成什麼模樣，會令多少人粉身碎骨！

「是！」見到李漢卿瘋子般的模樣，王二不敢耽擱，拱了下手，轉身飛奔而去。

王二先從浴桶裡拎出疲憊不堪的小六子，又連夜挑選人手，做出發準備。第二天破曉，便扮作倒賣硝石的商販，上了船，一路向南，然後又混過了黃河上關卡，冒著被發現殺頭的風險，迫不及待地趕往揚州。

來到揚州城後，他們就立刻明白了，為什麼小六等人只在此地停留了短短十幾天，就差一點被朱屠戶的妖術給迷失了心智。

不一樣！這跟大元帝國任何一個地方都完全不一樣的城市，處處透著新鮮，處處透著勃勃生機。雖然眼下城市的大部分還是一片斷壁殘垣，但在那黑乎乎的廢墟之間，已經有樹苗和青草的顏色隱隱冒了出來，迎著早春的寒風，涼得令人感到扎眼。

在這座廢墟上生活的人，也與其他地方大不相同。在到達揚州之前，王二等密探先從水路經過淮安，就隱隱感覺到現在淮安百姓與過去的不同。但畢竟他們只是匆匆一瞥，沒來得及走進人群當中。

而在揚州城的斷壁殘垣之間，他們卻發現**自己彷彿來到一個完全陌生的國度，生活在此地的人們，雖然和他擁有相似的面孔，同樣顏色的眼睛，舉手投足間所展現出的，卻是另一種風貌：自信，從容，眼神裡充滿了希望。**

「老丈，最近生意還好麼？看您這裡好像很熱鬧的樣子？」

帶著滿心的震撼和迷惑，王二等人在廢墟中找了一個臨時用竹子搭起來的小店安頓下，跟店主話起了家常。

「湊合著吧，好歹不用擔心餓死了！」店主是個五十多歲的老漢，一邊給客官們端來潤喉的茶湯，一邊笑呵呵地回答。

老漢滿臉的皺紋中，仍然帶著一絲無法被時光抹去的愁苦，但老漢的頭髮卻洗得很乾淨，十根指頭的指甲也修剪得整整齊齊，身上的衣衫雖然是舊的，膝蓋和手肘等處都綴著補丁，但補丁的針腳卻非常細，一看就是出於女人之手。

「那是，老天爺從來不會禍害勤儉人！」王二一邊跟老漢套近乎，一邊悄悄將目光往周圍的人身上移。

前來投宿的，還有七八個行腳的小販，坐了另外兩張桌子。看樣子已經吃過了，正半躺在竹椅上有一句沒一句的閒聊，話裡話外都沒離開揚州城最近發生的事。

「那個蒸魚，還有那個蒸筍子、醃蘆芽、水煮小河蝦，還能點麼？」

王二有心跟周圍的人打成一片，指了指離自己最近的桌子，問正在給自己倒茶的店主老漢。

店主老漢的臉上立刻笑出了一朵花，點頭應道：「有，有，這魚和蝦都是才從河裡撈的，筍子和蘆芽也是剛從城外採回來的，客官，您可真會挑，選的都是咱們揚州最好吃的東西！」

「那就一樣來一份，儘快上，我以前來揚州，記得最深的就是這幾樣！」王二給自己的行腳商人身分做進一步注解。

「哎，客官您稍等！」老漢迅速放下茶壺，將頭轉向小店後門，吩咐道：「小七，把剛才給客人的四樣時鮮，叫你婆娘再做一份。趕緊，魚和蝦都挑最活泛的！」

「哎，知道了！客官稍等，馬上就給您送上來！」後院裡，響起一個略帶嘶啞的年輕人聲音，顯然因為今天生意太火爆，已經把嗓子給喊破了。

「這孩子就是吃不得半點苦！」店主老漢對著後門輕輕嘆了口氣，愛憐地搖搖頭。

「是令郎麼？多大年紀了？您老不止這一個孩子吧！」王二搭腔道。

「不是兒子，是我的孫兒！」老漢回過頭，拿起茶壺給他和另外幾個探子倒茶，手臂卻突然顫抖起來，把茶水都濺在了桌子上。

「啊！」探子當中有個脾氣急躁的，立刻皺起了眉頭。

「客官勿怪，小老兒……」店主老漢嚇得立刻放下茶壺，從肩膀上扯下一塊乾淨的白布，快速擦掉桌上的茶湯，抱歉道：「小老兒手腳不俐落，給諸位客官添麻煩了！」

「沒啥，他小子多事！」王二狠狠瞪了自己的同伴一眼，然後對著忐忑不安的老漢安慰道。

「謝謝客官大人大量！」店主老漢紅著臉，做了個揖，然後小心翼翼地將每個茶杯倒滿水，步履蹣跚地退了下去。

「欺負一個老頭子，你威風了？」目送老漢的身影在後門消失後，王二呵斥道：「都是出門討生活的人，誰日子過得容易！況且茶水又有沒灑到你身上，看你那德行，好像自己做多大買賣似的！」訓得那個同伴不敢抬頭，唯唯諾諾。

這番表演，果然引起鄰桌商販的好感，不多時，便有人用手指敲了下桌案，勸道：「這位兄臺，您也消消火，您這位夥計也只是想提醒那店家一下而已，你隨便說他幾句就行了，說多了，被老人家聽到，心裡反而更難過！」

「噢，也對！」王二立刻擺出一份從善如流的姿態，點點頭。

替隨從求情的，是一名四十多歲的商販，臉被陽光曬得很黑，明顯是經常行走於水路的，見王二向自己致意，也微微點點頭，以示還禮。

「那老人家恐怕最近家裡遭過災吧？否則怎麼一提起家人來就那麼難過？」王二順勢問道。

「可不是麼，這揚州城裡的人，有幾個不是剛剛遭過災的！」對方也是個健談的人，壓低了聲音道：「您沒聽說麼？就在兩個多月前，張明鑑那賊子帶著兵馬把揚州好一通禍害……」

「怎麼會沒聽說！」王二立刻拍了下桌案，做義憤填膺狀，「我們老家真定那邊都傳遍了，大夥都說，這張賊罪該萬死，朱屠戶……」

他故意做出失言後恐慌的樣子，用手捂住自己的嘴巴，四下觀望一圈，然後將聲音壓得更低，道：「說朱大總管不該判得那麼輕，該把張明鑑千刀萬剮，給揚州父老報仇雪恨！」

「朱總管不喜歡殺人！」對面的商販被王二小心翼翼的模樣逗得莞爾，搖搖頭回道：「更不喜歡殺出什麼花樣來，他老人家是佛陀轉世，天生慈悲心腸，如果張明鑑不是民怨太大，我猜讓此人出錢自贖都有可能，根本不會直接一刀砍了，連重新做人的機會都沒給留！」

「那是，朱總管他老人家連蒙古人都不願意殺！」王二用力點了點頭表示贊同，然後又擺出一副感慨狀：「咱們之所以敢來揚州做買賣，不就是衝著他老人家這份仁義之心麼？連被抓到的朝廷官員都能毫髮未傷地活著回去，咱們這些小老百姓更不用擔心連人帶貨都沒了下場！」

「可不是麼？」其他商販聽了深有同感，紛紛七嘴八舌地附和：「啥樣的官帶啥樣的兵，朱總管是個講道理的人，手下的弟兄自然不會心太黑！」

「那是自然，我來來回回走了這麼多地方，就數在朱總管這兒心裡最踏實！」

「人家做賣火炮的大買賣，看不上咱們這三瓜倆棗！」

「可不是麼？人家豎在江邊上的那大水車一轉，就能把大炮一門接一門的往外拉，誰有閒功夫從咱們身上揩油？」

「就是稅收得太狠了，居然十徵一！」說著說著，有人一不留神就把大夥最不滿意的地方給揭了出來。

剎那間，竹屋裡的議論聲戛然而止，四周靜靜的，連門外的鳥鳴聲都能清晰地聽見。

在座的人中，除了王二和他的同夥，其餘都是真正的行腳商販，很清楚胡亂說話的後果。這要是換在大元朝治下的任何地方，萬一被官府差役和幫閒們給聽見了，治你個非議朝政之罪，可就是傾家蕩產的後果，弄不好連命都得搭了進去。

正後悔不迭間，卻聽見一個沙啞的聲音從後門傳了過來，「我說你們這些人啊，怎麼不知道好歹呢，除了咱們大總管這兒，天底下還有哪個地方是交一次稅就完事的？你說其他地方收的少，可那橋卡、城門關，哪裡不朝你下刀子？一趟貨走下來，能保本就燒高香了，還能有零錢在外邊吃吃喝喝？」

眾人被數落得滿臉通紅，扭頭一看，原來是店主的孫兒小七來給王二等人上菜了，聽到大夥的牢騷，忍不住替朱屠戶打抱不平。那架勢彷彿他是朱屠戶的心腹侍衛般，隨時準備豁出性命去捍衛自己東家的尊嚴似的。

王二正愁無法將話頭往淮揚大總管府上頭引呢，見小七哥不請自到，喜出望外，立即點點頭道：「小兄弟說得對，這淮揚地界稅雖然高了些，可都是明碼標價，而且從頭到尾就收一次。不像其他地方，吃卡拿要，根本沒任何規矩，細算下來，總數恐怕四成都不止！」

「四成是便宜你了！」小七哥一邊朝桌上擺菜肴，一邊撇著嘴說：「咱揚州又不是沒被蒙古韃子管過，從城外碼頭一直到我家門口，光收正稅的卡子就有三道。再加上其他雜七雜八的，你要是在衙門裡不託關係，石頭都得被他們榨出油來！」

「那是，那是！」眾行腳商人們都有過被人搜刮的慘痛經歷，紛紛點頭附和，卻習慣性地將目光四下掃了好幾輪，檢查周圍有沒有朱屠戶的耳目，以免禍從口出。

「不用看了，剛才你們的話，除了我之外，沒人聽見！」看到大夥小心謹慎的模樣，小七哥忍不住撇嘴道：「就是聽見了，人家也不會跟你們計較。又不是蒙古朝廷那邊，連這點肚量都沒有！」

他說的雖然都是大實話，但張口韃子，閉口蒙古朝廷，讓王二和他身邊的探子們聽起來，沒法感到不刺耳。當即便有一個探子冷哼了聲道：「嘿，聽你這麼說，好像朱總管怎麼大度似的，我就不信了，剛才那些話要是說在明處，當地的官差會不找你的麻煩！」

「你就是到府衙門口去說，也沒人搭理你！」小七畢竟年輕，沒有學會順著客人的意思說話，把脖子一梗，反駁道：「當初官府貼出新徵稅辦法的告示時，又不是沒人在大街上嚷嚷過，可朱總管跟他們計較了麼？沒有！反而又貼出一張新告示，把徵稅的辦法細節，從頭到尾只徵一次的好處，仔細給大夥重新解釋一遍，末了，還沒忘記告訴大夥，如果有人敢隨便加徵，大夥到哪去告狀。無論白天黑夜，只要告就肯定有人管！」

這倒的確有魄力，**把一切都擺在明處，無論服氣不服氣，至少不存在什麼看不見的暗盤**，並且極大減少了各級官吏伸手的可能。

眾商販聽了，忍不住頻頻點頭，都覺得小七哥說得理直氣壯，朱屠戶做得乾淨漂亮。

然而，王二身邊的探子們卻是越聽越覺得心裡頭不舒服，撇嘴道：「表面上當然不會找麻煩。可我怎麼聽說上兩個月，揚州地界很多有頭有臉的人物不明不白地死了，說是潰兵幹的，誰知道動手的是哪個？」

「你不要血口噴人，有種就把證據亮出來！」

小七哥一聽就乍了毛，怒不可遏地道：

「朱亮祖那廝去了江南，如今正在達失帖木兒帳下逍遙快活，怎麼可能是奉了朱大總管的命令？況且那些喬裝大戶，有哪個不該死?!朱總管好心給他們機會，讓他們一起治理地方，可他們呢，非但不知道感恩，反而勾結起來試圖反客為主，並且還偷偷跟董摶霄勾搭，讓姓董的找機會過來攻打揚州，他們好做內應。要我說，他們死得一點兒都不冤，如果我能跟朱總管說上話，就提議把他們全都抄家滅族，斬草除根，免得有一兩個不知道好歹的雜碎，撿了條活命，還到處嚼舌頭根子！」

一邊說著話，一邊拿眼神當刀子朝王二等人身上掃視，彷彿對方就是那漏網的雜碎，正在想方設法敗壞朱八十一的聲譽一般。

王二等人被看得頭皮發麻，卻無法公然反擊，尷尬地笑道：「小七哥真是好一張利嘴，朱總管不請你去他那裡做個官，真是可惜了。」

「咱們淮揚的官，都是要憑本事考的，可沒人看我替沒替大總管說過話！」小七哥又把嘴一揚，稚嫩的臉上充滿了身為淮揚人的自信，「不瞞你們說，在張明鑑狗賊燒了我家房子之前，我也是進過學堂的，等今年科舉再開的時候，少不得要進場去搏上一博！」

「吆喝，看不出你還是讀書人！」王二身邊的隨從被嗆得氣結，譏刺道：「可你真的考上了，就不怕朝廷的兵馬打過來，找你和你家人的麻煩麼？」

「朝廷得有那本事才行！」小七哥越說越自豪，彷彿自己早就成了淮安軍的一員般，道：「咱們朱總管只有兩三千兵馬時，就能打下朝廷數萬大軍駐守的淮安，如今他老人家手裡的水陸兵馬全加在一起，少說也有七八萬，還怕個鳥朝廷！要我說，照這樣下去，用不了幾年，大總管就能直搗黃龍，把韃子皇上抓過來給他當馬夫！」

「嘿！」不光是眾隨從氣得差點沒跳起來，王二自己也被氣得臉色發黑。

怪不得李漢卿急著要脫脫發兵淮揚，連個剛剛吃上飽飯的店夥計都給朱屠戶收買得如此忠心。再拖下去，淮安、高郵和揚州三地豈不被朱屠戶經營成了鐵板一塊？**這殺豬的妖人，他到底使了什麼妖法，讓治下百姓對他如此死心塌地？**

正氣得烏眉灶眼間，店主老漢端著一盤蒸魚走了進來，看到自家孫子又在跟客人瞎較勁兒，把盤子朝桌上重重一放，抬手就是一巴掌，喝罵道：

「讓你幹點活，看看你這做派，像自己是大爺一般。趕緊給我滾，滾到後廚幫你婆娘洗碗去！少說幾句話，沒人把你當啞巴！」

「我只是仗義執言！」小七哥不服氣，一邊捂著臉往後院走，一邊嘟囔著。

「滾，再敢頂嘴，晚上小心你的皮！」老漢把眼睛一瞪，不怒自威。

嚇跑了自家孫子，又趕緊換上一副卑微的笑容，向王二等人拱手賠禮，「客官，您別跟他一般見識，他一個小孩子，毛還沒長齊呢，外邊胡亂聽了幾句話就回來瞎吹牛，您走南闖北，吃過的鹽比他吃過的米還多，千萬別跟一個小孩子認真！」

「嗨，不過是幾句閒扯，出了這個門兒，我們大夥就全忘了！」王二原本也沒打算在朱屠戶的地盤上生事，笑了笑，順坡下驢賣了店主一個人情，「各位，你們說，是不是這麼一回事？」

「對，對，就是，我們剛才不過是順嘴跑舌頭。出了門，就誰都不記得了！」眾商販的為人原則，就是不給自己找麻煩，紛紛接口。

老漢這才放了心，向大夥做了個羅圈揖，謝道：「各位貴客，你們的好心，小老兒先謝過了。我這店門面小，又剛開張，沒啥好東西招待，待會兒我去拎一罈老酒來給各位客官解乏，不要錢，白送！」

「這，這怎麼好讓老丈破費！」眾行商紛紛擺手，嘴角上的亮光卻照出了他們心中的真實想法。

老漢見多識廣，也不多囉嗦，蹣跚著走回後院，片刻後，雙手抱著一個大酒罈出來。看樣子至少有五六斤重，足夠在場每個人都過一次酒癮。

「各位客官請慢用，小老兒去一下後院，再弄幾個下酒的小菜過來！」

「如此，就多謝老丈了！」眾行商眉開眼笑，接過酒罈，迅速將面前的茶水換成了酒，爭先恐後地喝了起來。

幾大口便宜老酒落肚，彼此間防範之心漸去，便有人舉杯跟王二碰了碰，笑呵呵地攀談道：「這位兄臺，在下李雲，敢問兄臺您怎麼稱呼？做的是什麼發財買賣？以前在揚州這一帶，小弟好像沒怎麼見過您！」

「唉，我也是難得來一次！」王二開始信口胡編，「我叫張小花，真定府的，家裡邊聽說揚州這一帶有人高價收購石硝，就讓我帶一船過來碰碰運氣！」

「石硝！張爺您真有本事，連石硝都能偷偷運過黃河！」眾商販聽得一愣，紛紛誇讚。

糟了，我忘記朝廷禁運石硝這事了！王二的心臟咯登一下，差點停止跳動。

然而，畢竟是丞相府的精銳，他的反應十分迅速，轉眼間就收起惶恐，得意洋洋地說道：「這不是家裡頭在地方上有點門路麼，所以就冒險過來一趟，如果價錢值得繼續做呢，以後就常做；如果不值得，就只做這一回，下次再做別的。誰的腦袋都是一個，怎麼能老別在褲袋上瞎玩啊！」

「那是，那是！」眾人將信將疑，目光在他和隨從們身上四下亂轉。

「幾位哥哥是做什麼生意的？聽口音，你們都是南方人吧！」王二怕暴露身分，趕緊轉移話題。

「還能做什麼，運糧食過來，運精鹽出去唄！」眾人笑笑，將自家的生意坦誠相告。

這季節來揚州做生意的，除了紅巾諸侯的人馬之外，其他絕大部分都是運糧進來，運精鹽出去。淮揚商號現在出產一種精鹽，比雪還白，味道比青鹽還純，運到外邊去，價格比普通粗鹽能高出好幾倍，絕對是有利可圖的好買賣。

因為揚州被焚，這幾個月來，地方上的糧價也一直居高不下。雖然大總管府想盡各種辦法打壓，但商販們倒賣糧食到揚州，還是能賺個盆滿缽溢。

「幾位哥哥好眼力！」王二既然打扮成商販，事先肯定做過一些功課，知道哪些生意如今在淮揚地區最好做，因此擺出來的架勢似模似樣。

眾人喝了酒，眼花耳熱，當然也瞧不出什麼破綻來，紛紛舉起酒碗，回道：「小打小鬧，怎麼比，也比不上你這有本事做硝石的！」

「我也是恰好有一條門路！」王二不願意眾人將目光總對著自己，再度轉換話題，「對了，幾位哥哥可曾聽說過大總管府賣淮揚商號股本的事？可惜我家距離遠，沒及時得到消息，否則少不得也要參上一腳！」

「你想買淮揚商號的股本？」眾商販聞聽俱是一愣，看向王二的目光剎那間湧滿了星星。

「啊，是這樣的，我聽說就是買一貫錢也行，不知道是否當真，所以想打聽一下。大夥就當我吹牛吧，反正出了這個門，咱們誰都不記得！」王二被看得臉上發燙，趕緊出言補救。

「那怎麼是吹牛呢，你願意賭一次，當然可以去買啦，就在淮揚商號的大門進去，左首第二間房子，現在還在賣呢！」眾人明顯會錯了他的意思，七嘴八舌地指點他。

「可不是嘛，敞開了賣呢，跟大炮一樣，只要你捨得花錢。」

「不過，現在一股可不止一貫錢了，至少得兩貫五到兩貫六！」

「還在賣？」王二愣了愣，滿臉不解，「不是早就賣完了麼？而且怎麼又漲了價呢？」

「這你可就不知道了吧！」眾人酒勁上頭，得意地賣弄道：

「當初朱大總管請當地士紳入股時，人人都捨不得掏錢，但怕惹他老人家發作，淮安、揚州和高郵三地富豪們，勉強湊出了一百多萬貫，剩下的九十多萬股沒人要，就被大總管一聲令下，放在淮揚商號的鋪面裡公開發售了。

「結果第二天，大總管拿出了火炮作坊，然後又陸陸續續把不少產業都劃給淮揚商號經營，還說讓購股五萬以上的士紳參與政事。地方上的富豪們見了，一個個後悔得要死，只好死皮賴臉地跑到商號裡去搶購股本，結果剩下的股價瞬間就翻了倍，直到大總管把他自己手裡的一百萬貫股本又放到了商號裡發賣，並且准許所有購買股份的人也隨時拋售，才讓每股的價錢重新落回了兩貫五上下，比最初足足漲了一倍半！」

「這麼貴，那買夠五萬股的人好歹能落個實惠。買得少的人會有賺頭麼？」

王二越聽越覺得奇特，追問道。

「怎麼沒有？你可以高賣低買啊！」眾商販看著他，好像看一個剛入門的新丁一般，「運氣好的，沒等離開揚州就能賺到錢；即便手氣差些，你想想，一個多月前，大總管剛剛把火炮作坊算在商號裡，這個月初，又弄出一種叫做水泥的新東西，拌上沙子和水，用來修房子奇快無比，一宿就一棟磚房根本不是問題。接下來，說不定還有什麼能賺錢的新花樣呢！

「大總管不時就把新玩意兒一個接一個往淮揚商號裡頭扔，商號怎麼可能折本？實話跟你說吧，我們幾個也就是手頭錢太少，否則說不準也去買幾股賭賭運氣，只要淮安軍不打敗仗，肯定穩賺不賠！」

「妖孽，姓朱的絕對是個妖孽！」

此刻，王二如果再不理解李漢卿將朱屠戶視作朝廷頭號敵人的緣由，就白在丞相府混過了。

那淮揚商號操弄的哪裡是什麼股本？操弄的分明就是人心！

只要買了股本的人，有幾個會希望自己賠得血本無歸？而想要永遠不賠本的辦法只有一個，那就是齊心協力，讓淮安商號乃至淮安大總管府永遠存在下去，從一隅擴張到全國。只要淮安商號依舊在對外擴張，股本的價值就會不斷走高，股東們就能繼續坐地分紅，甚至日進斗金。

人性向來貪婪，連錢小六這樣的丞相府家生子，在揚州當了半個多月的臥底後，都恨不得自己也變成真正的揚州人，跟著淮安商號一道發財，更何況當地的土豪和群氓?!

恐怕他們**在買入股本的一剎那，就徹底將自己的靈魂和身體都賣給了朱屠戶，這輩子都只能跟姓朱的福禍與共，哪怕是最後粉身碎骨也毫無怨言**。

「你要是真有閒錢，就聽老哥我一句話，能買多少買多少，捂在手裡永遠不要賣出去。」李雲顯然喝得有點多了，見探子頭目王二做沉思不語狀，就拍打著他的肩膀勸道：

「你想想，朱總管既然肯讓花了五萬貫的人跟他坐而論道，對肯花上五千和五百貫的人，早晚總得也有個說法吧！再不濟，買上五貫錢的股本票子，偷偷藏到家中，萬一哪天人家淮安軍真的像小七哥剛才說的那樣，直接打到北方去了呢？到時候，你家的人把五萬貫的股本票子往大門口一貼，那不比什麼平安符都管用麼！要我看啊，以後淮揚兵就是商號的夥計，而兄弟你就是他們的股東；那幫當兵今後的撫恤銀子還得從淮揚商號裡頭出呢，哪個不長心眼兒的敢帶頭禍害東家?」

「是啊，我覺得，這賺錢不賺錢還是次要，關鍵是能跟淮揚商號搭上一條線，哪怕將來商號真的虧光了，損失的不過是幾貫錢，萬一朱總管將來真的成了氣候，兄弟你把手中的股本票子往外邊一拍，呵呵，哪個當官的敢不把你當爺爺伺候著?!」

「可不是麼?兄弟我就是沒閒錢,否則,有多少我買多少!」

「也就是這兩天,外邊的人還不知道消息,股價漲得還不夠厲害,要是外邊的那幫王八蛋大戶們知道了,說不準要漲幾十倍呢!那幫傢伙,哪次改朝換代不是腳踏好幾條船?」

……

眾商販天天走南闖北,見識和眼界都不弱,帶著幾分酒意,七嘴八舌就將做股東的好處給總結了出來。

至於壞處,無非是哪天朱屠戶被滅,淮揚商號煙消雲散而已。對於只買少少幾股的小老百姓而言,損失也不算太大,反正股本票子又不記名,只要你自己藏著不往外顯擺,有誰會知道你曾經偷偷在朱屠戶身上下過賭注?!

有人一邊說,一邊長吁短嘆,恨自己手頭不夠寬裕,白白錯失了一次可能成為開國元勳的良機;有人則暗中下定決心,豁出去此趟買賣的所有利潤,斷然入場賭上一把。

王二此番潛入揚州的任務,就是調查都有哪些人上了朱屠戶的賊船,因此聽眾人說得熱鬧,便裝出一副苦瓜臉,為難地道:

「諸位哥哥所說的，很有道理，這次販賣硝石的利錢，我倒是能調用一些，可淮揚商號的大門在哪兒啊？我一個外來面孔，隨隨便便就闖進去買人家的股本票子，人家肯賣給我嗎？」

「無妨，一會兒當哥哥的帶你去！」商販中，立刻有人拍起了胸脯，「那地方就在原來揚州府衙的隔壁，剛剛用水泥和磚頭搭起來沒幾天。我前幾天去過，誰都可以買，不記名，除非你自己主動要求，想買五萬貫去當大戶，否則就只認票子不認。我只是一直沒下定決心。這回，當哥哥的跟你一起去買幾注！」

「同去，同去！」商販當中有幾個手頭有兩、三貫閒錢的，也激動地道。

在酒精的作用下，他們的賭性被徹底勾引出來，寧願冒著可能血本無歸的風險，也想嘗一下做反賊們背後股東的快感。

人都有盲從心理，見到有膽大者帶頭，幾個原本抱著觀望態度的，也下決心，咬牙切齒地說要跟大夥一起去。還有幾個原本不看好淮揚商號的，被大夥一煽動，也熱血上頭，加入了「賭徒」行列。

到最後，除了兩位性子極其謹慎的傢伙，一起喝便宜酒的商販們，包括王二和他的搭檔在內，竟然大多數都決定去碰碰運氣，哪怕冒著被朝廷知道後殺頭的風險都在所不惜。

一大罈老酒很快就見了底，眾人跟老漢結了飯菜錢，便勾肩搭背地朝淮揚商號所在地殺去。彷彿已經成了家財萬貫的巨賈一般，躊躇滿志。

轉眼來到商號大門口，正準備掏出事先準備好的銀錠來，不料卻發現大門口被擠得水泄不通，裡裡外外全是平頭百姓，個個臉上都帶著無法掩蓋的興奮。

「這位大哥，商號發生啥事了，怎麼門口站了這麼多人？」王二看得心裡一驚，趕緊拉住一名看起來面相和善的當地人，陪著笑臉打聽。

「啥事？你是外地來的吧，連今天是什麼日子都不知道！」當地人掃了王二一眼。

「什麼日子？還請老哥指點一二。不瞞您說，我們幾個都是外地來的，聽說這裡有股本要賣，所以才跑來湊個熱鬧！」王二趕緊掏出幾個銅錢，塞進對方手裡。

「買股啊，那你趕緊從側門進去，看到沒，右邊三十步遠處，那個小門，抓緊，等會兒朱總管到了，股本恐怕就不是二貫八的價格了。」

當地人用力捏了捏銅錢，以迅雷不及掩耳之勢丟進自家口袋。

「兩貫八？昨天不還是兩貫六麼？」李雲驚詫地叫嚷起來。

「兩貫六，前幾天還到過兩貫四呢！」當地人斜了李雲一眼，奚落道：「這股本票子向來是一天一個價，只有你們這些外地人才少見多怪。趕緊去吧，過了今天下午，甭說兩貫八，三貫你都未必買得到了。也不看看今天是什麼日子。大總管閉關小半個月，弄出來的玩意能差得了麼？到時候像上個月的水泥一樣，把方子往商號裡頭一交，我看你們著不著急！」

「新玩意？」

「朱總管今天要來？」

李雲、王二幾乎同時開口，所關注的目標卻大相徑庭。

得了王二好處的當地人撇嘴道：「當然是新玩意了，商號五天前就放出風聲，說今天下午會當眾展示，你們居然一點消息都不知道？至於咱們大總管，他老人家親自來商號有什麼好稀奇的？哪回有新玩意出來，不是由他老人家親自展示給大夥看？你要是換了別人，能說得清楚這新東西的好處麼？」

最後一句話，倒也問在了點子上，那朱屠戶別的本事不論，在製器之道上，絕對是當世第一高手，從以前的火炮、板甲、手雷，到後來的香皂和水泥，別人甭說無法說明白其具體用途，恐怕連想像都很難想像得到。

探子和商販們都清楚朱八十一的本事，所以被問得紛紛點頭。

那收了王二好處的當地人心中好生得意，忍不住又多嘴道：「看幾位的樣子，都是外地來揚州做買賣的吧？回程帶的貨置辦齊了沒有？如果還沒有，我勸你們等幾天，等新玩意兒在商號裡開賣。趁著其他地方還沒有，趕緊倒騰一船回去，保管你們賺得做夢都笑醒。」

「多謝老哥指點！」

「多謝老哥！」商販和探子們趕緊拱手道謝，然後迅速趕往淮揚商號的側門。

不一會兒，帶著一臉興奮走了出來，笑呵呵地混在人群中，準備親眼一睹傳說中新玩意兒的芳容。而看熱鬧的人群也越來越擁擠，很快就將大夥擠得東一簇西一簇，彼此再也看不到對方的蹤影。

「大櫃……」趁著大夥被人流擠散的機會，有名探子湊到王二身邊，用手輕輕指點自己的腰間。

那裡藏著軍器監專門為探子打造的手弩，射程與江湖人所用的袖箭相仿，但威力足足是後者的三倍，箭尖上還塗了「見血封喉」，十步之內，至少有七成把握能夠射中目標；一旦射中，絕對能致目標於死地。

「別多事！」王二低聲制止。「咱們這回是替總號打聽消息來的，不能自己決定做啥買賣，況且別人也不是傻子，怎麼可能讓咱們輕鬆賺到！」

「嗯……是！」探子碰了一鼻子灰，垂頭喪氣地答道。

「這周圍人太多！」唯恐他不聽自己的勸，害得所有人都死在揚州，王二伸出手，用力按住他的肩膀，以極低的聲音叮囑：「別多事，誰都不是吃素的，萬一那人出了事，咱們幾個，誰也不可能活著離開。咱們把消息打聽清楚就行了，剩下的事，自有東家來做主！」

「是！」探子四下看了看，用力點頭。

為了維持商號門口的秩序，周圍已經出現了大批手持盾牌的士兵，雖然一個個表面看著和和氣氣，但身上那股百戰餘生的味道卻根本掩蓋不住，真的發作起來，甭說堵著大夥不讓離開，就是將門口這數千百姓全都斬殺乾淨，也不過是一刻鐘的事，絕對不會出現任何漏網之魚。

「你知道輕重就好！」王二輕輕吐了口氣，手捂胸口。那裡，正揣著剛剛買到的十貫股本票子，不記名，只認票子不認人。

雖然最初購買此物的目的，是為了更好地替朝廷打探情報，可**萬一哪天朱屠戶真成了氣候呢？這可不只是十貫股本了，屆時，這就是老王家請來的灶王爺，伺候好了，子孫後代都將衣食無憂。**

跟隨王二一道潛入到揚州的密探當中，不只是一個人打著「查探敵情」的由頭買了股本票子，或是準備偷偷地留起來，給自家兒孫日後當個保命之資；或者是聽了當地人的煽動，認為此物明天必然價格翻番，準備屆時倒手發上一筆小財。

因此，真正願意把自家性命搭上去行刺朱八十一的，簡直是鳳毛麟角。即便是這幾根不要命的鳳毛麟角，也很快被買了股本票子的同伴給勸阻住了。作為丞相府的家丁，大夥能存下點兒錢來不容易，誰敢讓他們賠了本，仇恨就是不共戴天！

「我就不信那人真能將石頭變成金子！」被攔住不准拼命的探子，自然不會給準備借機發財者好臉色，撇著嘴嘀咕道。

「這東西，誰能說得準呢，以前咱們不也沒見過火炮麼？」財迷心竅者底虛，對不要命的冒失鬼們滿臉堆笑，「反正明天早晨就能見到分曉，也不差在一天。哎呀，大門開了，快看看他們抬的是什麼？」

各懷心事的探子們顧不上再爭執，將頭轉向大門口，踮著腳，從別人的後腦勺處翹首觀望。

只見四五十名身穿厚布棉甲淮安士卒，快步推出了幾車鐵管子和木板，以飛一般的速度，在院子裡正對大門的位置，搭起了一座簡陋卻極為結實的高臺。

然後又用長矛和繩索，在高臺正前方拉出了一個方方正正的空曠區域，最遠處距離高臺至少有十四五步，任何人想要擠得更近一些，都被士兵們毫不猶豫地給推了出去。

「打人了，打人了！淮安軍不講道理，動手打人了！」有地痞閒漢開始在人群裡大聲鼓噪，抗議士兵們對他們的驅逐行為。

然而，他們的抗議聲卻很快就被一陣陣哄笑聲給壓了下去，周圍的百姓們鄙夷地看著他們，毫不留情地數落道：

「活該，打死了才好，那裡邊也是你能去的地方？進士老爺，胡老善人，還有各位商號的大管事都未必在裡邊有位置呢，你們算哪根蔥?!」

雖然大總管府沒有明確規定觀眾必須站在什麼地方，但每一次展示準備交給商號製造的新東西，最靠近觀禮臺的區域裡，坐的都是那些地方上的名流，或者由他們派出來參與商號運作的掌櫃們，尋常百姓覺得既然自己出不起五萬貫錢買股本，就應該自動與這個區域保持距離。如果發現有誰沒自知之明的話，大夥絕對會對其嗤之以鼻。

「你，你們狗眼看人低！」一眾鬧事的地痞們挨了罵，氣得兩眼噴煙冒火，但是他們卻不敢當著淮安軍的面對普通百姓動武。

那些兵丁雖然看上去並不高大，下手卻非常狠辣，凡是當街耍橫欺壓良善的，只要被他們抓了現行，在床上躺上三五天都屬於僥倖，更別說弄個終身殘疾都有可能，慘的是被打者根本找不到地方喊冤去！

．第八章．

新品發表會

「此物名為冰玉蓮花！
乃本商號按照大總管傳授的秘法，耗時半個月所造。」
鄭子明得意地仰起頭，鼓足了中氣向眾人宣布，
「由玉石大匠徐老實親手雕刻，全天下只此一件，
今後再偶有所得，也不會是一模一樣！」

正喧鬧間，耳畔忽然傳來一陣嘹亮的銅喇叭聲。緊跟著，二十幾名掌櫃打扮的傢伙，急匆匆地從院子內的廂房中走了出來，圍著觀禮臺繞了小半個圈子，很快就被士兵們引到用繩索和長矛隔出來的貴賓區席地而坐。

隨即，又是一陣刺耳的喇叭聲，幾個最早向淮安軍屈服，並且被朱八十一用股本票子給拉上了「賊船」的地方名流，被各自的家丁簇擁著走進了貴賓區裡。

身後的家丁迅速放下手裡的物品，抓住兩腳一拉，就變成了一把把舒適椅子，然後鋪上狐皮、貂皮等保暖之物，讓幾個公然露面支持淮安軍的地方名流，舒舒服服地坐在最靠近觀禮臺的位置。

「德行！」距離王二不到三步遠的地方，有名剛剛被趕出貴賓區的地痞氣哼哼罵道：「不就是有幾個臭錢麼？瞎張揚什麼？哪天等老子發了大財……」

「寧二子，你就少做幾個白日夢吧，有那功夫，去找份正經事幹多好，甭說進瓷窯和水泥窯，就是去幫著官府修路，也好歹是個正經營生啊！」有百姓聽得不耐煩，忍不住出言數落。

不像當年孛羅不花統治的時候，越是遊手好閒的地痞流氓越能混得開，如今換了淮安軍坐鎮，揚州城內逞勇鬥狠的大俠小俠們可不再吃香了。

新成立沒多久的淮揚商號，以每天近百人的速度不斷吸納著城中的青壯，而由淮揚大都督府出資修建的碼頭、港口以及聯通高郵、揚州和淮安三城的官道，也需要海量的人手。

除此之外，那些曾經毀於兵火的各行各業，在官府和商號的聯手帶動下，亦以最快的速度恢復著元氣，重新煥發出生機。可以說，眼下只要是有把力氣或者一技之長的年輕男子，絕對不難找到養家糊口的差事。

「我，我就喜歡閒著，怎麼著?!」被喚作寧二子的地痞把脖子一梗，不服地說。

「混帳！」旁邊有兩個上了年紀的人劈頭罵道：「你個混帳王八蛋！怎麼著？我們還能把你怎麼著？除了替你老娘和妹妹覺得丟人之外，還能把你怎麼著?!要說你寧二子，有手有腳的，怎麼就不能用在正地方呢？看看人家張柱子，才去作坊裡幾天，都升工長了，每月不算花紅，光薪水就能拿到兩吊！」

「可不是麼？看著張柱子天天被媒婆堵大門兒，你就不覺得著急？你也老大不小了，就算自己想混吃等死一輩子，也得想想將來你妹子還要不要出嫁，到時候如果連一文錢嫁妝都拿不出，你就不怕自家妹子在夫家沒好臉色看？」

「誰敢不給她好臉色看，我打斷他的狗腿！」寧二子晃了晃缽盂大的拳頭，氣急敗壞地說。

然而，他的脖頸卻明顯地軟了下去，氣勢也遠不及先前般囂張。

揚州城向來是全天下最做懂得生意的地方，非但尋常商販以逐利為榮，即便是書香門第也從不羞言銅臭。沒錢的人，地位就低得可憐，哪怕是夫妻之間，家產薄的那一方，說話聲音都不自覺低了三分。

人都不是石頭縫裡蹦出來的，想到老娘和妹妹也跟著自己一起被街坊鄰居們瞧不起，寧二子就失去繼續胡攪蠻纏的勇氣，將目光轉向觀禮臺，一眼不眨地等著新東西的出現，看看今天到底會出現什麼寶貝，自己有沒有機會徹底改變身分。

也許是老天爺聽到了他心裡頭的聲音，很快，十幾名身強力壯的夥計，抬著一張用紅綢蓋著的桌案，沿著事先搭好的階梯，走上了觀禮臺。

淮揚商號的大掌櫃鄭子明，快步走到桌案前，先衝著臺下的父老鄉親拱手做了個羅圈揖，然後用力將綢布往下一扯。

「刷！」數道五顏六色的光芒，在夕陽的照射下倒映進所有人的眼底。

「啊！……」不僅是距離觀禮臺最近的貴賓們，連距離稍遠的寧二子等普通百姓，都被五顏六色的光芒射得兩眼發疼。

那是何等美麗的一朵寶石蓮花，碧綠色的蓮葉，粉白色的花朵，周圍還圍繞著數個淡紅色的花苞，蕩漾在一池深邃的幽藍色中，流光溢彩。

難得的是，從花瓣、葉子、到池水，全都是從一整塊寶石雕成的，中間沒有任何拼接的痕跡，縱向高達二尺，橫向鋪開的池水、荷葉、花瓣與花苞，則蔓延有五尺餘寬，且不說雕琢得如此巧奪天空，光是這麼大一塊玉石，就令大夥神魂顛倒，目不轉睛！

「此物名為冰玉蓮花！乃本商號按照大總管傳授的秘法，耗時半個月所造。」鄭子明得意地仰起頭，鼓足了中氣向眾人宣布，「由玉石大匠徐老實親手雕刻，全天下只此一件，今後再偶有所得，也不會是一模一樣！」

觀禮臺下，眾人不停地倒吸冷氣。朱總管居然指點商號的作坊造出如此大的一塊冰玉，那東西，以往只有珠寶商人手裡能見到拳頭大的一兩塊。並且都是單色的，誰也沒看見過如此龐大，如此剔透的，真可謂巧奪天工。

「嘿，不過是大一點的罐子玉罷了，這姓杜的可真會胡說！」

唯一沒有跟大夥一道吸冷氣的，只有探子頭目王二。

自幼在丞相脫脫府邸長大的他，對這類的物件不算陌生，那東西其實是和琉璃差不多的東西，大食商人就曾經從海上運來過，大都城內有一個專門的機構叫做罐玉局，就燒出了仿製品。只是顏色不如臺上的那般鮮豔，質地也沒有正在展示的那件純淨，再加上個頭小、易碎、造價高，和摸上去不具備玉石的溫潤感等原因，沒有流傳開來而已。

「不瞞諸位，此物雖然叫做冰玉，卻不是真的玉！而是傳說中的罐子玉——五色琉璃！」臺上的鄭子明倒是實誠，待大夥驚訝過後，繼續說道：

「所用原料也是常見之物，除了做成寶器供大戶人家品玩之外，還能做成很多日常器物。當然，做成日常所用之物的質地，照著這件就差一些！」

「啊，好你個狗日的！」臺下，吸氣聲立刻變成了抗議聲。

「好你個姓鄭的，存心想看老子出醜是吧！」

「小子，你有話不會一次說完麼？等會下來，看老夫怎麼收拾你！」

……

鄭子明是本地人，出身於揚州鄭家，還有一個考中過進士的族兄撐腰，因此對貴賓席上的威脅聲並不怎麼懼怕。他拱了拱手道：

「這不都是為了給商號增加些人氣麼？諸位稍安勿躁，等會兒看了新東西，你們就知道為何小弟要賣這個關子了！」

說罷，朝臺後招了招手，然後轉身離開。

緊跟著上來的，則是淮揚大總管府的商局主事于常林。

比起嬉皮笑臉的鄭子明來說，他身上多了幾分官威，同時也少了幾分市儈氣。他身後跟著二十多名壯小夥，每個人手裡都捧著一個四四方方的木頭盒子，看起來頗為沉重。

「打開來，請父老鄉親們給掌掌眼！」于常林高聲命令。

「是！」壯小夥們整齊的答應一聲，以最快速度打開手裡的木頭盒子，然後將盒口橫放，好讓眾人可以看清楚裡邊裝的物品。

水晶杯，水晶盞，水晶燈罩，水晶托盤，水晶琉璃球，水晶珠串兒，凡是大夥曾經見到過的水晶器物，無論貴賤，幾乎都出現在臺上的二十幾個盒子當中。只是比大夥以往見到過的水晶器物，顏色上顯得稍差了些，帶著股非常淺的綠意，正對著時很難察覺，只有多換幾個角度和方向才能發現其與天然水晶有著明顯的不同。

因為鄭子明在退場前已經做過鋪墊，所以大夥倒沒有像先前見到冰玉蓮花時那樣失態，但內心深處卻依舊興奮莫名。

這綠水晶居然也能隨隨便便就造出來，並且看樣子還很便宜，還有許多被造成了日用器物！按照先前的習慣，此物展示之後，就會由淮揚商號製造，並且對外統一發售。

如此一來，淮揚商號豈不是又多了一樣日進斗金的商品，大夥手裡的股本票子豈不是又要向上連翻好幾個筋斗？

「此物因為質地不如冰玉，所以正式定名為玻璃器，以與前者區別。眼下由城外甲十到乙四號窯產出，暫時每五天供貨一次，具體數量還未確定。各位鄉親如果想嘗嘗鮮，等會兒可以進去和商號的鄭掌櫃面談！」

于常林補充了幾句。然後朝大夥拱了拱手，便大步流星地下了臺。

那二十幾名壯小夥，則很小心地將木頭箱子一個挨一個擺在地上，摞成了一堵展示牆。

幾十樣玻璃物品被小箱子隔著堆疊起來，雖然不像冰玉蓮花那樣華貴，卻也極為璀璨奪目。在貴賓區和靠近觀禮臺的前段位置，至少有一半人的眼睛被它們給吸引住了，貪婪地觀賞著，讚嘆著，遲遲不願將頭轉開。

接下來展示的則是幾大片被壓製成板狀的玻璃，有各種各樣的顏色，但最多的是和先前玻璃器物一樣，呈淡綠色透明狀。

據上臺介紹的工局主事黃老歪說，板狀的玻璃可以用來鑲嵌窗格，不過大夥卻對這一用途嗤之以鼻。

玻璃板再不值錢，也不會便宜過窗戶紙。而這年頭，許多人家連窗戶紙都捨不得用，何況是看上去華貴無比的玻璃？那不是存心找長輩們罵麼？誰缺了八輩子德，養了個拿冰玉當窗戶紙的敗家子來！

「寶物，我們要看看真正的寶物！」

「大總管親手造的寶物趕緊拿出來，別藏著了。我們都等不及了！」有人膽子大，知道朱屠戶好說話，在人群裡扯開嗓子叫嚷。

「是啊，黃大人，大總管這次閉關半個多月，肯定不只是造出幾件冰玉來！趁著天還沒黑，趕緊請他老人家給大夥展示一下真正的寶貝！」

貴賓區中，幾個已經把自己徹底綁在淮揚商號這條大船上的地方名流，也拱起手向黃老歪大聲請求道。

「各位稍待，大總管馬上就來！接下來的東西價值連城，所以抬的時候要加倍小心！」

說著，黃老歪將身體蹲下去，逐寸逐寸檢視腳下的木板，彷彿唯恐一會兒有人不小心摔倒，毀掉鎮國之寶一般。

「到底是什麼東西？以前可沒見黃老歪如此小心過！」

「可不是麼？大小他也是一局主事，把自己弄得像個下人一般，就不怕給大總管丟臉？」

「估計是故意做給大總管看的吧！他一個工匠頭子，如今能跟祿老夫子平起平坐，肯定是非常懂得如何討大總管歡心！」

……

觀禮臺下，又響起了一陣議論聲。

一方面是因為黃老歪刻意表現出來的謹慎，另一方面，則是因為黃老歪的出身。以一介匠人位列六部，這可是古往今來獨一份兒。雖然眼下還叫工局主事，但萬一朱佛子得了天下，可不就是工部尚書麼？以朱佛子的寬厚性子，豈會無緣無故虧待了從龍老臣?!

黃老歪繼續檢查他的木地板，對臺下的議論聲充耳不聞，直到確定不會有人在上面滑倒或者絆倒了，才站直身體，衝著院子裡大聲喊道：「好了，請大總管帶寶物上來吧，大夥兒都等急了！」

「是！」院子中有人大聲回應。隨即，一小隊士兵肩扛手抬，以非常緩慢的步伐，將一面半人多高，蒙在綢緞下像是板狀的物體抬了上來。

緊跟著上臺的是淮揚大總管朱八十一，只見他先笑著對所有人拱了拱手打著招呼，然後又抬頭看了看天邊的晚霞，接著將板狀物品轉了個方向，使其儘量避開夕陽的餘光。隨即猛的向下一拉，將紅綢布下面的寶貝露了出來。

「啊！」所有人都向後退了半步，斜歪著身體驚呼出聲。

他們看到臺上的板狀物品裡，是**一張張驚慌失措的面孔，那是自己的臉**，眉眼分明，甚至連臉上的每一根汗毛都清晰可見！

高矮胖瘦，黑白美醜，包括某些人眼裡瞬間湧起的貪婪，都被這面八尺高三尺寬的巨大玻璃鏡子給照了出來。

這個時代並不是沒有鏡子，可那些鏡子裡頭最好的，也不過是青銅所造，大小不過數寸，照出的人影也算不上太清晰。並且受材料所限，距離稍遠，角度稍偏一些，影像就開始失真，不可能像玻璃鏡子這般將東西一股腦地全照了出來。

鏡子的最大用途，是給女人對坐梳妝。而任何一個時代，都不乏一笑傾城的絕世美女，舞榭歌臺中，亦不缺為了美人一擲千金的豪客。因此，在片刻的失神後，臺下商販立即迅速意識到此物的價值。

有些甚至按捺不住，直接衝向淮揚商號的側門，準備在第一時間買到鏡子，將其販往全國各地。

還有的人則一把拉住自己的僕從，用咆哮般的聲音吩咐著：「快，快跟我回去找夫人取錢，取金子，能拿多少就拿多少，好買股本票子，過了這個村，保證沒這個店了！」

「怎麼把這個給忘了，販不了鏡子還買不了股票?!」

正所謂一語驚醒夢中人，看客們手捂褡褳荷包，跟在第一波回神過來的人群之後，像發了瘋般朝商號側門衝去，準備趕在今天關門前的最後時間，將身上所有值錢的東西都換成淮安商號的股本。

此時，已經不需要朱八十一再解釋任何東西了，不像水泥、香皂等物，還需要他做一些演示，大家才能弄懂其用途，鏡子裡一張張興奮的面孔，已經很好地展示出大夥想知道的一切。

他得意地笑了笑，叫來于常林和鄭子明，將接下來應付合作者以及各家掌櫃的事交給了二人負責，然後邁著輕快的步伐施施然而去。

讓專業的人做專業的事，這是他從另一個世界記憶裡學來的重要原則，與合作夥伴做生意上的談判，十個他加起來，恐怕也比不上一個從小被家族當作賺錢工具培養出來的鄭子明；操弄各種手段，對付領地內明裡暗裡的反對者，他也自認遠不如做了一輩子官的逯魯曾。

至於練兵和打仗，當把從另一個世界學來的那些皮毛都用光了之後，他亦慢慢被徐達、胡大海、吳永淳和吳良謀這些天才人物給甩在了後邊。其他如吟詩做賦，如果不做文抄公的話，他大概連這個時代任何一個屢試不第的老童生都不如。所以，與其在自己不擅長的領域給別人添亂，還不如節省一點時間，把心思用在自己最拿手的地方上。

而他最拿手的，除了六百年的歷史積累之外，應該就是工業產品的製造了。四年大學的知識足夠他應付大多數中世紀的工業難題。

當決定要將揚州城這六十多萬災民作為商業人口來安置時，朱八十一自然而然地就想到了兩大原料最低廉的東西：水泥和玻璃。前者應用範圍極為廣泛，即便品質無法與後代的水泥相提並論，至少在修築城牆和房屋方面，比糯米漿拌黏土好用得多，並且造價也不比後者高昂。

而玻璃，朱八十一第一時間想到它，則是因為其驚人的「錢途」。二十一世紀，有無恥的商人把高純度的石英玻璃當作「冰玉」或者「人造水晶」來忽悠，並且能賣出令人目瞪口呆的高價來，差不多級別的產品拿到十四世紀，當然不愁沒有土豪追捧。必要時，他還可以請逯魯曾等人出馬，做些花樣文章來炒熱它……

造火藥，造水泥，造肥皂，造玻璃，看看這些已經陷入半瘋魔狀態的人群，朱八十一赫然發現，自己在穿越者路上，已經走得越來越肆無忌憚了。不過，他心裡卻沒有任何惶恐不安，相反，更多的是一種總算沒白來一回的自豪感。

在另一個世界的朱大鵬讀過的穿越故事裡頭，一個文科生都能靠抄襲後世的名作，成為一代文豪；隨便使出個計策來，就能讓蔡京、嚴嵩這種老謀深算的奸臣被耍得團團轉。自己才將黑火藥的配方提前了一百多年，將玻璃鏡子從威尼斯挪到了差不多同一時代的揚州，有什麼需要惶恐的?!

況且很多工藝，對這個時代的能工巧匠來說，其實就是一道窗戶紙，只差有人伸出手指頭去戳破罷了！

不過在玻璃的製造上，他還是花了一番力氣的。這東西在中國出現的時間其實非常早，最遲不會晚於漢代，在大元朝的頂級富豪家裡也不難見到，但截止他開始嘗試燒製玻璃這一刻，中國的工匠依舊沒能克服玻璃的脫色和壓製問題，所以無論是朝廷的罐玉局，還是民間的藥玉窯，燒出來的都是五顏六色的一團玻璃原坯。

非但顏色完全靠老天來決定，其渾濁程度也往往令人扼腕，所以往往只能被雕琢成一些價格不菲的飾物和擺設，大戶人家看不上，普通百姓高攀不起，地位非常尷尬。

朱八十一靠著另一世的記憶，除了用焦炭產生的高溫讓原料融化得更徹底之外，在材料篩選方面，也儘量避免雜質較多的石英砂，採用造價相對高昂的純淨石英石，手工挑選無色大塊，然後研磨成粉入爐。

至於最難解決的除濁和脫色問題，則採用當初試製火炮時的方法，帶領工匠們分多組不計成本的反覆實驗。再將工匠們在試驗中得出的數十種配方重新篩選分類，最後加上後世嚴禁使用的白砒霜，一塊高污染，高成本的石英玻璃終於出爐。

如此不計成本所生產出來的原坯，殘留的礦物顏色已經非常淡，透明度也基本上不輸從海上運來的「大食玻璃」，用來壓製玻璃杯和其他玻璃物件，基本上能算達標，但距離朱八十一所瞭解的石英玻璃，還是存在一定差距。

由於品質不穩定的關係，每批出產的瑕疵品就回爐去做各類器皿；達標的，則挑選出來用作製造鏡子和其他一些秘密用途，終於一場堪稱完美的玻璃產品展銷會大功告成。

朱八十一神清氣爽的從展臺離開，走沒十幾步，老進士逯魯曾鐵青著臉迎了上來。

「主公欲以墨家之術逐鹿天下乎？臣老，不堪隨侍左右，特來向主公乞骸骨！」沒等朱八十一主動打招呼，老夫子劈頭蓋臉就來了一大串。

對這個時代的人來說，年過七十的逯魯曾，絕對算是風燭殘年，因此對個人生死已經看得不是很重，唯一的期盼，就是看看自己挑選出來的孫女婿到底能給孫女帶來怎樣的榮耀和幸福。

所以對最近這段時間，朱八十一把大小事都推給自己和蘇明哲等人，一頭紮進作坊裡擺弄玻璃的行為，老夫子心裡非常不滿。

在他看來，雖然火炮和火槍能以最快速度將淮安軍戰力推到當世無雙的地步，但製器一道，依舊是小術，真正用來駕馭天下的，是被歷史證明切實可行的儒家絕學。

不過，當朱八十一從侍衛手裡拿出了一個小小的物件時，就徹底把老夫子弄得沒了脾氣。

那是由兩片頂級玻璃經過雕琢磨製而成的小東西，鑲嵌於玳瑁做成的框內，左右還各有一個架子，支在耳朵上，立刻變成了逯魯曾的另外一雙眼睛，將他模糊多年的外部世界瞬間變得無比清晰。

「此物名為老花鏡，是孫婿在工坊裡偶然所得，特拿出來孝敬您老！」朱八十一笑著說道，然後趁逯魯曾被眼前清晰的世界嚇一跳的時候，迅速繞過老夫子快步而去。

「主公，以上賄下，乃為……」直到朱八十一走出很遠了，逯魯曾才追著他的背影抗議。然而聲音卻弱得沒有任何底氣，除了他自己和身邊的嫡親侍衛，其他人根本聽不見。

身為一方諸侯的朱重九，放下身段鑽進工坊中十幾天，就是為了給臣子打造一副老花眼鏡！

如果故意忽略其他玻璃器皿和玻璃鏡子，光是這副老花鏡，大總管的行為就不能說是玩物喪志，而是明主為了撫慰忠臣之心，不惜自賤身分，與匠戶百工為伍，這絕對是可以流傳千古的佳話，絲毫不比李世民割鬚做藥引，給魏徵吊命來得差。

對，就這麼寫！回去後告訴陳基他們幾個，把其他亂七八糟的東西全忘了，老花鏡才是主公此番屈身於工坊的真正目的，其他全是隨手鼓搗出來的附屬物。

短短數息之間，逯魯曾就捋順了正確的主次關係，登時臉色也不青了，背也不馱了，帶著老花鏡，邁開四方步，施施然走向附近的官衙。還有一大堆事需要他來把關呢，陳基和葉德新等人雖然也很努力，但畢竟年紀輕了些，經驗稍嫌不足；而蘇明哲，他還是繼續替主公管著錢袋子好了，軍國大事，他一個胥吏怎麼可能弄得懂！

朱八十一不知道，自己的一副老花鏡竟能讓逯老夫子生出這麼多聯想。

對他來說，既然花費了那麼大的代價研製出玻璃，將此物的相關產品盡可能多地開發出來，是再正常不過的事了。在朱大鵬所生活的那個時空，任何一樣新材料的誕生，隨之出現的，都是成系列的產品，不這樣，商家根本無法收回研發成本。

玻璃首飾，玻璃擺設，玻璃器皿，玻璃板，玻璃鏡子，還有實驗室用的量杯、燒瓶，凡是後世曾經出現過的，他都可以帶領淮揚商號的能工巧匠們去研發。透過玻璃製造，盡可能多地吸納揚州城內的閒散勞動力，同時為整個淮揚地區培養足夠的初級產業工人，為將來的工業化轉型打下堅實基礎。

的確，他不懂如何治國，對揣摩人心也不是很在行，但是他卻清楚地知道，一個實現了初步工業化轉型的國家，將迸發出何等的活力。

如果沒有倫敦上空的滾滾濃煙和機器轟鳴聲，區區的英倫三島怎麼可能打下一個橫亙全球的日不落帝國！而同時代的大清空有上億人口和世界上數得著的充盈國庫，在跨海而來的風帆戰列艦面前，卻只有割地求和的分，非但打不贏，甚至連繼續打下去的勇氣都沒有！

正躊躇滿志地想著，耳畔忽然傳來一聲問候，「都督，您終於肯從破磚窯裡出來了！末將有幾句話不吐不快！」

「啊？」朱八十一微微一愣，收回飛到天邊的目光，剛好看見胡大海憤怒的面孔。「通甫，你何時回來的？淮安那邊最近有大事發生麼？」

「淮安無事，但末將聽聞都督最近在揚州所作所為，特地趕了回來！」胡大海板著臉，拱手肅立。

又一個來進諫的！朱八十一搖了搖頭，訕訕而笑。

麾下的武將當中，他最倚重的，無疑是成長迅速的徐達。最為欣賞的，卻是眼前這位在後世評書中只有三板斧本事的胡大海。

武藝高強，作戰勇敢，並且光明磊落，看問題的眼光和角度也非常獨到。先前眾人都對朱元璋起了殺心時，只有他站起來據理力爭；也只有他，在這個亂世中把道義看得比山還重，寧可受自己的責罰，也不願意看到淮安軍的戰旗被陰謀所玷污。

「都督此刻掌控淮安、高郵、揚州三地，背負全軍十萬將士和治下四百萬百姓期望，一步走錯，恐怕就會使得數萬人死無葬身之地，故而都督切莫……」

胡大海被朱八十一滿不在乎的動作氣得兩眼冒火，咬牙說道。

「通甫，你先看看這個！」

朱八十一卻轉身從親兵手裡拿過另外一個長長的木頭盒子，將裡邊一個青銅打製的長筒拿了出來，雙手遞給胡大海。

「從這頭往遠處看，看過之後，你自然明白我花費半個月時間蹲在工坊中，到底值得還是不值得！」

「此物？」胡大海皺了皺眉頭，將信將疑。

臨來之前，他可是找心腹幕僚仔細商量過的，要怎麼樣才能讓朱都督在不太感到尷尬的情況下，放棄最近的本末倒置行為，誰料到自家都督根本不按常理接招，一個短粗的青銅管子就把自己給打發掉了。

但是，將青銅管子放到眼睛上後，他立刻就知道朱八十一不是在敷衍。遠處運河上的船帆被刷的一下拉到鼻尖上，非但桅桿和橫木被看得清清楚楚，連拉帆用的纜繩都一根不落地被收入了眼底。

自家總管的聲音好像充滿了魔力般，繼續在耳旁循循善誘，「你把管子拉長，慢慢拉，對，不要太快，要給眼睛留下適應時間。這是三根管子套接出來的，可以調整長短！」

胡大海屏住呼吸，繼續拉動銅管。視野裡的船帆越來越清晰，連船帆上的腐朽斑點都歷歷在目。順著船帆往下移動，則看到桅桿上正在曬太陽的貓，還有正攀著纜繩淘氣的孩子，一切是那麼近，那麼真實！

作為一軍指揮使，胡大海不用任何人提醒，就明白手中的寶物意味著什麼。從數里之外看清楚敵軍的一舉一動，若是斥候配上，就能提前至少一個時辰發現敵情；而主將在戰鬥中能手握一件此物，則能清楚地看到戰場上的每一個細節。

今後，戰爭的指揮模式將發生天翻地覆的變化，每一步都料敵機先，將不再是書呆子的夢囈，而是即將發生在眼前的日常。

「此物名為望遠鏡！可讓人的眼睛看遠數倍，本都督蹲在工坊中半個多月，最想得到的就是此物！」朱八十一的聲音繼續在耳畔迴盪，聽起來依舊和藹可親，卻讓胡大海的額頭上冷汗滾滾。

「末將鼠目寸光，差點壞了都督的大事，請都督重罰！」胡大海一個長揖低頭認錯，揣在懷裡的望遠鏡卻無論如何不肯交出來了。

「你怕我玩物喪志，斷送了整個淮安軍的前程，有什麼錯？」朱八十一笑了笑道：「不過……」話鋒一轉，他的聲音漸漸變硬，「這個望遠鏡卻不能給你，本都督拿著還有大用，你必須將它還回來！」

「都督……」胡大海弓著身子連連後退。「末將已經知道錯了，末將這次回揚州，是事先向大總管府請示過的。蘇長史親自批覆的回執，准末將來揚州十天公幹！末將麾下的余長史被都督給調去做商局主事，末將都沒跟都督發過任何牢騷，用一個余長史跟都督換一架望遠鏡，末將已經吃了很大的虧！」

「胡說，余主事是人，又不是東西！怎能拿來討價還價?!」朱八十一知道胡大海誤會了自己的意思，解釋道：「這件望遠鏡是樣品，上面沒有編號。鏡面也不夠大，日後配發給你們的，是改良過的，比這個效果還要好得多！」

「都督此言當真?!」胡大海猶豫半晌，才從懷中將帶著體溫的望遠鏡掏了出來，戀戀不捨地交到朱八十一手上。

「我什麼時候騙過你？」朱八十一白了他一眼，沒好氣地道：「此物第一批一共造了六十架，每一架上面都有編號，每個軍會配發十架，由各指揮使自行調配。但是誰要是弄丟了，就直接撤職法辦！如果讓此物落到韃子手裡，本人和其直屬上司一併追究！」

「應該的，應該的！」胡大海又驚又喜。

他可以領十架望遠鏡，給麾下三個戰兵團長都配上一架，再配幾架給斥候，以後打仗時，指揮臺上有什麼命令，臨近隊伍出現了什麼情況，轉個頭就能看得清清楚楚。根本不必再等傳令兵的到來，白白地錯失戰機！

「既然來揚州了，就別急著往回趕！」朱八十一又繼續吩咐，「總管府在揚州城內劃了塊地，準備建一座專門培養將軍的武校，眼下還沒有先生和課本，你們幾個指揮使，每人將自己的作戰心得寫下來供學員領會揣摩。每個人都必須寫，不得藏私。今後各軍擴編，營級以上將佐都必須是武校培訓過的，否則不得擔任實職！」

「主公，這恐怕不太符合……」胡大海愣了愣，呼吸瞬間變得粗重。

自宋以來，文官們就巴不得武將都變成白癡才好，有誰想到過建立專門的學校來培養武夫？而他這種所謂的將門，雖然不滿文官們的做派，卻也絕不會將自家的兵法秘笈拿給外人分享，以免教會了徒弟餓死師父，影響自家子侄的飯碗。

「沒啥合適不合適的，咱們眼下所做的事，有幾件符合傳統？」

朱八十一彷彿早就料到胡大海的反應，反問道：「正如王荊公所說，世異則事異，事異則備變，咱們所用的武器變了，作戰的方式自然也跟著變。沒有人比咱們更瞭解火器作戰的特點。」

「這，末將不是這個意思！」胡大海立刻鬧了個大紅臉，擺著手解釋道：「末將以前所學，很多現在都派不上用場，而這大半年來練兵和交戰所得又是隻鱗片爪，亂糟糟的難登大雅之堂，貿然拿出來，怕是會丟都督的臉！」

「我都不怕，你怕什麼?!」朱八十一看了他一眼，「隻鱗片爪沒關係，把徐天德、耿德甫、吳永淳和吳佑圖、劉子雲他們幾個，連同你的心得匯總起來，互相參照，再酌情刪減一下，就差不多了。咱們淮安軍所用的武器，恐怕前人連想都沒想到過，所以如果咱們總結出來的東西都不成的話，其他人所寫出來的，恐怕更是閉門造車了！」

「這……」胡大海摸著自己的頭盔，無言以對。

自家都督的話，說得的確在理。眼下的淮揚大總管府和淮安軍，的確走在一條前所未有的道路上。除了自己不斷探索總結之外，前人的很多著作和經驗未必能有多少借鑑作用。

當然，在大戰略上，那些古聖先賢的論述還是非常精闢的，但一個以百夫長和千夫長為目標的武學當中，最需要的不是什麼《孫子》、「六韜」之類的戰略理論。而是教導學員們如何去扎實地完成某個戰術目的，如何完美地將主帥的命令貫徹執行。

「我準備在武學裡先開炮科、步科和水戰三個體系，培訓期暫時定為半年，學員以揚州、淮安和高郵等地開過蒙，願意投筆從戎的讀書人為主；學業結束後，就派到各個軍去做副連長和都頭。屆時如果戰事不緊的話，就替換一部分都頭和連長到學校來，逐批接受培訓！」

見胡大海依舊一臉茫然的樣子，朱八十一耐心地道。

開辦武學絕對不是什麼一時心血來潮，而是現實的需要，逼著他不得不這樣做。打下了高郵和揚州兩地之後，淮安軍的兵力又面臨著一次大的擴充。以往的經驗證明，因為基層軍官的嚴重短缺，會導致部隊的品質嚴重下降，像原先那樣，由他親自帶隊，手把手教出一批骨幹來，顯然是不現實的；那麼，唯一的解決辦法就是參照後世的辦法，用武學來批量生產。

的確，這種批量生產方式局限性很大，很難培養出來徐達、胡大海這樣的天才，然而在人才品質不足的情況下，以量取勝亦不失為一個穩妥辦法。

畢竟，眼下的朱八十一不可能把叫得上名字的豪傑全都招攬在手，而採用了大量火器的軍隊，也不需要太多的名將。嚴格遵守命令和軍紀，按部就班，才是近代軍隊的制勝法寶，什麼奇招巧計，在機器一般精密的軍隊面前，只是一個個蒼白的笑話。

此外，開辦武學也是將地方士紳徹底容納進淮安體系的一個捷徑，不同於剛剛打下淮安城那會兒，地方上的名流士紳對淮安軍和他朱大都督的未來還不太看好，即便由逯魯曾出面召開科舉，前來報名的讀書人的數量也非常有限。

如今，隨著淮安軍在戰場上一次又一次勝利，所控制地盤的成倍增加，以及淮揚商號所展示出來的美好「錢景」，有越來越多的士紳豪強把賭注往他朱重九身上押。

而豪強士紳們所採取的下注手段，非常簡單，要麼出錢入股淮揚商號，把自家的利益和淮安軍捆綁在一起；要麼偷偷送家族中的非嫡出子侄前來投效，做好腳踏兩隻船的準備。

把這些主動前來投效的士紳子弟拒之門外，顯然不是什麼理智行為。這年頭讀書人如此寶貴，士紳們既然願意送子弟做長線，肯定也不會送那些大字都不識的蠢貨，所以無論是從凝聚民心方面來說，還是從吸納人才方面考慮，這些新來的年輕人都屬於被歡迎之列。

而想要以最快速度將他們收歸己用，並且最大程度地保證他們的忠心，**集中培訓洗腦，就是唯一的選擇**。

「校長好！」聯想到另一個時空，某位像自己一樣的光頭被一群將星前呼後擁的場景，朱八十一就覺得志得意滿。

學校的名字他早就想好了，就叫「黃埔」，以後培訓出來的人材，就是黃埔一期，二期，三期……雖然是一個模子捏出來的，誰知道裡邊會不會出現幾個驚世絕豔的天才生呢！

「末將還有個不情之請，望都督成全！」正當朱八十一自我陶醉地做著美夢時，胡大海卻很煞風景地來了句。

「啊，你說，是缺錢還是缺人，只要合理，本都督都會儘量滿足你的要求！」朱八十一瞬間被從夢境拉回現實。

「另外，你的兵書也不白寫，以後你們所寫的兵書每印一次，就給你們一筆分潤；別人的兵書中如果引用了你們的文字，也必須按照規定分潤，哪怕是將來你們都作古了，相關的錢財版稅也會分給你們的子孫，每年有專人負責審核，不用擔心被經手官吏貪污！」

「不，末將不是那個意思，末將不是要錢！」胡大海擺著手，古銅色的面孔變得黑裡透紅，「末將不需要錢，末將當初投奔都督，原就不是為了錢。說實話，末將當時做夢都想不到都督會給末將這麼多！」

這是一句大實話，淮安軍雖然紀律嚴明，不准將領喝兵血，也不准將士們在戰爭期間搶劫勒索，但在給將士們的薪俸上，絕對大方到了曠古絕今的地步。

以眼下的胡大海來說，每月光是指揮使的薪俸就高達兩百五十多貫，在淮安商號成立後，每位高級將領又能拿到一大筆與職位相對應的股本，雖然永遠無法出售，並且將來離開職位後就要將股本收回，但以商號目前的發展態勢來看，每個指揮使年底能分到的紅利將會以萬貫計算。

所有收入累加起來，胡大海的年俸已經超過了大元朝的行省的丞相。當然，後者的貪污受賄所得並沒計算在內。

「多麼？」被胡大海當面誇讚，朱八十一心裡難免有些得意，忍不住自信地宣布，「今後還會更多！你不知道，在極西之地有一個商號，靠著刀子和戰船做後盾，把生意做到了全世界，眼下咱們淮揚商號還小，但早晚也會有那麼一天！」

這不是他在做白日夢，在朱大鵬那個時空，大不列顛的東印度公司便是這樣一個怪胎！

該公司在英國皇室的支持下，以區區七萬兩千英鎊的本錢起家，在短短十幾年的時間內，就成長為一個龐然大物，佔據了從南非、北美到印度、香港的大部分土地，擁有領地內鑄造錢幣、指揮要塞和軍隊、結盟和宣戰、簽訂不平等條約等等特權。

全盛時，連英國女王都得看它的臉色行事，公司的每一次會議，都能讓整個歐洲為之戰慄。

淮揚商號以軍工為主導，而後成為橫跨多個行業的壟斷性國營企業，才是朱八十一的最終目的。

在現世，他不過是個殺豬漢，最後肯定會被大元帝國和周圍的紅巾群雄撕成碎片，但他的最大優勢便是對世界發展方向的洞徹得天獨厚。畢竟，**這個世界的人不會像他一樣，知道此後六百多年內世界發生的變化；不會知道資本主義這個妖怪從誕生起就註定要征服全世界。**

「末將相信都督的話，末將期待著那一天！」胡大海被朱八十一身上透出的強大自信感染，紅著臉道：「所以，末將想請求都督，讓末將家的幾個晚輩也去武學就讀，學成後，就按淮安軍的規矩安置，末將絕不給他們開後門！」

「這……」

這回輪到朱八十一發愣了，眨巴了好幾下眼睛，才發現正直如胡大海，也有替自家晚輩謀取前程的時候。不過這恰恰說明，淮安軍的發展前景越來越被更多的人看好，反正士紳們的兒孫是人才，自家將領的子侄也是人才，他又何必假惺惺地去厚此薄彼呢！

「行！第一期給你五個名額，以後，如果入門條件提高了的話，讓他們自己來憑本事考！」朱八十一爽快地答應。

「謝謝大都督！」胡大海心裡一塊石頭落了地，隨即又低下頭，用極小的聲音道：「不過，都督，『世異則事異，事異則備變』好像是韓非子的話。跟王荊公沒啥關係。都督別生氣，末將讀書少，很可能記錯了，末將這就下去翻書，一定把正確出處給您找出來！」

「滾！」朱八十一抬虛踢，將胡大海的背影送出半丈遠。

太丟人了，好不容易引用一次古人的話，還被人給看了笑話。要是落在逯魯曾手裡也算了，好歹人家是榜眼，而胡大海在評書中分明是個大字不識的老粗……

帶著幾分慚愧，他大步朝自己的府邸走，準備回家好好向自家夫人雙兒請教一下，王荊公到底說沒說過與韓非子差不多的話，日後見了胡大海好把今天的場子給找回來。誰料才走了不到百步，揚州知府羅本已經拱著手迎了上來。

「你也是來勸我不要老往工坊裡鑽的？」朱八十一餘羞未退，搶先說道：「要是敢說類似的話，本總管就將揚州城這六十幾萬張嘴巴全都交給你，只要你能變出糧食來，本總管絕對虛心納諫！」

「主公誤會了！本府絕無此意！」曾經跟在朱八十一身邊做過一段參軍的揚州知府羅本嚇了一跳，趕緊否認。「本府此番前來，是為了糧食之事！」

「糧食？揚州官倉的糧食又見底了？是不是有人囤積居奇？該死，這幫膽大包天的傢伙，我當初真該聽了朱重八的話！」朱八十一只覺腦袋嗡的一聲，雙手抱著頭。

· 第九章 ·

江湖豪客列傳

「江湖豪客列傳？」朱八十一愣了愣，
原來《水滸》眼下不叫水滸，並且還是個爛尾書，
看來施耐庵要再經歷許多風浪，
才會把一幕宏大壯麗的悲劇寫完整。
幾百年後，自己和身邊這些人將留下怎樣一部傳奇？

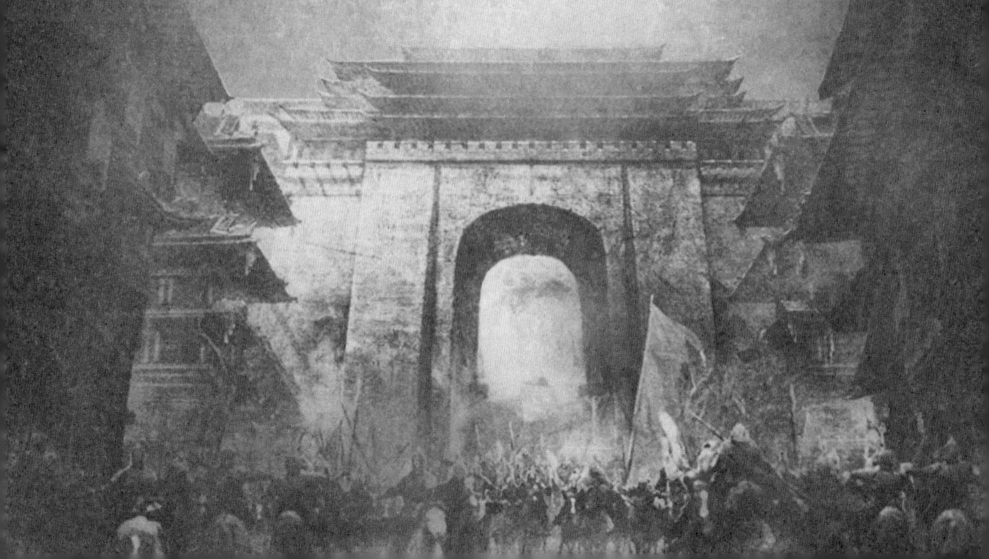

最近這段時間，他敞開了賣火炮和武器鎧甲，光是從彭和尚那邊，就換回了大米三十餘萬石，但除了養活六十萬多萬百姓外加十萬大軍，還要支援張士誠和王克柔，糧食危機根本無法擺脫，幾乎每過上十天半個月，就得為此事頭疼一次。

而揚州城內發國難財的冒險家卻是屢禁不絕，淮揚商號剛剛接受官府委託平價出售一批糧食，就立刻有地痞雇人排隊將之搶購一空，然後挪個地方，以翻上三倍到五倍的價錢出售給聞訊趕來卻沒買到糧食的百姓。

羅本奉命將幕後的金主抓了一大批，腦袋砍了十幾個，但一轉手就是三倍以上的利潤，讓很多人不顧斷頭的危險。甚至一些普通百姓，明明家中還有餘糧，手頭只要有餘錢，也要搶購上幾袋子，以備不時之需。

對付這種事情，另一個時空最值得借鑑的辦法，就是採實名制憑票供應。然而這個時代既沒有照相技術，又缺乏精通數理統計的人才，將揚州城六十多萬百姓重新造冊登記，可不是一天兩天就能完成的事，所以短時間內，淮揚大都督府只能頭疼醫頭，腳疼醫腳，一天天對付著過，直到糧食供需和百姓心態自己恢復平衡。

不過這回朱八十一顯然是白擔心了，羅本笑容滿面的回道：

「啟稟主公，府庫目前還有十日的存糧，堅持到下波糧船到達應該沒太大問題。另外，眼下揚州路已經開春，水裡的魚蝦鱔蟹和地裡的簍蒿蘆芽都可以用來果腹，每天需要領粥的百姓已經不到原來的三成，即便南邊的糧船晚來幾天，也不至於再餓死人。」

「呼！那就好！」朱八十一聞聽，懸在嗓子眼的心終於落下肚，喘息著道。

羅本接下來的話，令他心情更覺輕鬆：

「本府此番前來拜見主公，是因為受了家師所託。他的一位故交素善陶朱之術，生意做得極大，聞聽咱們淮揚各地缺糧，就想捐贈十萬石老米給主公，只求主公能當面賜他一盞清茶止渴！」

「十萬石，那豈不是又一千多萬斤？差不多夠府庫支撐一個月了。他在哪？你隨時都可以安排我去見他！」

「主公，此人是個商賈，自詡為當時呂文信！」沒想到朱八十一答應得如此痛快，羅本愣了下，小心說道。

「呂文信？」朱八十一也愣了愣，想了許久，好不容易才從記憶裡將文信兩個字和呂不韋給對應起來。

跟文人說話就是累，要是沒有來自另外一個時空的記憶，雙方還真沒法溝通。但看在十萬石老米的份上，朱八十一不打算跟羅本較真，笑道：「無妨，天底下沒有白來的糧食，他既然是豪商，想在我這裡換點東西是應該的，你儘管去安排，我隨時都可以見他。」

「多謝主公成全！」羅本大喜，俯下身，恭敬地給朱八十一行了個禮。最近幾天，他為了此事可頭疼壞了，有心拒絕，老師的面子不能不給，十萬石糧食也的確讓人肉痛；直接答應下來吧，又摸不準自家大總管的脾氣。

畢竟這年代，官和商還是有明顯區別的。朱大總管雖然自己操辦了個淮揚商號，並且成了裡邊最大的股東，但哪個商人要想跟他坐而論道，恐怕剛剛開口，就會被逯老夫子和陳基等人給聯手打出門去。大總管面前，連讀書人都得站著說話，哪裡可能有你一個商販的茶水喝?!

「沒什麼成全不成全的，要謝，也該我來謝你，你立了一件大功，他在這兵荒馬亂的時候還能拿十萬石米來開路，此人手裡的糧食恐怕不會太少，真的能全買下來，揚州路今年的糧荒就徹底應付過去了！」朱八十一沒有半點官架子，笑呵呵地嘉許羅本。

「這……」羅本卻沒像自家主公想的那麼長遠，一臉困惑。

「這樣吧，我去大總管府等他，你回去後，隨時安排他來大總管府用茶。」

朱八十一吩咐道：「還有，你的老師如果也在揚州的話，可以一併請他過來做客。能在這個節骨眼上介紹一位大糧商來，想必也非等閒人物！」

「謝主公！本府這就去傳他們！」羅本喜出望外，再度躬身施禮。

他的老師不願意參加大元朝的科舉，因此空有一肚子本領，卻半生潦倒。在進入淮安大總管的幕府後，羅本早就想把自己的老師舉薦給朱總管，但一則初來乍到，怕引起什麼誤會，二來老師性子閒散，喜歡四處周遊，所以拖拖拉拉半年多，總算找到了這麼一個機會。

「請他們過來吧，不用走正堂，從側門帶他們直接去側院，既然是你的老師，就算不得外人！我在側院花廳裡請他們品茶！」朱八十一又道。

對眼前這位讀書人，他一直非常欣賞。學識淵博，性情正直，並且身上沒有讀書人的酸腐氣，懂得迂迴變通。

唯一遺憾是，眼下這樣的讀書人太少了些，即便再開一次科舉，也未必能挑得到幾個。而學生如此，教他本領的老師想必也不會太差，若是能將該人拉到身邊，說不定又是一個得力幫手。

與這個時代的官員和義軍領袖們不同，受另外一個靈魂的影響，朱八十一眼裡，視所有人都是平等的同類。這種平等並不是刻意裝出來的，而是發自內心的認同，所以商人也好，不務正業的落魄書生也罷，只要他們是懷著善意而來，朱某人就不在乎回報以最大的善意。哪怕他們是來做買賣，只要交易對彼此都有好處，朱某人也不會因為雙方身分地位不同而拒絕。

而在羅本看來，朱總管對自己和恩師如此尊敬，就是不折不扣的禮賢下士了。人以國士待我，我必以國士報之，千餘年來蔓延傳承的士大夫精神，不是沒有任何影響力的。

就在朱八十一也彎下腰的一瞬間，羅本便下定決心，這輩子將對知遇之恩粉身以報，哪怕將來陪著自家總管一道去下地獄，也仰天長笑，絕不會皺一下眉頭。

本著這種想法，他又再次給朱八十一行了個長揖，然後大步向來路上走去。不一會兒，就帶著一個五十多歲老儒，和一個圓滾滾的胖子轉了回來，規矩地站在剛搭建起來沒幾天的淮揚大總管府側門，衝著當值的親兵李進拱手道：

「參軍羅本，帶著授業恩師施彥端，義民沈富，求見大總管。請李校尉代為通稟！」

「不用通稟了，都督說知府大人可以直接帶著客人進去，他原本想出來迎接你的，但剛一進門，就被焦大匠給堵住了，現在正於側院跟焦大匠檢驗新火器。

都督早就吩咐下來，讓卑職一見到知府大人就立刻放行！」

「如此，羅某就進去了！」羅本向李進拱了拱手，讓自己的老師和姓周的胖子入內。

這麼簡單？施彥端和周富互相看了看，一臉難以置信。

以他們的經驗，以往送上厚禮拜見個縣令，對方有事沒事還會拿捏一番架子，直到把客人等得心裡頭都發了毛，才會派人從後角門傳進。如今朱重九貴為淮揚大總管，他們卻連通報都不必便可以自行入內，這分禮遇，著實令人受寵若驚。

羅本見恩師和客人不敢挪步，笑了笑道：「老師，沈兄，兩位只管往裡邊走就是，大總管一向這般隨和，只管別人肯不肯用心做事，不在乎這些繁文縟節！」

「怪不得，大總管兩年不到就成了雄踞一方的諸侯，果然非常之人行非常之事！」沈富回過神來，感慨著邁動雙腿。

施彥端比他拘謹些，但也是走南闖北，見過大世面的人，跟著進了門，然後小聲對羅本說道：「你常來這裡麼？看樣子，大總管對你好像頗為倚重！你帶兩個陌生人去見他，居然連搜身都不用！」

「倚重不敢當！」羅本被誇得有些臉紅，擺擺手道：「大總管雖然出身寒微，卻飽讀詩書，禮賢下士，對於弟子和其他前來投奔的讀書人都信任有加。以前在淮安那會兒，大夥要是有正事找他，無論多晚了都可以出入總管府，從沒見他給過誰臉色看；至於搜身，以他的本事，甭說咱們師徒三個，就是再來上七個八個，恐怕也抵不住他一刀之威！」

「如此，倒是文武雙全了！」施彥端低聲讚嘆。

「恩師沒聽過他酒後作的那首《沁園春》麼？非大英雄大豪傑，誰能寫得出來！」羅本接過話頭，滿臉崇拜地炫耀道。

「惜秦皇漢武，略輸文采，唐宗宋祖，稍遜風騷……」施彥端隨口輕吟著：「為師在江南時，耳朵灌滿了這首《沁園春》，很多人都試圖唱和，結果都是力不從心，想來不經歷過一番金戈鐵馬，怎可能養得出如此霸者之氣？那些混跡於秦淮河上的人，書雖然沒少讀，眼界終是小了！」

一邊感慨著，一邊思量自己今後的去處。這些年來，走南闖北，他倒是也見過不少英雄豪傑。但這些英雄豪傑要麼打下塊巴掌大的地盤，就忙著做皇帝選妃子，要麼殺人放火只是為了日後受招安，除了劉福通和趙君用二人之外，竟沒有一個真正見識長遠的。

而劉福通和趙君用兩個，前者心胸狹窄，無絲毫容人之量；後者，則外示寬宏，內裡陰柔，可共患難不能共富貴，只剩下這個殺豬出身的朱重九，聽人說起來還頗具幾分雄主之相。只是不清楚傳言能不能當真，是不是盛名之下其實難符。

走在二人前面的沈富，注意力卻不在朱重九讀沒讀過書，是不是雄主這方面。作為一個豪商，**他關心的是自己那十萬石糧食砸下去之後，到底能起到什麼效果？花費多少時間和氣力，能不能從淮揚三地收回成本。**

按照眼下江南的正常米價，一石米差不多能賣到三百文，十萬石米就是三萬貫足色銅錢，如果能從朱屠戶這裡換來一些特權，三萬貫錢就是開路費，今後本說收回成本，三十萬，三百萬也能會源源不斷地賺回來。

但是朱屠戶也如徐壽輝那樣貪得無厭的話，這三萬貫就算打了水漂，今後沈家名下的船隊商鋪，也要儘量避免跟淮揚都督府產生任何正式瓜葛，以免賺不到任何利潤，反而惹了一身麻煩。

「這院子是半個月前才剛剛蓋起來的，用的是從廢墟裡扒出來的舊磚，黏合之物則是官窯自己燒製的水泥。」

有客人在，羅本當然不能光顧著跟自己的老師閒聊，一邊打手勢給沈富引路，一邊自豪地介紹。

「草民在江南已經見到過此物，的確非常神奇，有了它，一夜之間壘百丈長堤，都不費吹灰之力！」沈富非常會做人，立刻順著羅本的口風恭維道：「更難得的是，此物即便在陰雨天氣裡，也能慢慢凝結。並且乾了之後就不再怕水。將來江南各地百姓永離水患之苦，當以大總管為萬家生佛！」

「受惠的豈止是江南百姓，」羅本心裡被拍得心裡頭這叫一個舒服，點點頭，繼續得意洋洋地道：「我家總管之所以造出此物，當初就是為讓揚州人能早日重建家園。而水泥販售之利，也盡數換成了米糧，進了揚州軍民之口！」

「大總管有如此仁心，何愁天下不定！」沈富假模假樣地衝著跨院方向拱了拱手，祈頌道。

「沈兄請走這邊，往右拐，過了前面那個月亮門就是了。注意腳下，腳下的石磚也是水泥和砂石所做，多少有些滑，小心別摔跟頭！」羅本指引著方向。

為了將水泥推向民間，在廢墟上重建起來的揚州官府衙門和各級官員的宅邸，都盡最大可能地使用水泥打造，所以一路行來，新材料的應用實例隨處可見。

豪商沈富起初還是隨口誇讚，口不對心地拍此間主人馬屁，到後來，卻發現水泥的用途越來越多，越來越廣，甚至連池塘上的橋面也能用水泥加了什麼筋骨直接壓製而成時，忍不住暗自思量：

「此物雖然賣得極賤，運輸起來也頗為費力，不過一旦流傳開了，用量卻是極大，如果能買下個配方到當地去開作坊，省去運輸費用，倒也不失為一個日進斗金的好買賣，只是不知道那朱總管好不好說話，肯不肯將方子轉讓出來！」

他能以白丁之身，在一個朝廷之末賺到百萬家資，頭腦必然一等一的活絡，當即便看出了水泥裡頭所蘊含的巨大商機，偷偷打起了配方的主意。

勾結地方官府巧取豪奪肯定是不成的，那朱屠戶自己就是淮揚商號的大東家，肯定不會割自己的肉去便宜外人。而派家族中養的死士前來偷師，恐怕也未必實際。

最近淮安軍四處抓奸細，城內城外弄得雞飛狗跳，冒然派個說外地口音的人過來，估計沒等探聽到機密，就會被抓起來活活打死。

此刻自己身後站著的那位靠山，估計也沒勇氣跟朱屠戶作對，萬一得知自己招惹了淮安軍，弄不好根本不用朱屠戶上門問罪，就直接把沈家幾百口全都綁上船送了過來……

正悶悶地想著，耳畔忽然傳來一聲巨響「砰！」緊跟著，是一片山崩海嘯的喝彩聲，「打中了，打中了，一百五十步。」

「一百五十步可破甲，連老黑，從此之後，你的大抬槍沒戲了！」

「果然能打到一百五十步，焦大匠，你果然厲害！」

「把靶子再挪遠些，看最遠到哪裡還能打得準……」

……

朱屠戶又弄出了什麼神兵利器？沈富和施彥端不約而同都停住了腳步，用目光向羅本詢問著。未經允許偷看軍中機密，可是殺頭的罪名，他們兩個在揚州無憑無根，可不想自己找死。

「恩師和沈兄在此稍待，剛才估計是大總管在和焦大匠試射新火銃，待本人先過去跟我家總管親自稟報一聲，然後再回來請二位進去！」

羅本也被槍聲與喝彩聲給嚇了一跳，趕緊把客人引到花徑旁的石頭凳子上坐下，又招手喊來一名總管府親兵相陪，然後整理了下衣衫，小跑著去查看究竟。

才進跨院，就看見朱八十一手裡拿著一根嶄新的火銃，正在跟抬槍營營長連老黑、大匠師焦玉三人比劃著。徐洪三等近衛則在周圍眼巴巴地看著，彷彿那根火銃是純金打造的一般。

「你是怎麼想到用鏜床在裡邊拉這種螺旋線的？我原來還以為圓型彈丸只能用滑膛槍，沒想到你居然憑著我幾句話，就將線膛槍給研製出來！」朱八十一顯然極為興奮，根本沒有注意到羅本走近，只顧不停地對著焦玉發問。

「小人當初比較兩種銃管，發現用鐵板捲的雙層管，雖然比鑽出來的容易炸膛，但子彈卻能打得遠一些，並且準頭也高出許多。」

大匠師焦玉還是那副上不得臺盤的模樣，用手不停搓著自家衣服下擺，結結巴巴回道：「後來，聽大都督說，如果能給銃管裡頭刻上膛線，就可能提高彈丸的射程，於是就先用精鋼鑽了一根銃管，然後再仿照捲鐵銃管內部的紋路，做了一根精鋼棍子，然後把管子燒紅了，套在棍子上，反覆打壓出膛線。原本只想試試看，卻沒想到真的能到起作用！」

「嗯，你能觸類旁通，非常難能可貴！」朱八十一激動地擺弄著這時空中第一桿線膛槍，同時有些語無倫次：「還有這個彈丸上裹一層軟鉛，也稱得上是神來之筆，就是不知道同樣的膛線能不能用鏜床刻在炮管裡？如果可以的話，以後四斤炮就不再像雞肋一樣了！」

焦玉想了想，搖搖頭。「都督手裡這支火銃的管子是精鋼所造，不太怕子彈磨，炮管都是青銅所造，韌性有餘，剛性不足，如果刻上膛線的話，太淺，用不了幾次就可能被彈丸磨平；刻得深了，火炮容易炸膛，反而是得不償失！」

朱八十一倒吸了口冷氣。光想到提高射程，卻忘記了自家現在所造的火炮，還存在一個最要命的風險，炸膛。

而眼下淮安軍的造炮技術，顯然已經卡在一個瓶頸處。想要在不提高炮身重量的情況下大幅度提高射程，恐怕需要更多的經驗和技術的積累才成。

「那，能不能用精鋼來鑄炮呢？」羅本在旁邊聽得入神，忍不住插了句。話說完，他才意識到自己失了禮。趕緊抱拳躬身，道歉道：「大總管，大匠師，二位勿怪，本府對製器之道一竅不通。剛才純屬信口雌黃。」

「也可一試！」大匠師焦玉是個天生的科技狂人，「眼下咱們作坊裡煉製的精鋼比當初強了數倍，用來造炮的話，可是比青銅貴多了，並且韌性未必夠，不過……」他蹲下身子，用樹枝在地上畫道：

「這樣，像槍管那樣，兩層套著用，裡邊先鑄一門鋼炮，用鏜床拉出膛線，外邊再套上一個銅套。用精鋼炮芯來彌補青銅的硬度不足，用青銅外管來彌補鋼的韌性和排熱，如此，重量未必會增加許多，射程和連續發射數量，至少能增加一倍！」

「銅胎鐵芯炮！」猛然間，朱重九的腦海裡電光一閃，有個名字脫口而出。

銅胎鐵芯炮！這就是另一個時空的銅胎鐵芯炮！

在朱大鵬的記憶中，此物就擺在某旅遊點的城牆上，據說能節省一部分銅料，工藝非常複雜，所以他先前帶領著工匠們研製火炮時，就直接忽略了過去。此時經焦玉提醒，才猛然領悟到銅胎鐵芯並非單純是為了節省成本，而是充分利用了兩種金屬材料的不同性能，將火炮的耐久度推上了一個全新的臺階。

「不是鐵芯，是鋼芯！」焦大匠看了自家都督一眼，很有自信地反駁道：「生鐵硬而脆，熟鐵軟且受熱後極易走形，都不是做炮芯的好材料，想要造炮芯，只能用鋼！」

「用鋼就用鋼，只要你能把線膛炮給我造出來！」朱八十一咬牙切齒地說道。

如今淮安軍武器作坊所煉的精鋼，是採用生熟鐵同爐的灌鋼技術所煉，性能遠遠超過其他地區所產的鋼材，但價格也同樣居高不下，並且產量非常有限。如果採用鋼芯來造火炮的話，恐怕每門炮的成本將比原來高出至少一倍以上，並且材料供應未必能得到保證。

然而想到四斤炮那雞肋一般的射程，朱八十一就決定豁出去了。

前段時間淮安軍之所以戰無不勝攻無不克，一方面是占了對手不熟悉火器的便宜，另外一方面，卻是因為蒙元朝廷的精兵大多數都駐紮在北方，淮揚各地根本沒有什麼像樣的敵人。今後，恐怕就沒這麼多便宜好占了。

拿下揚州後，淮安軍無論地盤還是影響力，都已經不在劉福通部之下，必然會引起蒙元朝廷的重點關注；此外，以這個時代人的保密能力和保密意識，火炮和火藥製造技術被蒙元朝廷掌握是早晚的事，根本沒有什麼僥倖的可能。

所以，淮安軍只有不斷提高自己的武器品質和將士戰鬥能力，永遠領先對手一步，才能保證自己的安全；必須捨得下本錢，不惜任何代價繼續前進，否則結果可能萬劫不復。

「眼下朱重八所佔據的和州，自古便盛產鐵礦！」不忍見自家主公為鋼材為難，羅本提醒道：「從水路運礦石順流而下，一天就能抵達江都，如果在靠近江畔的位置起幾座高爐，辦一個灌鋼作坊，就又能安置下好幾千人！」

「嗯！」朱八十一輕輕點頭。

把鋼鐵廠放在江畔，非但可以利用水路運輸的便利，其他需要大規模運用水車的武器作坊也可以集中在臨近區域，形成一個半封閉的軍工基地。

這樣一來，無論是保密，還是基地護衛工作，都會變得簡單許多。畢竟蒙元朝廷一向不注重發展水師，而安裝了六斤炮的淮安戰船，在長江上幾乎就是無敵的存在。任何試圖靠近的敵艦，都會在一百步遠之外就被打個粉碎。

「江都東邊有一處地段，揚子江在此向北凹進了大約十里長的一段，水面在此比其他地方也寬闊了無數倍，如果把武器作坊和煉鋼鐵的爐子都集中在那兒，只要於左右兩岸各起一座炮臺，把咱們這邊最大的火炮架在上面。就可以讓任何船隻都無法靠近！」

不肯讓羅本一個人出風頭，連老黑斟酌片刻，也提出意見。

「是斜對著運河的那一段吧，我記得江面上還有個小島，再往下就是新洲！」朱重九每到一地，都會以最快速度熟悉地形，因此腦子裡的畫面立刻就跟連老黑所說的地方對上了號。

的確是個非常好的選擇，特別是江心一大一小兩個沙洲，目前還都是荒島，根本沒有人在上面居住。如果讓朱強的水師把營盤紮在島上面，就可以為揚州再增加一道屏障，所有來自南岸的敵人，將會第一時間受到水師的阻截，然後才有機會登上揚州的土地。

想到這兒，朱八十一再度點頭。「清源回去後，找人去畫一張詳細的地圖來，明天早晨議事時，咱們大夥一起商量具體怎麼辦。」

「臣遵命！」羅本站直身體，肅立拱手。

「你的老師已經到了？」朱八十一這才意識到羅本是為何來找自己，用力拍打自己的腦袋，訕訕地笑了笑：「看我這記性！一忙起來，就什麼都記不住了。

客人在哪？趕緊請他們進來。」

「臣怕他們打擾到主公，特地讓人陪著他們先在花園裡賞梅！」羅本看了眼連老黑、焦玉，還有地上的新武器草圖，回道。

朱八十一迅速理解了羅本的意思，嘉許地點點頭，吩咐道：「老焦，老黑，你們兩個先回去繼續琢磨火銃和火炮，需要錢，直接去找蘇長史領，就說我答應的，不惜任何代價！」

「是，都督！」連老黑和焦玉二人站起身，拱手告辭。

「清源，你替我去請你的老師，還有那位準備給咱們捐獻糧食的貴客。洪三，你去廚房找人燒壺茶來，順便準備一套茶具！」

朱重九一邊用鞋底擦去地上的銅胎鐵芯炮草圖，一邊吩咐著：「魏丁，你也跟著去，端些點心！韓四，楊七，你們幾個將這裡收拾一下，別讓客人笑話！」

「是！」眾人答應著，分頭去做準備。

朱八十一自己則邁開發麻的雙腿，一邊來回走動，一邊努力調整呼吸，好讓自己的頭腦恢復清醒。

每天需要做的事太多了，一件接著一件，根本沒法忙得過來。特別是在科技和工業發展方面，除了焦玉、黃家老大等寥寥幾個奇才之外，幾乎沒人能跟得上他的思路。即便是大匠師焦玉，主要能力也集中在實踐方面，理論水準連另外一個時空的小學生恐怕都有所不及。

他疲倦地走動著，施彥端和沈富兩人已經被羅本請到。遠遠地看見朱八十一，立即將膝蓋彎下，作勢拜道：「草民施耐庵（沈富）叩見大總管。祝大總管武運昌盛，每戰必克！」

「什麼？」朱八十一身體晃了晃，飛撲上前，雙手拖住施彥端的胳膊，驚道：**「你就是施耐庵，你是羅本的授業恩師？」**

大神，這是絕對的大神！四大名著之一《水滸傳》的作者，字裡行間勸人造反，連書名就起得無比桀驁。自己在另外一個時空的靈魂，從小到大看了各種版本，對作者佩服得五體投地，沒想到今天竟得以親見本人！

施耐庵哪裡知道自己在後世會那麼有名，見朱八十一激動到如此地步，不覺心中暗暗生疑，「施某何德何能，居然讓名滿天下的朱屠戶如此失態？這朱屠戶不會真的有瘋病吧？如果那樣的話，施某這次可是白跑一趟了。」

然而，他卻不敢當面給朱八十一臉色看，順勢站起身，笑道：「勞大總管問，施某本名耳，字彥端。因為招惹了一些麻煩不想牽連家人，所以改名叫耐庵。當年在蘇州，的確給羅知府開過蒙，至於授業恩師之稱，實在愧不敢當。」

「噢！」朱八十一魂不守舍地回應著，施耐庵原名不叫施耐庵，羅本會不會就是羅貫中吧？只因為自己這隻蝴蝶翅膀拍了一下，才使得他不再改名去當作家，而是成了一個「職業反賊」？

那樣的話，《三國演義》估計是徹底消失了，《水滸》弄不好也得成為太監！一翅膀便把四大名著扇沒了兩個，朱某可真是千古罪人！

他趕緊收拾起紛亂的心思，拉起滿臉困惑的沈富，然後笑著對施耐庵說道：「先生請原諒朱某剛才失態。朱某以前在酒肆裡聽人說平話，耳聞過先生的大名，只是不知道先生是否寫過一本專門勸人造反的書，好像是什麼水泊梁山之類的。」

他不知道《水滸》眼下是否叫水滸，但書名可以變，地點卻未必會挪動。

果然，施耐庵聞聽，立刻恍然大悟，笑了笑，帶著幾分得意回道：「大總管居然也聽過施某所改寫的平話？江湖豪客列傳！施某就是因為本書惹惱了官府，所以只寫了一半就不得不改了名字，四處避禍！」

「江湖豪客列傳？」

朱八十一愣了愣，原來《水滸》眼下果然不叫水滸，並且還是個爛尾書，看來施耐庵要再經歷許多風浪，才會領悟到招安就是死路一條的道理，才會把一幕宏大壯麗的悲劇寫完整。

只是不知道，在眼下這個時空裡，誰的影子是那個宋江，誰是他心中那個吳用？蓼兒窪位於何處，林沖和花榮又在哪裡？幾百年後，自己，和自己身邊這些人，將留下怎樣一部傳奇？

「正是《江湖豪客列傳》！」唯恐賓主雙方冷場，羅本走上前，接過話頭，「恩師曾說，古來史書皆言帝王將相，然能讓帝王將相睡不安枕者豈能無傳？所以才寫了這本《江湖豪客列傳》，以期我漢家兒郎讀了此書能激起一腔熱血，不再甘心受蒙古人欺辱！」

「好，好一個能讓帝王將相睡不安枕者豈能無傳？先生有此奇志，此書必定流傳千古！」朱重九聽罷，剛剛平靜一點的心情再度激蕩不已。

另一個時空的朱大鵬讀《水滸》，只是讀得痛快，讀得扼腕，卻未曾想到，這本書的立意竟如此高遠。想來從元末之後，那些被官府和劣紳壓迫得活不下去的人，從此便有了一個效仿的對象。既然你不給老子公道，老子就如梁山好漢般，自己殺出一個公道來，哪怕最後落個玉石俱焚！

「當不起大總管謬讚，後世若有人看到此書，知道施某未曾甘心為韃子豬狗足矣！」平生第一次被人誇讚，施耐庵多少有些臉紅，故作平淡地回道。

「那是自然。甘心為奴隸者，豈能寫出如此酣暢文字！」朱八十一讚嘆。

「恩師此書，寫盡天下男兒氣！」羅本也點點頭，頗為老師自豪。

……

三人你一言，我一句，一見如故，把個捐了十萬石糧食的沈富晾在旁邊，可是好生尷尬，手足無措地站了許久，才終於找到機會插嘴道：

「耐庵先生的大作，沈某也曾拜讀，只是當時光顧看著熱鬧，卻沒發現其乃號召天下豪傑起來造反的檄文！此番回去後，一定偷偷找人雕了板子印上幾萬冊，令其刊行天下，想必總有一些讀到此書的人能明白耐庵先生的良苦用心！」

「萬萬不可！」施耐庵趕忙阻止。「施某這半年來已經讓沈兄破費太多了，不敢再讓沈兄花錢幫施某揚名！」

「怎麼算破費，耐庵先生的書又不愁賣！」沈富的目的就是要把三人的注意力吸引到自己這邊來，至於花錢印幾萬冊書，以他現在的身家，根本是九牛一毛的事。

況且如果此事操作得當，也未必就是個賠本買賣。比如請眼前這位朱總管給做個序，再給寫一首與《沁園春》差不多等級的詞作為開篇，甭說幾萬冊，就是十幾萬冊也未必愁賣不掉。至於買書的人裡頭，有幾個能讀懂施耐庵的初衷，那就不是他所要操心的事了。在商言商，能賺錢的買賣都是好買賣，不在乎什麼糟蹋不糟蹋。

「其實倒不用弄得那麼複雜！」朱八十一猛然想到一個來自另外時空的好辦法，笑了笑說：「我淮安軍有一種東西叫做報紙，不知道二位看過沒有？眼下我正準備把它從每旬一期改為五日一期。如果耐庵先生不嫌棄的話，不妨把手稿交給報館，讓他們定期連載，就像茶館裡的平話一樣，每期只刊發一小段，一則不會催稿太急，耐庵先生可以有時間把手稿重新修一次；二來報紙的流傳甚廣，凡是運河沿岸幾乎都可以看到。也不會讓先生的好文字明珠蒙塵！」

「這……」施耐庵低聲沉吟。

他如今已經年近花甲，找個地方安頓下來，將平生著述重新整理一番以流傳後世，的確符合心中所願。然而淮揚這個地方能不能留，可不可留，卻是一件未知的事，所以實在沒勇氣立刻就做出決定。

「先生是擔心潤筆之資麼？你可以問一問令徒清源，我淮安報館給的潤筆夠不夠買酒一醉！」

朱八十一誤解了施耐庵的意思，給對方透底。

「如果稿子被採納的話，每篇至少有兩貫錢的潤筆可拿！」羅本小聲解釋著，然後又趕緊偷偷給朱八十一使了個眼神，說明道：「不敢隱瞞大總管，家師乃世外高人，素來喜歡四處遊歷，此番來揚州，只是為了看一眼我這個不爭氣的弟子，具體在揚州停留多久，何時離開，還沒確定！」

「哦，如此倒是朱某唐突了！」朱八十一知道自己操之過急了，訕笑道：「不妨，不妨，耐庵先生儘管在揚州多留幾天，眼下正值早春，是一年裡風光最好的時候，讓令徒陪著四下轉轉。好了，大夥都別站著說話了，且坐下飲一杯清茶！」

說著話，便將客人往身邊的石桌旁讓。

施耐庵和沈富見他如此禮賢下士，也不客氣。拱手道了聲謝，便在石頭凳子上坐了下來。

須臾，侍衛將茶水奉上。卻不是什麼名貴的龍團、鳳團，而是採了當地的新葉粗炒而成，茶湯裡透著一汪嬌嫩的綠色，茶葉的天然香味也被沸水完全給沖了出來。

施耐庵饒是半生顛沛，見朱八十一用新茶待客，也忍不住悄悄皺眉，心中暗自嘀咕：「這朱總管是故意裝樣子給我等看呢，還是真的簡樸？居然連像樣一點的茶團都不肯用，隨便抓了一把樹葉就來糊弄人！」

那豪商沈富見識卻遠比普通人廣博，先端起茶碗深深地吸了口，然後詫異地說道：「這恐怕又是大總管的獨創吧？保留了茶味的純正，卻去掉了新葉的苦澀，光是聞上一聞，就令人心曠神怡！」

接著輕抿了一小口，又狠狠喝了一大口，然後閉起眼睛在嘴裡回味片刻，這才將茶水咽下去，放下茶盞，以右手輕輕拍案，讚道：「好茶，生津解渴。若是讀書倦時來上這麼一盞，恐怕比飲一大碗醇酒還要自在！」

「哦？」聽沈富說得誇張，施耐庵低下頭細細慢品，果然，比起香味濃重的龍團來，少了幾分俗濁，卻多了幾分清冽，讓人隱隱有出塵之感，身上的疲倦一掃而空。

「這是什麼茶？施某以前好像從沒喝過？」他嘴裡嘗出了味道，便想刨根究底。

「就是揚州當地產的新葉，找口砂鍋，隨便炒乾了便是！」朱八十一笑了笑道。

當殺豬屠夫時，他根本沒錢買茶喝，所以也分不出什麼好壞，自從兩個靈魂融合後，他受了朱大鵬的影響，受不了團茶裡那些添加物的濃重味道，乾脆讓侍衛們自己去採了新葉，隨便炒製一番，然後在晾乾了對付著喝，沒想到歪打正著，將後世普遍被人們接受的綠茶給鼓搗了出來。

對於擁有後世幾百年記憶的他來說，炒茶是很簡單的工藝，不值得一提；但是，施耐庵和沈富二人聽在耳裡，心中卻別是一番滋味。

「富貴卻不失本心，這是成大事者模樣，比起朱佛子，徐壽輝、布王三、花馬王等人，果真是豚狗之輩爾！」

「連個茶葉都能弄出別人沒有過的新花樣，這朱屠戶好在沒去做生意，否則這天下錢財豈不都被他一個人給賺光了！不行，此人厲害，沈家無論如何都必須搭上關係！」

「比起市面上常見的團茶，此物喝起來舒爽得多！」羅本也喝了口茶水，不失時機地插嘴道：「眼下商號已經號召了災民去山上採摘新葉，估計用不了太久，沿河各地就會有這種新茶可賣，如果能流傳開來，百姓們便又多了一條生路，淮揚商號也又多了一種進項！」

「色潤，香雅，品相完整！」沈富花了十萬石米才給自己砸出一碗清茶喝，所以不肯放過任何機會，想了想說道：「如此神物，想不流傳開也難，如果羅知府肯將此物交給沈家操弄，三年之內，沈某保證揚州新茶名滿天下！」

「這個……」

羅本看了眼朱八十一，搖頭道：「實不相瞞，淮揚商號雖然位於揚州，但官府卻無權干涉其日常運作！」

「啊？」沈富吃了一驚，滿臉訝然。

臨來之前，他曾經多方探聽過，淮揚商號的七成以上股本，都掌控在朱屠戶、淮揚官府和淮陽軍手裡，所以先前才想做個順水人情，幫助商號將新茶打入江南各地，誰料對方卻說官府不干涉商號運作，這不是睜著眼睛說瞎話麼？這羅本也太會糊弄人！

「官府只管給各家商號立規矩，的確不干涉商號的日常運轉！」

在座中人，此刻反而是朱八十一最能理解沈富思路的，見他的眼神露出濃重的懷疑之色，立刻解釋道：「即便是淮揚商號也不能例外，否則便成了官商勾結，其他商家就全都沒了活路，後患無窮！」

「那，火炮等神兵利器豈不全都會流落到敵人之手？」

他不解釋還好，一解釋，非但沈富滿頭霧水，連施耐庵都不敢相信自己的耳朵了，脫口質問道。

「當然不會！」朱八十一放下茶盞，耐心地解釋道：「淮揚商號負責造炮，造兵器鎧甲，並且酌情定價，但可以賣給誰，不准賣給誰，卻由官府說了算。各個港口都有專人負責檢查，如果發現有商家刻意違反規矩，立刻追究到底，該罰金的罰金，該殺頭的殺頭，絕不寬恕！其他，凡與戰事有關的物資，規矩也是一樣。」

這個規矩，在當初他決定創建淮揚商號時，就已經跟逯魯曾等人多次說明過，所以再次重複，輕車熟路。

施耐庵和沈富聽了，眼睛裡的困惑稍解，但是在內心深處卻有無數個驚雷在連續炸響。

「明明是官辦，官府卻不得干涉商號日常運作；商家自負盈虧，官府只管定規矩，逼著商家遵守，並且一視同仁，這是哪朝哪代的做法，哪朝哪代有此先例？真的能照此執行下去，那商家……」

對於商家來說，這簡直是古今第一大變！

畢竟是全天下數得著的巨賈，沈富很快就發現了新規則的好處在哪兒。激動之下，手中的茶盞再也端不穩，將青綠色的茶水晃得全身上下到處都是！

「大總管真乃奇人也！」顧不上擦掉身上的水漬，他猛的站起來，衝著朱八十一深深俯首，「請受沈某一拜，望淮揚之法早日推行天下！」

這馬屁拍得十分夠水準，淮揚之法推行天下，那豈不是意味著**朱重九要一統**

江山?!

施耐庵的思路立刻被同伴的無恥行徑給打斷，一張老臉漲得通紅，而沈富卻絲毫不覺得自己這麼說有什麼好丟人的。

不待朱八十一攙扶，就又來了個及地長揖，「草民聽聞大總管以炮換米，只為給揚州六十萬百姓療饑，好生欽佩，故而草民自不量力，願在三個月內，再運二十萬石糧食到揚州，全部捐給大總管府，以解揚州百姓燃眉之急！」

「啊！」朱八十一悚然動容。如果說，先前那十萬石老米讓他對沈富產生興趣的話，此刻卻不得不對此人刮目相看了。

三十萬石米，即便按照江南產地秋天的價格，至少也是九萬貫足色銅錢。就憑著對自己的幾條新政的好感，便毫不猶豫地砸出九萬貫，這沈富是何等的心胸和手筆！

九萬貫銅錢，總重量五十七萬餘斤，用船來裝的話，運河上最大的糧船也得四五艘排成長串。付出這麼大的代價，朱八十一不敢相信對方別無所求。

他盯著沈富的眼睛看了好一會兒，才橫下心來，謹慎地回道：「沈兄大恩，我揚州軍民百姓沒齒難忘，只是朱某不敢白拿沈兄的米，如果沈兄想要從朱某這裡換點什麼，儘管直接說出來！只要不違背我淮揚的規矩，朱某當全力滿足。」

「如此，沈某就不多繞彎子了！」沈富也很乾脆，老實說道：「沈某聽聞數月前有一夥賊子試圖為禍揚州，事情敗露後乘船出逃，大總管麾下的水師追上去，在揚子江上，隔著數里遠就將敵船打了個粉身碎骨。沈某想問，那水師所用，是不是傳說中的火炮？此種火炮，不知道大總管能否做主，讓沈某有資格從商號裡頭買走一兩門？」

「大膽！」沒等大夥做出反應，羅本已經拍案而起。「姓沈的，你一介商販，買火炮做什麼？老實交代，你到底要將它倒賣給誰？」

也不怪他沉不住氣，淮安水師的戰艦上所裝六斤重炮，是四斤炮的加長放大版，重量雖然增加了三倍多，但射程也高達八百餘步，並且更適合採用火藥引線的開花彈丸。在水戰當中簡直是無敵利器，特別是水勢相對平緩的江河上，敵艦往往沒等靠近就會被轟得粉身碎骨。

如此蓋世神兵，鑄造起來卻頗為不易，往往十門中，只有一到兩門才是合格品，其他要麼是存在沙眼，導致耐用性不足；要麼是炮管冷卻過程中出現變形，只能報廢回爐重煉。

所以眼下即便在淮安軍中，六斤炮的裝備數量也極少，有些地方官員和輔兵中的低級將佐甚至根本不知道自家軍隊手裡還有此等「神兵」存在。而沈富以一介商販，非但知道此物，並且還能含糊地點名此物與四斤炮不是同一種武器，準備不惜任何代價購買，其來路和用心著實非常可疑。

「是啊，沈兄，你央求小徒替你做引薦時，可沒說這樣的要求！」施耐庵也指責道。

他之所以敢帶著沈富來找羅本，是知道揚州城現在缺糧食，而沈富的捐助，無疑會讓自家弟子羅本被朱重九高看一眼，為今後的仕途積累下深厚資本，卻萬萬沒想到，沈富的膽子居然大到了無以復加的地步，剛被朱重九給了個好臉色，就敢直接跟對方商量購買火炮。

唯獨朱八十一，也不知道是被三十萬石糧食給驚到了，還是對羅本的識人不明失望透頂，僅僅微微笑了笑，便低下頭繼續喝起茶來，始終未置一詞。

第十章

巨富沈萬三

「沈家上下必將全力以赴！」沈萬三興奮地回道。
他能在短短幾十年時間內躍居江南首富，
除了眼光奇準之外，做生意時敢下血本，也是一個重要因素。
而朱重九和淮揚怪胎，眼下就是他沈家的投資對象。

沈富見狀，膽子便又大了幾分，朝著施耐庵師徒拱了拱手，道：「施老弟稍安勿躁，羅知府也別生氣，沈某可以以身為質，從今天起就留在揚州城中。若是大總管和二位日後聽聞我沈家把火炮賣給了北邊，或者未經貴方准許就賣給了天下任何英雄豪傑，儘管將沈某抓去千刀萬剮好了，沈某絕不喊一聲冤枉！」

「你，你這個刁滑的狗賊，明知我淮揚已經廢了剮刑！」羅本聞聽此言，氣得渾身上下都打哆嗦。

太大膽了！這姓沈的財迷心竅，居然聽不出自己剛才話裡的回護之意。如果他立刻順著自己的意思，承認是一時衝動，想借機發一筆大財，今天的事還不會鬧得太血腥；哪知此人非但不知悔改，反趁著大總管給他留著後悔餘地的時候得寸進尺，這不是找死是什麼?!萬一他被大總管盛怒之下抓起來處死，作為引薦人，自己的老師又豈能不受任何牽連，平安脫身？

正在怒不可遏間，卻聽見幾記清晰的敲打桌案聲，緊跟著，朱八十一緩緩將手指隔空點了點沈富，笑著說道：

「好一個沈富，你買我的火炮，不是為了倒手賣給朝廷，也不是賣給其他豪傑，難道你要把火炮裝在船上，自己用不成？洪三，你等且先退下，不要抓他，這個人很有意思！」

徐洪三已經手按刀柄，圍攏上前，立刻停止了動作，狠狠瞪了沈富和施耐庵二人幾眼，緩緩退到了一邊。

「大總管英明，沈家做貿易，的確有很多大船每日馳騁南北，被海盜騷擾得苦不堪言！」沈富抬起衣袖，擦了下額頭上的汗水，喘息著道：「如果大總管肯開恩賜炮，沈某非但願以重金購之，日後任何時候揚州需要糧食，只要給沈某一句話，沈家都會在三個月之內給大總管運來十萬石以上！如果做不到，請大總管取我項上人頭！」

豁出去了，徹底豁出去了！沈富自己也不知道今天的勇氣到底從何而來？也許是因為有幾十萬石糧食撐腰，也許是聞聽朱佛子慈悲之名，單純是想賭上一賭。輸了，不過是自己項上人頭一顆，反正他已六十多歲了，人到七十古來稀；然而**一旦賭贏，沈家將來在海外就可能化家為國，世世代代都有享受不完的榮華富貴**。

「你好像很有錢啊？」朱八十一聽得微微一愣，不怒反笑，「糧食也像沙子一樣，隨時都能變出來。讓我想想……」

朱八十一站起來繞著沈富走動，一邊用手輕輕按頭。

兩個多月來在揚州城幾乎天天跟商人打交道，**直到今天，他才發現什麼才是**

這個時代真正的豪商！為了利益可以不惜血本；為了利益，甚至連自己的腦袋都可以毫不猶豫地押到秤盤上。

他慢慢踱著步，一言不發，把沈富笑得渾身發毛，兩腿幾乎快站不穩了，才忽然停住腳步，厲聲問道：

「你這次給我帶來的米，恐怕不是江南所產吧？朱某聽聞占城那邊稻米一年三熟，種子撒在地裡不管就能收穫，不知道傳聞對也不對？」

轟！沈富彷彿被雷劈了一樣，再也堅持不住，後退半步，一跤坐倒。

「大……大總管怎麼會知道占城？大總管開……開恩，沈……草民並非有意相欺！」

太可怕了，**這朱屠戶難道真的像傳言中那樣，是佛陀在人間的化身麼？**居然知道占城，並且連占城稻一年幾熟都清清楚楚。那自己想買了大炮去幫助舊港梁家去對付滿者伯夷（編按：十三世紀時東爪哇的一個印度教王國，位於今日泗水的西南。）豈不是也被他猜了個一清二楚？

雖然從沒打算過賣炮給蒙元，但賣給海外一處遠離中原的亂民，被朱屠戶知道後，估計結果也差不多。畢竟讀書人說，華夏入夷狄，則夷狄之，比起蒙古人來，梁家和海外那些人並不見得親近到哪裡去！

誰料，接下來等待他的，並不是斧鉞加身，而是一陣爽朗的大笑。

「你騙了我什麼？江南的米是米，占城的米就不是米麼？至於這些米是買來的還是搶來的，跟我有什麼關係？」

朱八十一笑著走上前，將沈富從地上拉起。

這就對了，一切都清楚了。姓沈的非但是個商人，並且是這個時代非常罕見專門做海外貿易的豪商巨賈，所以十萬石稻米才會眼睛都不眨一下就拿出來。

「是，是買來的，就是價錢便宜些！」感覺出朱八十一的話裡沒有任何殺機，沈富的勇氣又慢慢回到自己的身體當中，借助朱八十一的拉力站起來，結結巴巴地回道。

朱佛子只猜到了占城，沒猜到舊港，沒猜到海外還有一夥亂民試圖效仿虯髯客，建立屬於自己的國家。如此，風險就沒那麼高了，至少看在幾十萬石糧食的份上，雙方還有轉圜的餘地。

果然，正如沈富所想的那樣，接下來朱八十一的笑容越來越和氣，所問的問題也離真相越來越遠。

「那邊米很便宜麼？每年三熟還是兩熟？」

「北邊的占城國是兩熟，南面的大陳國和更西南面的馬臘佳，有很多地方是三熟！」沈富想了想，斟酌著回答。「至於價錢，也不算太便宜，主要是那邊瓷器和絲綢賣得貴一些，除了糧食和礦石之外，又沒其他特產，而運一船貨物過去，回來時總得帶些東西壓艙，所以糧食就成了首選！」

「你的海船，最大號的那種，每船可以運多少米？」朱八十一點點頭，詢問道。

沈富剛才的話未必屬實，在另外一個靈魂的記憶裡，越南的煤礦和鐵礦據說品相都不錯，而更南面的馬來西亞、印尼一帶，據說盛產錫、銅和金銀。

但具體馬來西亞和馬蠟佳是什麼關係，眼下當地的礦藏是已經被土著居民開發，還是依舊在土裡埋著，他就找不到半點訊息了。所以朱八十一無法跟沈富太較真，只能退而求其次，努力地從對方的話語中挖掘那些自己需要的消息！

「如果沙船的話，最大的能裝八九千石。」

果然，沈富見朱八十一不再將話頭圍繞著占城和陳朝，立刻又活躍了幾分，思索了一會兒，非常認真地說道：「但沙船只適合在東海上航行，沿著岸邊走，隨時入港規避風浪，並不適合南洋；倒是稍小一些的福船，雖然裝貨不過四千多石，卻特別適合在深水裡航行，並且經得起大風大浪。」

「噢，也是硬帆麼？船身比起河船來會不會更結實些？航行速度怎麼樣？」

朱八十一繼續刨根究底。

淮安水師目前所用的戰艦，是從運河上最大的糧船改造而成的，總載重不過七百石，也就是八萬多斤的模樣，最多能裝二十門重炮，但作戰時，火炮卻必須一門一門輪番發射，否則就會導致船隻傾覆，或者船身因為無法承受火炮的後座力而開裂，自尋死路。

如果能借鑑一些福船的優點，將戰艦進行改造的話，淮安水師的戰鬥力將大大加強。此外，在通州海門港重新清理出來之後，淮揚商號名下的船隻就有了從此港出發，進行海上貿易的可能，淮安軍和淮揚官府的自給自足能力也將得到成倍的提高。

沈富是個野心勃勃的商人，但畢竟受這個時代的整體海洋意識所限，猜不到朱八十一已經謀劃著自己打造一支遠洋船隊，見對方始終把注意力放在船上，便又偷偷鬆了口氣，如數家珍般回道：

「稟大總管，都是硬帆，主要是這樣做，桅桿可以弄得稍微低一些，也省人手。若說結實麼，海船需要承受的風浪大，必須造得比河船結實。但最結實並且跑得快的，還是大食人的三角船，就是載重比福船又小了許多，只有一千五六百石左右！」

「如果能兼在內河與大海上航行的話，一千五六百石也足夠了。」朱八十一想了想說。

「大總管是想打造戰船吧！」沈富試探著問。

朱八十一把大片地盤都送給了人，讓領地四面被大河與大海環繞，明顯是想充分發揮火炮在水戰方面的優勢，所以試圖打造一種可兼在河道與海面上航行的船隻並不為怪。

想到這兒，他又補充道：「那用大食人的船就不錯，靈活，結實，並且跑得飛快，任何風力下都能航行。廣州那邊有人仿造過，因為載貨量太小，操作起來又需要太多人手，所以除了大食商販自己需要換船之外，很少有人問津。」

「那以前有沒有人，我是說，可不可能將福船和阿拉伯人的船結合起來，打造一種全新的船？」朱八十一仍不滿足，追問道。

「沒聽說過！」沈富果斷地否決了。「其實單論運貨，咱們這邊的福船比大食那邊的船好用許多，他們之所以用自己的三角帆，主要是船主都是些黑心腸，在自己老家那邊由崑崙奴來操帆，死一個，便往海裡扔一個，不用支付任何賠償。每次裝貨也不裝全滿，沿途遇到同行，只要實力比對方強，就直接開搶，說是海商，其實全都是些海盜。」

這倒是朱八十一從沒聽說過的奇聞了，想來沈富之所以冒著被殺頭的風險到揚州找自己洽談購買六斤炮，很可能打的也是兼差做海盜的主意。不過，如今以淮安軍的實力，也管不了那麼寬，看在今後可以獲得一個穩定糧食輸入管道的份上，朱重九選擇睜一隻眼閉一隻眼！

「我可以做主，讓淮揚商號賣給你六斤炮！」想到今後的發展需要，朱重九將心一橫，沉聲道：「不過，價格你得自己去談。」

「多謝大總管成全！」沈富喜出望外，立刻跪了下去，重重地給朱重九磕頭。

「還有！」這次朱重九沒有攔著他，緩緩坐在椅子上，繼續說出自己的條件：「接下來的二十萬石糧食，我要你用大食船給我運來，三個月後在海門港交割，把船和糧食都留下，然後你另外找船帶了炮走。具體用在什麼地方，我不管你，但是三年之內，如果讓我看到一門六斤炮出現在岸上，我保證會想方設法將你全家斬草除根！」

最後一句純屬虛張聲勢，卻把沈富嚇得一個哆嗦，差點又癱軟在地上。

要知道這朱屠戶雖然有佛子之稱，手下卻養著一夥怒目金剛，得罪他的人，至今沒一個落到好下場。

「當然，如果不是從你沈家流出去的，我也不會栽贓給你！」

打一棒子給個甜棗的手段，朱重九用得並不熟練，但憑著連戰皆勝的餘威，施展開來效果倒還不錯。

「你如果現在後悔，本總管就當你先前的話都沒說過。你運來的糧食，只要價格合理，我讓淮揚商號全部收購就是，回去時想拿銀錠還是拿玻璃、水泥等貨物，你自己跟商號談，我絕不干涉！」

「還不趕緊叩謝大總管！」沒等沈富回應，施耐庵趕緊上前推了他一把。無論買賣成不成功，總得先把命保住，否則此番揚州之行，斷送的就不止是財迷心竅的沈富。得意門生羅本的前程恐怕也到此為止了。

「謝大總管不殺之恩！」沈富被推得向前撲了一下，順勢以額頭觸地，向朱重九行大禮參拜。「沈某已經想清楚了，明天一早，就在揚州城內買個宅子住下，然後再買下幾處像樣鋪面，專門經營糧食買賣！從現在起，未經大總管允許，沈某絕不離開揚州城半步！」

這傢伙真是豁出去了！施耐庵和自己家弟子羅本互相看了看，無奈地搖頭。

站在他們二人的位置，無論如何都想不明白，這姓沈的明明都富甲東南了，為何還要冒如此大險？就為了多賺幾萬貫銅錢麼？已經六十多歲的人了，要那麼多錢還有什麼意義？以眼下江南最奢侈的人家，每年有十萬貫的花銷也足夠了，再多，不過就是數字而已，除了換成銀錠堆在倉庫裡長毛，沒任何用途！

朱重九見後者堅持要以身為質，替家族換取火炮的購買權，便也不客氣，笑了笑，再次將此人拉起：

「既然如此，本總管就歡迎沈兄來揚州養老，你也不用只是經營糧食，這淮揚各地，凡是官府准許經營的產業，只要你看得上，儘管下手去做，本總管保證，對你沈家的商號，絕不會另眼相看！」

「多謝大總管照顧！」

沈富哆嗦地擦了把額頭上的汗水，大聲道著謝。他覺得全身的力氣都被消耗殆盡，生平以來的交易中，沒有一次比這次更耗神！

「不用謝，對於所有敢來揚州做生意的商販，本總管都會一視同仁！」朱重九笑了笑道：「你也不必把自己的活動範圍限制在揚州，想出城去，跟知府衙門打聲招呼，讓他們派人陪著就行；另外，如果你有其他什麼要求，也可以一併提出來，只要我能做主的，本總管今天都可以當面答覆你！」

「多謝大總管！」沈富聞聽，趕緊再度躬身施禮，然後小心翼翼地說道：

「那個，二十萬石糧食如果全用大食三角帆船來裝的話，差不多要一百五十多艘，草民怕一時半會兒湊不出那麼多船來，所以，能不能請大總管寬恕則個，換一部分福船來裝？」

「這個倒是我疏忽了！」朱八十一輕輕拍了下自己的腦袋，之前光顧著想儘快從沈富手裡拿到可在內河與海面兼用的船隻，卻忘了這個時代阿拉伯船載重遠不如沙船和福船來得大。

「一百五十艘船的確是太難為你了，這樣，第一次，你最少給我送二十艘阿拉伯船過來，其他，則用你沈家的貨船，卸完了米，儘管拉著當地貨物回去，我不會留下其中任何一艘。」

「多謝大總管，多謝大總管！」沈富的腰桿像上了彈簧一般，不停地直直彎彎。

「你先別忙著謝我！」朱重九擺了擺手，「如果有合適的造船工匠，還勞煩你沈家幫朱某請一些過來，本總管想起一座船塢，專門造這種可以兼在大河與大海上航行的船隻。其實你沈家也可以自己來揚州開船塢，只要造出來的船堅固好用，本總管可以直接向你沈家購買！」

「大總管是說……要向……沈家買戰艦？」沈富瞪圓了眼，用顫抖的聲音問道：「沈某只是一介商賈……」

自古以來，官府的武器都是由專門的作坊打造，如軍械監，將作監等，非但材料由官府提供，裡邊的各級管事也都由官員充當，有著各類品級，領著統一的俸祿，誰曾想過可以由商人來完成同樣的任務？有誰肯相信，商人也會講信譽，也有替軍隊製造武器的資格？

「當然，有何不可?!」朱重九做事向來就不合常規，今天他的想法也是一樣，「既然火炮可以交給淮揚商號來造，為什麼戰艦不可以交給你沈家？只要你能造出讓本總管滿意的戰艦，本總管照價收購就是。如果你敢偷工減料，本都督也不會手軟，立刻退貨索賠！反正你的船塢就建在揚州路，跑得了和尚跑不了廟！」

「沈某……沈某這就派犬子去南方召集人手，在揚州路開設船塢！」沈富毫不猶豫地跪下去說道。

「起來，起來，別動不動就跪，你不嫌累，我扶你還嫌累呢！」朱重九將沈富拉起，調侃道。

「沈某如果這輩子敢做半點兒對不起您的事，就讓沈家傾家蕩產！」沈富不禁發下毒誓。

大元朝的商人地位雖高，但其實不過是官府養的豬，想要殺了吃肉，隨時可以動刀，在朱重九這裡，他卻感覺到明顯的不同，**那是真真正正的平等。把商人**

和讀書人、官吏、軍人當作同樣的子民，而不是一邊窺探著他們的財富，一邊又把他們踏進泥坑。

「在商言商！」朱重九拍拍沈富的手，「朱某不求你對得起誰，只求你在賺錢的同時，不要觸犯我淮揚的規矩。你是個有眼光的人，應該能夠看出我這裡跟別的地方不同。先把船塢和糧食鋪子做起來，做得好的話，其他產業，無論是玻璃還是水泥，將來也不是沒有參與的機會。」

「一定，一定！」沈富拉著朱重九的手，像揪住一根救命稻草般，遲遲不肯放開。

他發現自己的心情此刻是前所未有的輕快，戰艦可以造，玻璃可以參與，水泥也可以參與，只要自己遵守淮揚的規矩。而淮揚的規矩表面看起來複雜，實際上比天下任何地方都簡單。不用擔心有潛規則的存在，並且沈家今後還能得到朱總管的直接撐腰。

這是比自己預想中還要高出十倍的收穫，如何能不令沈富感到激動。早知這樣，當初又何必冒險求購火炮?!沈家支持梁家在海外立國，不就是為了被真正當成人，而不是當作一頭打上標籤，既可生錢，又隨時可以宰了吃肉的牲口對待麼？

「嗯哼！」實在為老友那奴顏婢膝的模樣弄得臉上無光，施耐庵用力咳嗽了一聲，譏刺道：「沈兄這次揚州可是來對了，光憑大總管這幾句承諾，你那十萬石老米恐怕已經連本帶利賺了回來！等下離了大總管這兒，施某可得好好宰你一刀！」

沈富訕訕地收回手，沉聲道：「那十萬石老米是送的，回頭沈某就讓犬子通知家人運來交割，此外，以後占城、大陳那邊的糧食，沈某只要買到，隨時都往揚州運，價格絕對不會比淮揚商號賣得高，我就不信那些倒賣糧食的黑心傢伙，能把整個南洋的糧食全吃下去！」

這就是在向朱重九展示實力了。以沈家的本事以及其與沿海各路豪傑的交情，把揚州路境內所有糧商打翻在地，簡直易如反掌，甚至不用遠赴占城買米，直接從大元朝的漕運萬戶方谷子（即方國珍）那裡，把南方官府準備從海路運往大都的糧食「賒借」一批到偷偷運到揚州來，然後再想辦法用占城稻米給方谷子彌補虧空就是。

反正海運這事，誰也說不出個嚴格時間。為了自保，方谷子替朝廷運米也從來都是細水長流，絕對不肯將官府托運的糧食一次全部運往直沽那邊的港口。

「那就有勞沈兄了！」朱重九嘉許地點頭，並未因為沈富的大手筆感到絲毫震驚。

以他兩世為人的頭腦想來，既然沈富敢丟出十萬石米探路，實力當然不會太差。在淮揚商號和淮揚各地官府的全力配合下，將那些零散的投機商人打得血本無歸是最正常不過的事，如果輸了，才真正值得詫異。

這個動作看在沈富和施耐庵等人眼裡，卻愈發顯得高深莫測。見朱重九面對幾十萬石糧食的大買賣，竟然眼皮都不眨一下，忍不住心中暗自感慨：「到底是成大事的人，胸懷溝壑，換了別人在那個位置上，怎麼可能如此淡定？」

通常賓主之間談到了這個地步，就該禮貌地互相告辭了，然而朱重九顯然不太懂這些，自己坐回了位子，端起茶來喝了幾口，然後又打手勢請客人們也坐下，笑道：「其實沈家可以往揚州販運的也不只是糧食，有一種東西……」

他努力在自己的雙重記憶裡搜索，「有一種叫棉花的東西，產自天竺那邊，不知沈兄見過沒有？應該和現在民間種植的小棉長得差不多，但植株要高一些，好像是多年生，就是種一次可以用很多年的那種！」

他邊說邊用手指沾了茶水在桌上比畫著。

雖然用了很多另外一個時空的術語，但好歹讓沈富最終明白了他的意思。

「大總管說的是木棉吧，倒也不用去天竺，廣南和雷州那邊就有，只是此物很嬌貴，遠不及小棉容易種植！」沈富斟酌著道：「但若是織布的話，木棉肯定比小棉合適，產量大，絨毛長，織出來的布穿在身上也舒服。泉州那邊叫吉貝，產量頗大，近年來則以松江貨為優，已經超過了泉州貨，號稱衣被天下！」

他是一個經商的天才，說起棉花和棉布相關的事情來，簡直是如數家珍。

朱重九也不打斷，耐心地聽他把所有相關之事都講了個遍，才點點頭道：「就是木棉，我想請沈家幫忙運一些到揚州來，如果有種子和幼苗的話，也麻煩沈家給我找一些。」

「大總管想開織布作坊？」

不愧是沈富，立刻猜到朱重九的意圖。長身而起，勸阻道：「大總管慎思！那東西看似簡單，卻極為耗費人工，利潤又過於單薄，大總管花費時間和金錢在那上面，在沈某看來，未免得不償失！」

然而，很快他便一拍自己的大腿，瞪圓了眼睛道：「我明白了，大總管深得水力驅物妙法，如果把松江的黃道婆紡車和踞織腰機都改用水力推動，只要棉花的存量夠，一日夜織布百匹簡直輕而易舉！」

「沈兄大才，朱某想做的就是此事！」這回，終於輪到朱重九震驚了，佩服地說：「張明鑑那狗賊一把火將揚州燒成了白地，朱某想盡了一切辦法，也無法給六十多萬百姓都找到營生，若是能把水力紡紗和織布的機器弄出來，一下子安置幾萬人都不成問題！」

這也是他從朱大鵬的記憶裡找到的靈感，勞動密集型的紡織業，是給治下幾十萬人找到活路最好的選擇。這種長耗時低強度的體力勞動，非但適合女工，那些體力相對孱弱，幹不了燒窯、鋪路、煮鹽和挖礦的男人也能勝任。

「大總管心懷仁厚，沈某佩服！」此刻的沈富，思維已經完全被水力紡織業的前景所佔據，「王伯善在《農書》當中，曾經提到過一種大紡車，以水力驅動，可裝三十二個錠子，紡麻每日夜高達數百斤，比松江的黃道婆機還厲害一百倍。但沈某只見過其書，卻沒見過水力大紡車的實物，如果大總管能找工匠按圖索驥，打造出十幾個放在江邊，呵呵，沈某以為，此後天下恐怕就再無松江布的立錐之地了！」

「水力大紡車？」聞聽此言，朱八十一又是一愣。他的確一直在構想領著麾下的工匠們開發出一種高效率的水力紡車來，萬萬沒想到，早已有人走到了他的前頭。

一次可以紡三十二個錠子的大紡車，那得先進到何等地步？要知道，最初的珍妮紡紗機，不過才八個錠子，那已經是西方工業革命時期的產物，而王伯善的紡車，竟然比珍妮更高明了數倍，領先了好幾百年！

「王伯善，名幀，做過一任旌德縣令，在任期間廣興農桑，甚得百姓擁戴，後來年紀大了離任回家，百姓一路護送他回到故鄉！」施耐庵在一旁解釋，「他那本農書，草民碰巧也拜讀過，上面畫有許多農具的草圖，看起來極其高深。」

「這個人還活著麼？他有沒有嫡傳弟子？」朱重九的思維模式永遠和別人不一樣，立刻想到了前去挖角的事。

「農書成於五十年前，此公即便還活著的話，恐怕也是耄耋之齡了！」施耐庵苦笑道。

朱重九聞聽，約略有些失望，但很快又興奮地問：「那市面上哪裡可以找到他的農書？水力大紡車的樣子，先生可曾見到過？」

「旌德那邊據說有過，但是草民未曾見到，想必是奪人活路，被百姓搗毀了吧！」施耐庵搖搖頭嘆道。

「搗毀？」朱重九愣了愣，也無奈地陪著搖頭。

黃道婆的三錠紡紗機的出現，已經讓許多農婦無法坐在家裡憑著紡車賺錢糊口，王伯善的三十二錠大紡機開動，附近百姓豈不是「民不聊生」？好在那東西據說只能紡麻，不能紡棉和絲，否則老王家的祖墳都得被人挖出來！

不過，如果由淮揚商號來開水力紡織大國企，用淮安軍的武力為後盾的話，就沒這個問題了。首先，在淮揚地區，民間手工業相對發達，家庭紡織並不是主要謀生手段；其次，他準備傾銷的區域是江南和海外，對方未必有能力打上門來！

「清源，回頭安排人手去求購王伯善的農書，越快越好！」想到這兒，朱重九立即下令。

「是！遵命！」羅本肅立領命。

「買到後直接送至大匠院，讓焦大匠安排人手按圖索驥。」朱重九交代道：「松江那邊的黃氏紡紗機和踞織腰機也多買幾台回來，看看能不能改成水力推動的。跟焦大匠說不要著急，等抽出空來，我會跟他一起弄！」

對一個工科男來說，摸清十四世紀的機器原理，並且加以改進，並不是很困難的事，朱重九對此非常有信心；然而，當新機器開發出來後，原料能否供應得上，卻成了一個重要的問題。想到這兒，他的目光不由自主地轉向沈富。

恰巧對方也看了過來，心有靈犀般地說道：「棉花的事包在我身上，那種木棉，大總管要多少就有多少，至於棉苗和種子，請給沈某三個月時間，三個月後，肯定能給大總管準確答覆！」

「如此，那就一併拜託沈公了！」朱重九向沈富施了一禮。

沈富如觸電般嚇得閃身跳開，跪地趴伏道：「在大總管面前，草民哪當得起『沈公』二字，折殺了，真是折殺了！」

「沈公不必客氣！」朱重九笑著拉起對方，鄭重許諾道：「只要你能在一年之內，保我淮揚糧食和棉花供應無虞，我就敢保沈公富可敵國；並且，只要朱某人活著一天，沈家子孫就能得到我淮安軍庇護，永不反悔！」

有了糧食和棉花這兩樣，他的發展大計就有了徹底保障，用不了多久，他就能**使淮安軍成長為一個巨大的怪獸，一切敢挑戰它的人，都必將被撕得粉身碎骨！**

「沈家上下必將全力以赴！」沈萬三興奮地回道。

他能在短短幾十年時間內躍居江南首富，除了眼光奇準之外，做生意時敢下血本，也是一個重要因素。而朱重九和淮揚怪胎，眼下就是他沈家的投資對象。成，則今後幾十年內沈家註定成為天下第一大皇商；敗，不過是幾十萬石米和幾十船棉花的損失，傷不了沈家的根本。況且一旦得到了火炮，在南海那些化外之地，沈家就可以指使別人用刀子來付帳，糧食和棉花的「進價」會降到更低。

此刻，朱重九也無暇考慮，或者說根本不想去考慮，沈富是用什麼辦法給自己弄來糧食和棉花。他之所以跟後者定下一年之約，是因為憑著腦子裡多出來的幾百年知識和手中掌握的火槍、大炮，足夠他強行推進一場工業化變革。而農業社會走向工業社會的一個不可或缺條件，就是在大部分人口都不去種地、放牧的情況下，依舊能保證糧食的供應。

在另外一個時空，歐洲強盜們是靠對非洲、美洲的無恥掠奪，以及土豆玉米等作物的輸入，獲取足夠的糧食來源，進而開始了刺刀下的工業革命。

淮安軍現在無力向外擴張，唯一的辦法，就是拉攏所有敢於冒險的商人，透過巨大的利益將他們一個個綁在自己的戰船上，讓他們充當自己對外擴張的隱形爪牙，去獲取更多的原料和糧食，哪怕這些糧食和原料上面都沾滿了鮮血，也在所不惜。

接下來，賓主雙方便沒有什麼太重要的事需要交涉了，而院子裡的氣氛卻越來越融洽，原因無他，作為一個時空穿越客，朱重九的腦子裡裝著這個時代其他人不可能比擬的商業知識，而沈富又是這個時代最具備商業頭腦的巨賈，二人坐在一起，只要擺脫了最初的懷疑和畏懼，就不愁找不到共同語言。

有些來自後世的商業概念，朱重九自己都不太明白，但只要隨便跟沈富提上幾句，後者就能根據當時的實際情況，給出非常清楚的解釋或者實例。而沈富自己琢磨出來的奇思妙想，試著提出來時，也換來後者的拍案叫絕。

沈富常年做海貿生意，觸角最遠已經伸到了印度洋，家族控制下的船隊經常往來泉州和果瓦、僧伽羅之間，說起那邊的物產和風光來如數家珍；朱重九雖然從沒走出過國門，但深藏的那份記憶裡，卻裝著整幅的世界地圖，對海外「西洋諸國」的情況亦不會視為奇談怪論，因而聊著聊著，賓主間不時就會爆出愉快的笑聲，更大生知音之感，恨不得能早十幾年就相遇，以彌補所有鶴立雞群之憾。

不知不覺間，天色已經發黑，施耐庵偷偷給羅本使了個眼色，然後站起身謝道：「今天能聽到如此多的奇聞軼事，讓施某眼界大開，這杯茶，施某就借花獻佛，祝大總管戰無不克，沈兄財源滾滾！」

「啊！」沈富這才發現自己的失禮。趕緊端著茶杯站起來道：「沈某也祝大總管武運久長，早日一統天下！」

「那朱某也祝沈兄和施先生在揚州諸事順利！」朱重九笑呵呵地回應。

四人將杯中清茶一飲而盡，然後抱拳惜別。

朱重九親自將客人送到了門口，看看頭頂上星星的位置，說道：「朱某還有些雜事，就不送得太遠了。清源，你留下，關於開辦織造作坊的具體細節，我還需要跟你再具體商量一下。」

「大總管留步！」沈富和施耐庵趕緊做了個揖，結伴離開。

走在揚州城內的斷壁殘桓之間，彼此的心情卻是天上地下。沈富自覺找到了一個不錯的投資機會，志得意滿；施耐庵則為了自己的冒失後悔不迭。

見好朋友輕飄飄快飛起來的模樣，見四下無人，忍不住埋怨道：「我說沈兄，你什麼時候變得如此膽大？早知道這樣，真不該求清源帶你去見朱總管，這一晚上，差點沒把我給活活嚇死！」

「你施某人什麼時候膽子變得如此小了？」沈富心情愉悅地道：「當年勸人殺官造反的時候，怎麼就沒見你膽小過？莫非人年紀大了，那東西反而越活越縮了回去？」

「你才越活越往回縮呢！」施耐庵氣得兩眼冒火，咬牙切齒道：「怪不得人都說你沈萬三是屬王八的，逮到個機會就咬住不放！」

「多謝施兄誇讚，神龜在東倭那邊可是福壽無雙的象徵！」沈富根本不在乎施耐庵的冷嘲熱諷，回嘴道：「只不過與神龜為伴的人，行運都比較遲緩而已，像那姜子牙，當年在渭水河畔釣的就是烏龜，結果一釣就釣到了八十多歲，急得頭髮鬍子全都白了。」

「你……」施耐庵被人戳破了心事，氣得揮拳欲砸。

沈富的體形雖然胖，腿腳卻異常靈活，一個側步躲到旁邊，然後笑道：「別急嘛，施兄你可是讀書人，君子動口不動手，當街打架，萬一被巡夜的士兵發現，把咱倆都給抓了去，你那寶貝徒弟可是吃不了的瓜落！」

「你，你這無恥狗賊！」

施耐庵最怕的，就是拖累自家得意弟子羅本，透過今晚的近距離觀察，他早已認定朱重九日後至少能做一方諸侯，羅本作為淮揚體系內第一大城的知府，今後前途必然不可限量，如果因為自己一時糊塗給耽誤了，即便將來做弟子的不抱怨，自己這個做老師的也永遠無法心安。

「行了，一個玩笑而已，施兄你何必如此生氣。」見把施耐庵給耍弄的差不多了，沈富誠心道：「令徒過了今晚之後，在朱總管眼裡，料想會比你我想的還要受重視，非但不會因為沈某的冒失而受到大總管的責怪。甚至還要百尺竿頭，更進一步！」

「你這話從何而來？」施耐庵將舉起來的拳頭慢慢放回了腰間。

雖然博覽群書，足跡踏遍千山萬水。但本質上，他還是一個書生，對人心的揣摩和察言觀色方面，離沈富這個大奸商差了可不止一點半點。

「施兄請仔細回想一下，今晚朱總管的話中，說的最多的兩個字是什麼？」存心考校施耐庵的本事，沈富賣起了關子。

「今晚？」施耐庵皺起眉頭，仔細回想著，「今晚朱總管一直跟你談生意經，好像他也是做了多年買賣的豪商一般，什麼股權、期權，什麼利益最大化、風險係數，還有什麼合作共贏、品牌形象，這些詞彙，我大多數都聽不懂，不過……」又極力冥思苦想了片刻，他猜測道：「不過，他最常提到的，好像就是規矩二字！」

「施兄果然大才！」沈富佩服地說：「不錯，這朱總管之所以能殺了那麼多人卻還被稱為佛子，就是因為他**做什麼事都講規矩**。讓揚州幾十萬人天天喝稀飯過活，持續兩三個月卻沒出什麼大亂子，也是因為他這裡規矩清楚，執行起來只認規矩不認人！」

「那和我們剛才所談的有什麼關係？」施耐庵不解。

「關係極大。沈某今天之所以膽子大，就是因為他講規矩。施兄請想一想，這揚州城的各類文告中說火炮只賣給紅巾軍，但是說過其他人連問都不能問一問麼？」

「那倒是沒有！」施耐庵沉吟道。

「那沈某當面問他可否購買大炮，是否壞了規矩？」沈富理直氣壯地說。

「沒有！」

「那令徒身為揚州知府，想方設法去開闢糧源，以求最大可能地讓百姓活下來，壞了規矩麼？」沈富又問。

「當然沒有！」至此，施耐庵終於琢磨出一些味道來，「非但無過，而且有功！」

「對啊！當沈某的目的說出來後，令徒是站在淮揚大總管府那邊，還是站在你我這邊？」沈富再度提問。

「他吃人俸祿，當然要忠人之事！」施耐庵回答的有些心虛。羅本當時既想維護淮揚大總管府的利益，又不想讓自己這個當師父的感到尷尬，兩頭都欲兼顧，結果最後很可能是兩頭都不討好。

「你啊，書寫得那麼好，怎麼就想不明白呢！」沈富看了他一眼，惋惜地道：「就這樣還想成為帝王之師？依我的意思，你還是寫一輩子書算了！畢竟文章才是千古之事，做官只能富貴一時！」

「你這話什麼意思？」施耐庵就像被人剝光了一般，滿臉尷尬，用顫抖的聲音質問道。

他此番來揚州，的確有擇主而事的想法，但是一直沒有明白的說出來。本以為自己藏得巧妙，卻不想早就被人看了個清清楚楚。

「如果你是揚州大總管，你是願意用一個為了前程就毫不猶豫跟授業恩師一刀兩斷的人，還是用一個知恩圖報，有情有義，寧可被上司不喜，也要給恩師一個臺階，給恩師的朋友一個活命機會的人？」

「當然是知恩圖報的那個，否則誰能確定他日後會不會也捅施某一刀！」

「那就對了嘛！像令徒這樣遵守規矩，心懷百姓，又知恩圖報的官員，如果朱總管不能用之，才是個睜眼瞎子呢！施兄，你看那朱總管像是個瞎子麼？」

施耐庵被說得沒了脾氣，果真被沈富說中了，自己真不是個做官的料子，這些官場上最簡單不過的道理，他居然一點都不懂。

然而，他很快就發現了另外一個大問題，用手指著沈富的鼻子喊道：「沈萬三，你今晚一直在裝傻！你早知道朱總管不會動你一根汗毛，根本不害怕，是不是?!」

太受打擊了，枉自己在旁邊還想著怎麼才能救沈某人一命，誰料沈某人從頭到尾就知道根本不會被傷到一根汗毛！

「噓！」沈富將手指豎在唇邊，「兄慎言！大總管龍行虎步，沈某一介商販豈能一點都不怕？只是，呵呵……**越是這種真正有遠略的大英雄，行事越懂得收斂，只要你不刻意去觸他的逆鱗**，他又何必為了某個無足輕重的小人物壞了自家名聲！」

「你沈萬三如果是小人物，那天底下的商販豈不都成了螻蟻。」施耐庵白了他一眼。

「施兄過譽了！」沈富收起笑容，「怕還是有點怕的，只是不像你看到的那般厲害罷了，反而是在朱總管戳破糧食來自占城之時，沈某的魂魄差點兒沒飛到天外去。但是到後來，卻又不那麼怕了。」

「這又是為何？」施耐庵聽他說得古怪，不禁問道。

「全天下知道占城在哪裡的人，你見過幾個？並且據說他起事之前，從未離開過徐州！」沈富喟然長嘆，這才是最令他覺得惶恐的地方。

不是因為朱重九位高權重，也不是因為淮安軍兵強馬壯，有權有勢且手握重兵的大人物，這輩子他見得多了，包括劉福通在內，哪個見識曾經超出過其自身的視野之外？

唯獨朱重九，非但知道占城，知道馬臘佳，甚至還建議他從倭國購買白銀和硫磺，從獅子國購買木骨都束人的象牙和黃金，這不是天授之才是什麼？他既沒出過海，又不是豪商巨賈，怎麼會對萬里之外的事如此清楚？

「對啊！」施耐庵對此也百思不得其解。

他半生流離，交遊廣闊，但接觸到的奇人異士中，居然找不到第二個像朱重九這麼淵博的人來，彷彿肚子裡裝著幾萬冊書一般，隨便拿出一本來，都是萬金難求的經典。

「沈某怕他，是怕他的無所不知；沈某後來之所以又不怕了，是因為有所憑恃！」沈富道出心裡的轉折：「第一，沈某並沒壞他的規矩；第二，他如果想殺沈某，在我開口詢問火炮時，便大可命親兵把沈某推出去了，又何必給我那麼多說話的機會?!第三，殺了沈某，天底下誰還有本事給他弄來那麼多糧食？」

「怪不得你生意能做到那麼大！」施耐庵越聽越佩服，甘拜下風道：「跟你這等人物比起來，施某簡直就是個傻子！」

「施兄也不必沮喪，術業有專攻，如此而已！」沈富咧嘴一笑，「涉及錢的事上，沈某的心思總是會轉得快一些，膽氣也會不知不覺地變大。」

「嘿！」施耐庵氣得直撇嘴，內心深處卻不得不承認沈富的話有一定道理。

「你也別忙著笑我。」沈富認真地道：「你自己將來如何，也該做個決斷了，總不成六十多歲的人了，還整天東躲西藏，把那滿肚子學問最後全隨自己一道埋進棺材裡頭去！」

「哎！……」施耐庵嘆了口氣，低頭不語。

來揚州前，他的確對此行有許多期待。在揚州這幾天，經過多方瞭解，他也的確堅信對方非徐壽輝、布王三、方谷子等草莽所比，值得自己毛遂自薦一回。但經歷了今晚的一番折騰之後，他卻又發現自己的出仕之心已經不像先前那般重了，總覺得當個寫書匠也沒什麼不好的，至少不會因為尸位素餐愧對所領的薪俸。

「施兄，你不會是受打擊了吧？」那沈富是何等聰明之人，立刻從施耐庵的嘆息聲中猜到了幾分端倪。

「談不上打擊！」施耐庵苦笑，「只是遇到了朱總管和你，施某才知道自己從前坐井觀天，是何等的可笑而已！」

「兄台千萬別這麼說！」沈富安慰道：「所謂商場如戰場，你聽說過麼？這經商、做官，本質上都跟打仗一樣，乃是天底下最磨礪人的事情，施兄以前閒雲野鶴慣了，只看到別人如何如何，自己卻從沒進過場，沒有過任何歷練，所以才總會被表面上的假象所蒙蔽。真的下場歷練幾回，就會像令徒一樣脫穎而出了！」

「沈兄果然會說話！」施耐庵心裡覺得舒服了些，但士氣依舊不是很高。

「依沈某之見，那淮揚大總管幕府未必沒你一席之地！」沈富認真地替他分析，「你想想，朱總管手裡才有幾個讀書人可用？徐州起事時，敢跟著紅巾軍一道舉刀的讀書人不會太多吧！九個多月前在淮安開科舉，肯像令徒那樣捨了性命下場搏一把的，估計也是兩隻巴掌就數得出來，如今他坐擁兩路一府之地，光憑這些人忙得過來麼？若是大肆啟用當士紳子弟，又怎麼保證那些人不會勾結起來欺上瞞下？所以，像施兄這樣不受北邊官府待見的外來戶，反而是他最敢放心接納的，無他，不可能結黨營私而已，況且他又素聞施兄的才名……」

請續看《燕歌行》8 趁水打劫

燕歌行 卷7 帝王心術

作者：酒徒
發行人：陳曉林
出版所：風雲時代出版股份有限公司
地址：10576台北市民生東路五段178號7樓之3
電話：(02) 2756-0949
傳真：(02) 2765-3799
執行主編：朱墨菲
美術設計：許惠芳
行銷企劃：林安莉
業務總監：張瑋鳳

初版日期：2020年7月
版權授權：蔡雷平
ISBN ：978-986-352-842-5
風雲書網：http://www.eastbooks.com.tw
官方部落格：http://eastbooks.pixnet.net/blog
Facebook：http://www.facebook.com/h7560949
E-mail：h7560949@ms15.hinet.net
劃撥帳號：12043291
戶名：風雲時代出版股份有限公司

風雲發行所：33373桃園市龜山區公西村2鄰復興街304巷96號
電話：(03) 318-1378
傳真：(03) 318-1378
法律顧問：永然法律事務所 李永然律師
北辰著作權事務所 蕭雄淋律師

行政院新聞局局版台業字第3595號 營利事業統一編號22759935

定價：270元

國家圖書館出版品預行編目資料

燕歌行 ／ 酒徒 著. -- 初版 -- 臺北市：風雲時代，2020.04- 冊；公分

ISBN 978-986-352-842-5（第7冊；平裝）

857.7 109000129